서른엔,,,,,,,
뭐라도
되어 있을 줄

알았다

서른엔
뭐라도
되어 있을 줄

알았다

서른엔 뭐라도 되어 있을 줄 알았다

이선배
지음

지식너머

고등학교 졸업을 앞두고 "난 서른 살이 되면 죽어버릴 거야."
라고 말하던 친구가 있었다. 표정은 자못 심각했고 보는 우리도 그
게 우스워 보이지만은 않았다. 당시에 서른이라는 나이가 주는 중
압감이 그랬다. 〈서른, 잔치는 끝났다〉라는 시처럼, '머물러 있는
청춘인 줄 알았는데 뛰어가는 내 가슴속엔 더 아무것도 찾을 수 없
네.'란 김광석의 노랫말처럼, 그때 서른은 생명의 종말과도 같은 나
이였다.

하지만 지금 오래 전 지나가버린 서른을 기억하려 하면, 불발
탄이 돼버리거나 불꽃이 여기저기 펑펑 튀는 것처럼 어리고, 제멋
대로였던 시기가 떠오른다. 삶이라고 부를만한 것을 시작하기 전,
치기와 정열이 공존하던 원시적 젊음이….

서른은 어쩌면 이토록 상반된 이미지를 품고 있을까.

숫자 잘 따지는 민족답게 우리 인생은 대개 십진법으로 끊어
진다. 그러나 열, 스물과 달리 서른은 인생이 버겁게 느껴지는 첫
번째 고개다. 서른이면 세상에 대고 무언가를 말해야만 할 것 같다.

역사에서 습득한 철학이나 미래에 대한 통찰이 있어야 할 것 같고, 아이들에게는 완전한 어른으로 각인되어야 하고, 어른들에게는 사회를 짊어지고 나갈 기둥이 되어드려야 할 것만 같다. 하지만 당장 무엇으로 평생 입에 풀칠을 할 건지 스스로가 미덥지 않다. 나 역시 그랬다.

50대에 접어든 내 윗세대, 그리고 내 세대, 막 서른 즈음을 맞이하고 있는 세대 모두에게 서른은 각기 다른 색채로 다가왔을 것이다. 하지만 예나 지금이나 불투명하면서도 미적지근한, 아주 처치 곤란한 대상이란 것엔 다름이 없다. 그래도 그 진흙덩이를 주무르든, 굽든, 벽에 메치든…, 무언가는 해야 한다. 봄을 타듯 서른 즈음을 앓지 않으면 여름도, 가을도 없다. 서른 즈음에 무엇을 생각하고, 고통스러워하고, 시도하느냐에 따라 그 다음 생이 조금씩 틈을 보이고 결국 완연히 모습을 드러내기 때문이다.

언젠가 '테렌스 타오'라는 세계 최고 아이큐의 소유자이자 수학자의 프로필을 포털 사이트에서 발견하고, 잠시 '내가 아는 사람이 드디어 정교수가 되었구나!' 착각한 적이 있다. 그 친구 아이큐가 230이 아닌 것은 확실한데 공교롭게도 동명에 얼굴마저 비슷했고 학생 때부터 지금까지 지긋지긋하게 몸담고 있는 학교도 같았기 때문이다.

그 친구는 20대 초반부터 근 20년을 학생 겸 조교로 공부를 했다. 서른 즈음에 옆에서 그를 볼 때면 늘 희망이 안 보였다. 우스갯소리로 "넌 교수 중 누구라도 돌아가셔야 기회가 올 거야." 하곤 했는데, 놀랄 만큼 박봉에 언제 자리가 날지 모르는 교수가 되기 위해 끝도 없는 공부를 하는 모습에 답이 없어 보였기 때문이다. 그런 친구 옆에 여자 친구가 있다는 게 신기할 정도로. 하지만 지금 그 여자 친구는 의사 아내가 되어 그는 경제적 여유가 생겼고 아이도 있다. 또 여전히 박봉이지만 그는 결국 그 학교에서 강사로 일하게 됐다. 어쨌든 서른 즈음에 심어놓은 공부와 인연으로 현재와 미래의 실체, 그리고 꿈이 생겨난 것이다.

자신이 소설가가 될 거라곤 상상조차 하지 못했다는 무라카미 하루키가 《바람의 노래를 들어라》를 발표한 것도 딱 서른이다. 서른 즈음, 나 역시 잡지 에디터로 일하면서 책 한 권 써보겠다고 원고 하나를 지겹게 틀어쥐고 있었던 것 같다.

이런 '먹고사니즘' 문제가 아니더라도 서른 즈음은 앓고 신경 써야 할 일이 참 많다. 인생은 초등학교 때처럼 선생님이 크레파스 쥐어주고 상상화를 그려보라고 하는 것과 같지 않기 때문에 혼자서 꿈꾸고 구호를 외치는 작업을 해야 한다. 이때가 아니면 자신과 세상에 대해 그만큼 마음을 그을려 볼 시간이 없기 때문이다. 늙어

가기 시작하는 몸과 달리 영혼은 이때 고생하면 성장이 빠르기 때문이기도 하다.

서른 즈음을 앓는 이들이 한번쯤 이야기해야 할 주제들, 던져야 할 질문들을 이 책에 담았다. 사실 내 자신이 이런 책을 쓸만한 위인이 못 된다는 사실에 부끄럽기도 하다. 하지만 서른을 지나쳐 꽤 긴 시간을 살아보니, 그때 조금만 깊이 생각해 보았다면 좋았을 것 같은 소소한 아쉬움이 많아졌고 나름의 '꼼수'도 생겨났다. 조금 더 빨리 같은 시기를 통과한 선배들과 함께하는 피크닉이라고 생각하면 좋겠다. 만약 선배로서 전하는 조언이 개개인의 색깔과 맞지 않는다면 굳이 따를 필요는 없다. 시내에서 물을 떠먹기보다 스스로의 우물을 파는 것이 더욱 훌륭한 자산이 될 테니까….

얼마 전 동창 모임에서 서른이 되면 죽는다던 그 친구는 어떻게 됐냐고 물었다. 잘 살고 있단다. 다행이다.

이선배

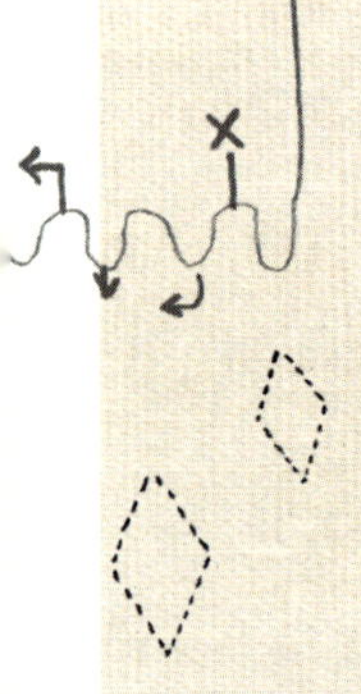

목차

02

진정 바라는
'나'로 살 수 있을까?

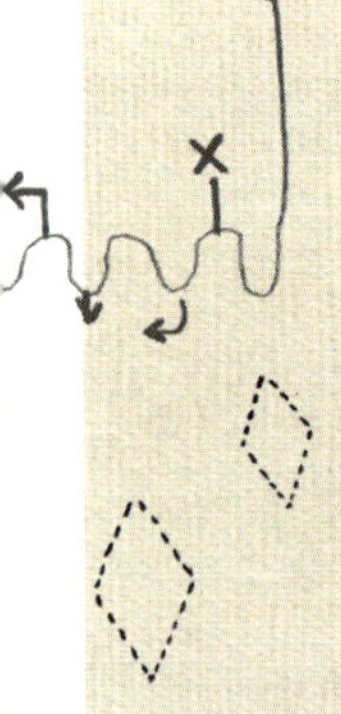

03

이 세상 어디에도
내 편은 없는 걸까?

04

언제쯤 내 일에 자신감이 생길까?

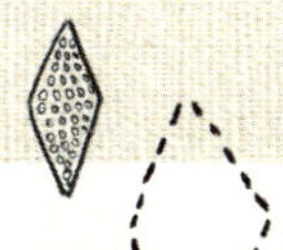

01

내 나이 서른,
언제 어른이 되는 걸까?

　　대통령, 과학자, 화가, 선생님, 연예인…, 어릴 때 우리가 꿨던 꿈은 참 단순했다. 그리고 뭐든 마음만 먹으면 되는 줄 알았다. 교과서 속에 등장하는 어른들도 항상 웃으며 어떤 일이든 즐겁게 하는 이들이었다. 그것이 우리나라 최초의 전문 삽화가로 꼽히는 김태형 화백(1916~1993)의 작품 탓이었음을 뒤늦게 깨달았지만.

　　그러나 현실은 환상의 파랑새가 손대자마자 평범한 새로 바뀌는 것만큼이나 지독하다.

"슬퍼. 이젠 꿈조차 꿀 수 없다는 게….''

서른을 넘기면서 주위에서 자주 듣는 얘기다. 그것이 얼마나 참담한 느낌인지 잘 알기 때문에 섣불리 위로를 하기도, 나에게로 번져오는 암울한 기운을 막아내기도 어렵다.

사실 인생은, 꼬마 때부터 혹은 중고등학교 때부터 이미 팍팍하다. 그래도 그땐 학원이며, 대입이며 극한의 불안과 좌절감에 시달렸어도 대학만 들어가면 한숨 돌릴 것만 같았다. 하지만 대학에 들어가면 다시 스펙 쌓기부터 등록금 문제, 각종 취직 시험으로 또다시 지옥을 경험한다.

청년이여, 야망을 가져라. - 윌리엄 클라크

우리 모두 리얼리스트가 되자. 그러나 가슴속엔 불가능한 꿈을 갖자. - 체 게바라

시도하지 않는 곳에 성공이 있었던 예는 결코 없다. - 호레이쇼 넬슨

그래서 이 시기에는 위와 같은 명언이나 난무하는 자기계발서 속 성공한 사람들이 본격적으로 위대해 보이기 시작한다.

고통 속에서 사람들은 다소 거대한 꿈을 품는다. 나를 포

함해서 그 시절 친구들이 품었던 꿈을 생각해보면 한국 최고의 배우, 교수, 재벌과의 결혼, 변리사, 벤처기업 CEO 등 다양했다. 하지만 20년 남짓 시간이 흐른 현재, 결과는 엉뚱하리만치 다르다. 노는 오빠들을 좋아하던 친구는 보수적인 남자와 일찌감치 결혼했고, 툭하면 죽어버린다던 친구는 CEO가 되었으며, 변리사가 되고 싶다던 친구는 그냥 평범한 회사원이고, 교수를 꿈꾸던 친구는 프리랜서 에디터가, 배우가 된다던 친구는 주부가 되었다. 그들의 꿈이 이루어지지 않았다기보다 그때는 꿈꾸지 않았던 것을 하고 있는 것이다.

20년이란 시간은 강산뿐만 아니라 사람도 바꿔놓을 수 있다. 그리고 생각보다 삶은 지루하게 이어진다. 그 20년을 요약 정리하자면 다들 꿈을 꾸었고, 좌절을 했고, 마지못해 다른 길을 걸었고, 어쩌다 보니 그걸 열심히 하고 있고, 또 좌절을 하고….

우리가 간과하는 것이 바로 여기에 숨어 있다. 어린 시절에 큰 꿈을 품고, 그것만을 위해 도전하면 그대로 이루어진다, 아니 이루어져야 한다는 강박관념을 갖기 쉽다. 하지만 현실은 품은 꿈대로만 이루어지지 않는다. 물론 모든 이가 알 만큼 성공한 사람이라면 자기는 한길만을 걸었노라, 절대 꿈꾸고 도전하기를 포기하지 않았노라, 말할 수 있을 것이다. 하지만 절대다수 범인들의 삶은 내 친구들이 20년간 겪은 것만큼이나 가변적이다.

나이를 먹으니 인생에 대한 눈치가 조금 생겼는데 아마도 이런 과정은 앞으로도 반복될 것 같다. 그렇다고 그만 포기해야 할까?

비비안 리는 영화 〈바람과 함께 사라지다〉의 마지막 장면에서 "내일은 내일의 태양이 떠오른다."고 외친다. 사실이다. 인류 역사상 하루도 태양이 떠오르지 않은 날은 없다. 크나큰 좌절을 맛보더라도, 꿈을 꿀 수조차 없는 비참한 기분을 맛본다 하더라도 다음날 멀쩡하게 하루가 시작되고, 또 무언가를 해야만 한다. 그렇게 무언가를 하다 보면 결국 새로운 길이 조금씩 보이고 어느덧 경험과 실력, 어느 정도의 지위도 주어진다. 꿈을 꿀 수조차 없다고 생각하는 순간 역시도 결코 인생의 끝이 아니며, 스스로가 방구석에 처박히지 않는 한 도전은 다시 시작될 준비를 하고 있다.

학창 시절 항상 죽어버리겠다던 단짝 친구가 있었다. 고등학교 때 그녀에겐 꿈이 없어 보였다. 여드름을 가린다고 화장을 하다가 선생님께 혼이 나고, 우등생인 언니와 비교당하는 일이 일상이었다. 수업시간엔 주로 잠을 잤다. 아무것도 잘하는 게 없고 사는 게 지옥 같기 때문에 성격도 좋을 수가 없다고 했다. 졸업 후 난 서울에 있는 4년제 대학에 진학하고 그녀는 지방에 있는 전문대, 원치도 않는 학과에 들어갔다.

얼굴을 못 본 몇 년 사이, 그녀는 학교를 졸업하자마자 결혼을 했다고 한다. 본인의 말에 따르면 '취직도 못 할 것 같고, 결혼도 못 할 것 같아서' 자존심 팽개치고 한 남자를 스토커처럼 쫓아다녀서 했다고 했다. 하지만 아이를 하나 낳고, 남편이 일을 그만둔 후 재취업을 못 하는 상황에 몰렸다. 수입은 없는데 아이는 커가고, 같이 살던 시부모님에게 받는 스트레스도 점점 커져만 갔다.

결국 그녀는 이혼을 단행한다(물론 잘했다는 건 아니다). 시부모님은 위자료는 꿈도 꾸지 말고, 아이도 두고 가라고 했다. 그 길로 몸만 나와서 원룸 오피스텔에 월세로 들어갔다. 그때부터 '알바'로 돈이 되는 일을 이것저것 하기 시작했는데, 이때 모두들 몰랐던 사실이 드러났다. 그녀의 막무가내식 저돌적인 성격이 남자들이 주로 하는 분야인 영업에 잘 맞았던 것이다.

"내가 더 이상 떨어질 데가 어디 있었겠어. 막 나갔지. 잘난 체하는 아저씨들 만나도 원하는 거 과감하게 얘기하고, 될만한 일은 어떻게든 매달려서 따오고.”

자기 말로 ‘막 나간’ 게 주효했다. 이미지 생각해서 몸을 사리고, 덜 힘든 일만 하려고 하지 않으니까 어려운 계약도 그녀가 나가면 성사됐다. 그러다 실적이 좋아지고 돈이 모이면서 조그맣게 자기 일을 시작하게 되었다. 하나둘 딸린 직원이 생기고 경험이 쌓이면서 그녀는 서서히 꿈을 품게 되었다.

‘좀 더 큰 회사를 경영하고 싶다. 내 브랜드를 명품 반열에 올리고 싶다.’

학창 시절의 그녀로선 상상조차 못하던 꿈이었다. 그렇게 부딪히다 보니까 꿈이 생겨난 것이다. 사업 파트너들이 생기고, 큰 사무실로 옮기고, 연달아 새로운 브랜드를 출시하면서, 지금은 누가 봐도 여러 브랜드를 거느린 중견 화장품 회사 CEO다.

물론 빚도 많다. 사업이 잘 되는 만큼, 원금과 이자를 갚고 재투자를 하느라 항상 재무 상태는 빡빡하며, 시간 역시 그렇다. 아침 8시부터 밤 10시까지 편하게 자리에 한 번 앉을 시간이 없다. 백화점에 가는 것은 시장조사를 위함이며, 동시에 일할 때 입을 옷도 사둔다. 러시아, 중국 등 해외 시장까지 챙기느라 바쁘지만 아이와는 주말마다 시간을 보내면서 엄마 노릇을 하고, 경제적 원조도 충실히 하고 있다. 끊임없는 개발과 투자,

꿈은 계속 꾸어야 한다.
　　스물엔 서른을 꿈꾸고, 서른엔 마흔을 꿈꾸면 된다.

경쟁으로 스트레스를 받을 땐 점도 본다고 한다. 그녀는 웬만한 나쁜 점괘엔 잘 놀라지도 않는다. 점은 보지만 자기가 어떻게 행동하느냐에 따라 미래가 달라진다는 걸 알고 있기 때문이다.

나 역시 일에 대한 조언이 필요할 땐 그녀를 찾곤 하는데 정말 간결하면서도 현실적인, 촌철살인의 조언을 해준다. 도대체 죽어버린다고 하던 그 여고생이 어디로 갔는지 모르겠다. 그녀는 몇 년 안에 이루어야 할 목표가 있고, 그게 잘 안 되면 조금 다른 문을 두드려서 결국은 이루어낼 것이다.

현실 속에서의 꿈이 란 그 런 것이다.

나 역시 위대한 꿈은 아니었어도 어릴 때 읊조리던 몇 가지가 현실이 되는 경험을 했다. 초등학교 때 선생님이 미래의 꿈을 발표해보라고 했는데 딱히 말할 게 없어서 '작가'라고 한 적이 있다. 사실 '화가'와 '과학자'도 말했었다. 뭔가 창작하고 나만의 세계를 가질 수 있는 직업이라는 게 좋아 보였나 보다. 결과적으로 지금 난 세 가지 일 모두를 비슷하게 경험하고 있다. 책과 칼럼을 쓰고 콘텐츠 기획을 하며 전에는 패션 매거진 에디터를 했다. 다 글과 비주얼이 밀접하게 연관된 분야다. 전공은 순수과학이고 뷰티 에디터도 해서 실험하고 분석하는 일도 한참 했으니 뱉은 말이 어느 정도는 현실로 나타난 셈이다. 사실 문학소녀도 아니고 글 솜씨도 좋지 않아 작가는 가장 비현실적인 꿈이었는데 이것저것 하다 보니 자연히 나에게 맞는 분야를 찾아 글을 쓰게 되었다.

첫 책이 나온 건 무려 서른세 살 때다. 이전에는 에디터 출신 작가가 많지 않았는데 어느 날 잡지 기사가 아닌 책을 쓰고 싶다는 생각이 들어 출판사에 기획안을 보낸 것이 계기가 되었다. 그때는 '정말 내 이름을 건 책이 세상에 나올 수 있을까?' 하는 의문으로 머릿속이 꽉 차 있었다. 출판사에선 마침 여성들의 삶에 도움이 될만한 실용서를 구상하며 작가를 물색 중이었다.

하지만 내 아이디어가 바로 책이 되진 않았다. 쓰고, 고치며 모두가 만족할만한 주제와 내용이 될 때까지 심사숙고하는 데만 몇 년이 걸렸다. 그러다가 쓴 글 중 일부인 패션에 대한 실용서를 만들어보면 어떨까 하는 것으로 의견이 모아졌다. 내 직업과 직접적인 관련이 있었고, 잘 쓸 수 있는 분야였다. 그래서 탄생한 것이 첫 책《잇 스타일》이다. 비슷한 책이 거의 없던 터라 긴가민가했지만 반응이 좋아서 이후로 몇 권이나 같은 분야 책을 쓰게 되었다. 그렇게 난 '패션 작가'란 타이틀을 달게 되었다. 하지만 그것은 내가 어렴풋하게 꿈꾼 것의 일부일 뿐 구체적으로 의도한 것은 아니었다.

꿈은 계속 꾸어야 한다. 스물엔 서른을 꿈꾸고, 서른엔 마흔을 꿈꾸면 된다. 어슴푸레하게라도 꿈을 꾸고 노력하는 한, 무엇이라도 이루어지게 되어 있다. 하지만 꿈을 스트레스 해소용으로 꾸는 것, 즉 망상만은 피해야 한다. 현실이 힘드니까 그냥 한번 상상해보고, 또 포기하고….

그런 사람을 몇 보았다. 꿈을 말하는 것까지는 아무도 황당하다고 해서 말리지 않는다. 하지만 "그럼, 이걸 해보면 어때?" 하고 주위에서 좀 더 구체적인 행동을 제안하거나 도움을 주려고 하면 "아니야, 됐어. 내가 뭘…." 하면서 포기하기를 반복하는 사람들이 있다. 꿈을 말하는 게 정말로 그걸 하겠다는 게 아니라 잠시 일상에서 탈출하는 수단인 것이다. 그러면 정말 아무것도 이루어지지 않는다. 꿈을 안 꾸는 것보다도 오히려 나쁜 습관이다.

발명왕 에디슨은 사실 천재가 아니라 집착에 가까울 정도로 엄청난 노력가였다. 전구를 발명하기 위해 만 번의 실험을 했다고 하지 않는가. 만 번째에 전구가 켜졌다. 그의 뇌리에는 전구가 탄생하고 세상 사람들이 그것으로 어둠을 밝히는 꿈이 있었다. 꿈을 꾸고 실행에 옮기는 능력이 유독 탁월한 사람이 었다고 할 수 있을 것이다. 그리고 실제로 그런 세상이 왔다.

누구나, 어떤 꿈이라도 꿀 자유가 있다. 단, 꿈을 꿨으면 그것을 향해 나아가도록 작은 행동이라도 하면 된다. 아무리 깊은 좌절이라도 그저 칼날에 마음을 살짝 베이는 것일 뿐. 시간이 흐르고, 움직이는 걸 멈추지만 않는다면 꿈은 또 달콤한 향기를 솔솔 뿌릴 것이다.

"요즘 좀… 그래."

집에만 있고 아무도 만나려 하지 않는 친구의 말이다. 짧은 말 한 마디지만 무슨 뜻으로 말하는 것인지 충분히 이해가 된다. 집안 형편은 좋지 않은데 부모님은 늙어 가시고, 그녀를 여자로 보는 남자는 별로 없다. 하는 일도 지지부진한데 무슨 새로운 일을 해야 할지 용기도 안 나고, 그다지 하고 싶지도 않다. 그러니 누구를 만나도 할 얘기가 없고, 찻값이나 교통비도 부담스러운 것이다.

부모님의 품을 떠나 겨우 사회에 적응했나 싶은 나이가 바로 서른이다. 하지만 지난 몇 년 냉엄한 사회로부터의 피로가 쌓일 만큼 쌓이는 나이이기도 하다. 무엇이든 시작할 수 있지만, 무턱대고 시작할 수도 없는 서른. 겉으로는 웃어도 자신을 둘러싼 울타리가 버겁게 느껴지고 20대 초반에 외치던 '열정', '패기' 같은 단어도 이제 어색하게 다가온다. 꿈만 가지고는 안 된다는 깨달음까지 맛보았다면 자신도 모르게 '그냥 이대로…' 하는 무기력한 분위기에 빠져들기 십상이다.

무기력은 미지근한 물처럼 달착지근하다. 무기력에 익숙해지면 그 누구의 연락도 달갑지 않고, 먼저 남에게 접근을 한다는 건 더더욱 어렵고, 새로운 일을 시작하기 두려우며, 차라리 "안 될 거야."란 말을 먼저 들어야 안심이 되기도 한다.

헬렌 켈러가 위대한 인물이 된 데는 설리번 선생님의 인정과 격려가 절대적이었다. 사지가 없는 닉 부이치치가 행복 전도사가 된 것도 선진국에 여유 있는 독실한 기독교 집안이란 배경이 없이는 불가능했을지도 모른다. 세상은 평범하고 혼자이며 무기력에 빠진 자에게 그리 자비롭지 않다. 손가락질을 하거나, 아예 그럴 사람조차 없는 게 보통이다. 생동감 넘치는 대중매체 속의 세상과 달리, 조금만 눈을 크게 떠보면 세상엔

무 엇 이 든 시작할 수 있지만,
　　무턱대고 시작할 수 도 없는 서 른

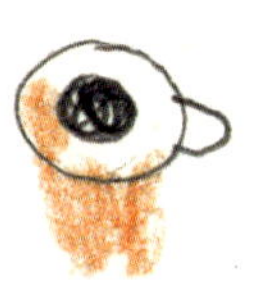

무기력이 만연해 있다. 멀리는 피폐한 전쟁터부터 가까이는 방 안이나 평범한 사무실에도 말이다.

대기업의 새 프로젝트를 준비하는 회의실, 때론 그곳의 풍 경도 멋진 촌극처럼 보인다. 다들 열정에 차 있고, 최선을 다할 것이며 이 업무를 맡아서 기쁜 듯 연기하지만 실은 모두들 그 렇지 않다는 걸 알고 있는 촌극. 잔뜩 인쇄한 서류를 내려놓고, 활기찬 목소리로 발표를 하고, 영어를 많이 섞어서 멋지게 애 기하지만 '빨리 이 방을 나가고 싶다. 관심도 없는데…. 나가서 커피 마시면서 수다라도 떨고 싶어.' 하는 텔레파시가 공중에 떠다니는 게 보인다.

그러나 이러한 무기력이 인간사의 필연적 중간 산물이란 걸 인정하면 삶이 쉬워진다.

나 만 그런 게 아니다.

누구나 빠져들기 쉬운 게 무기력이다. 타인과 무리를 짓 고, 먹을 것과 입을 것 외에 인권이란 이름하에 자유가 주어진 것 같아도 실제로 뜻대로 되는 일은 그리 많지 않다. 최첨단 IT 기기에도 버그가 생기고, 잘 돌아가는 기계에도 쇳가루가 끼는 것처럼 말이다.

의지를 놓아버리고, 아무것도 하지 않으려는 것은 어쩌면 세상 혹은 신에 대한 적극적인 반항일 수도 있다. 가끔 사는 게 무료할 때 '나는 왜 태어났을까?' 하는 의문이 생기기도 할 것이다. 그러나 어떤 생명이든 그 탄생엔 부모의 의지가 담겨 있다. 그리고 일단 태어나면 신이든 유전자든 누군가가 설계한 '생존 시스템'이 가동된다. 아무것도 하지 않고 누워 있어도 몸은 에너지 섭취를 요구한다. 고층 건물에 서서 아래를 보면 느껴지는 공포 역시 삶을 계속하라는 강력한 신호다. 대단히 철학적이고 소명의식으로 가득한 삶의 이유는 각자 만들기 나름이지만, 일차원적으로 봐도 누구나 자신이 살기 위해 태어났음은 인정할 것이다.

그렇다면 어떻게 해야 할까? 존재조차 하지 않았던 것처럼 살다가 가서는 살았다고 말하기 어려울 것이다. 사실은 누구보다도 열정적으로, 화려하게 살고 싶지만 그렇게 할 수 없는 상황이 서글픈 것 아닌가?

집에서 가사도우미를 했던 분이 있다. 부끄럽게도 나는 그 아주머니에게 무기력의 끝을 보인 적이 있다. 자지 않으면서도 종일 침대 속에 숨어 있고, 식사를 하라고 해도 하지 않고, 블라

인드로 창문 전체를 가려 버리고, 아주머니가 청소를 하겠다고 해도 "이 방은 됐어요." 하며 다시 침대 속으로…. 분명 이유는 있었겠지만 어쨌든 그 상태에서 벗어나기란 쉽지 않았다. 어느 날, 아주머니가 가신 후 머리맡을 보니 교회에서 발행한 책자 같은 것이 놓여 있었다. 인생의 지침이 되는 잠언이었다. 물론 읽지 않았다. 하지만 그냥 휴지통에 버리기가 미안해서 가끔씩 본 것처럼 펼쳤다가 침대 옆 테이블에 놓았다.

그렇게 쌓인 책이 수십 권이 된 어느 날, 문득 그분의 삶을 이끄는 에너지는 도대체 무엇인지 궁금해졌다. 아주머니는 평소엔 성실하게 일을 하고 1년에 두 번 정도 긴 무급 휴가를 내서 어딘가에 다녀오셨다. 한 번 다녀올 때마다 피부는 까맣게 타고, 단단해졌다. 무엇보다 얼굴에 어린아이처럼 순수한 기쁨이 어렸다. 그래서 어디 다녀오셨냐고 넌지시 여쭤봤다. 뜻밖에도 남방의 섬 같은 휴양지가 아닌, 시리아에서 이집트로 연결되는 중동-북아프리카에 다녀왔단다. 그것도 대부분 걸어서. 여행이 좋았냐고 묻자 "정말 좋았다."고만 했는데 그 순간 쑥스러워 보이는 미소 뒤로, 큰 행복을 되새김하시는 듯했다.

아주머니는 원래 사업가 남편과 함께 남부럽지 않게 사셨다고 한다. 하지만 불의의 사고로 남편이 돌아가시고 어떻게

든 꾸려가려던 사업은 실패하고 말았다. 남은 건 아이들뿐이었는데 잘 키워는 놓아야겠다는 생각에 가사도우미를 시작한 게 십수 년. 아이들은 커갔지만 어머니의 고생도 모르고 비뚤어져만 갔다. 아주머니는 낙이라고 할만한 것이 없었고, 그런 삶에서 벗어날 희망도 없었다고 한다. 그러던 중, 친지의 초청으로 북아프리카 여행을 다녀왔고 이후 삶이 달라졌다고 했다. 낯선 곳에서 만난 풍경과 사람들…. 그들의 생생한 삶과 아주머니의 작은 도움을 기다리는 아이들….

처음엔 도전이라기보다 일탈이었다.

열악한 매일에서 벗어난 잠깐 동안의 일탈. 하지만 그녀에게 그것은 어느새 도전이 되고 있었다. 고작 1년에 한두 번이지만, 주로 걸어 다니는 여행이지만, 아주머니는 새로운 세상을 발견하고 만들기 시작했다. 더 큰 세상을 보고, 영어를 배우는 등 준비할 것도 많아지다 보니 아주머니의 일상은 새로운 색채로 채워져 풍요로워졌다. 세월이 흐를수록 다녀온 곳과 만난 사람은 놀랄 만큼 많아졌고 인생 전체를 관통하는 장기 계획도 생겼다. 돈은 가사도우미 일을 해서 벌었지만 실제 직업은 여행가, 혹은 봉사자라고 할 수 있었다.

나는 부끄러웠다. 가만히 있을 수만은 없다고 생각했다. 당장은 불편하고 괴롭지만 현실을 직시하고 아주 사소한 무언가라도 도전해야 했다. 작은 서랍 하나만 정리해도 더 큰일을 할 수 있을 것 같은 힘이 생기듯 말이다. 그렇게 조금씩, 쌓여가는 에너지를 가지고 더 큰 도전을 할 수 있었다. 아직 인생을 즐긴다고는 할 수 없다. 하지만 이제는 웬만한 상처나 실패로는 쉽게 무기력의 늪에 빠지지 않는다. 내성이 생겼달까?

《생의 한 가운데》, 독일 작가 루이제 린저의 역작이다. 원제는 《Mitte Des Lebens》인데 이만큼 책의 내용을 함축적이고, 절묘하게 담은 제목이 있을까 싶다. 무기력에 찌든 소설 속 화자, 중년 의사 슈타인은 생에 대한 열정과 의지로 가득한 소녀 니나를 알게 된다. 그는 자신과 대척점에 있는 니나가 충격적이고, 의아하다. 니나는 소리친다.

"모든 게 미정이야. 우리는 우리가 원하는 것이 될 수 있어."

"당신은 생을 피해갔어요. 당신은 한 번도 위험을 무릅쓴 일이 없어요. 그래서 아무것도 얻지 못하고 잃기만 했어요!"

슈타인은 자신이 갖지 못한 열정으로 가득한 니나를 질투하면서도 사랑한다. 하지만 그가 할 수 있는 건 그저 그녀를 관찰하는 것뿐. 니나가 다른 남자와 결혼하고, 아이를 낳고, 투쟁하고, 절망하고, 타락하는 그 모든 과정을 슈타인은 동요하면서도 바라만 본다. 18년간 바라보기만 한 끝에 그가 깨달은 것은 언제나 지금 이 순간은 생의 한 가운데이며, 그것을 인정하고 절절하게 생을 마주해야 한다는 사실이었다.

두려움이 몽마처럼 따라다닐 때도 무기력에 빠져들 수 있다. 나치 치하에서 핍박받기도 했던 작가 루이제 린저는 슈타인의 무기력을 두려움의 측면에서 바라보았을 수도 있다. 거기에서 헤어나려면 일단은 현실을 있는 그대로 바라보는 방법밖에 없다고 작가는 말한다.

무기력은 살면서 누구나 가끔씩 독하게 앓는 감기 기운 같은 것이다. 폐렴으로 발전시켜 죽을 게 아니면 떨쳐버려야 한다. 언젠가는 눈을 똑바로 뜨고 생을 마주해야 한다. 자신 혹은 타인의 생을 의미 있게 해줄 무언가를 찾고, 그것을 해야 한다. 동굴에 들어가는 건 잠깐이면 충분하다. 그것을 평생으로 확대시키는 건 고귀한 나의 생명을 낭비하는 짓이다. 거창하지 않아도 된다. '도전'이란 이름을 붙이지 않아도 된다. 전보다 못해 보이는 것도 괜찮다. 멈췄다가 다시 걷고, 그러다 보면 먼 길을 가고 있는 것이 생이기에.

어른, 여전히 내게는 낯선 단어

역사책을 재미있게 읽다가도 말이 안 되게 느껴지는 것이 바로 인물들의 나이다. 문인 허난설헌은 여덟 살에 〈광한전백옥루상량문(廣寒殿白玉樓上梁文)〉을 썼고 열다섯에 결혼을 해서 활발하게 시문을 창작했으나 스물일곱에 죽었다. 클레오파트라는 열일곱에 여왕이 되어 지성과 미모로 이집트를 통치했으며 열여덟에 결혼했고 스물한 살에 시저의 연인이 되어 이집트의 독립을 보장받았다. 시인 아르튀르 랭보는 열여섯에 '견자(見者, voyant)론'을 주장했고, 명망 높은 시인 폴 베를렌과 교류했으며 열여덟에 그와의 치정 싸움에 휘말렸고, 스무 살에 절필을 선언했다.

다들 서른도 되기 전에 모든 것을 이룬 것이다. 물론 업적을 남기거나 유명세를 탄다고 해서 어른이라고 말할 순 없다. 하지만 과거엔 어른으로 인정받고 치열하게 고뇌한 나이가 지금의 기준보다 훨씬 어렸으며 서른이면 완전히 중년 취급을 받았을 거란 사실은 명백하다.

그런데 요즘 서른들은 어떠한가? 올해도 어김없이 새로이 서른 살이 된 사람들이 있다. 더 이상 20대가 아니란 사실이, 나이가 3으로 시작한다는 사실이 잠시 끔찍하게 여겨지기도 하겠지만 맛집 찾고 SNS 하고 일, 공부, 연애에 신경 쓰는 일상은 쉽게 달라지지 않았을 것이다.

또 정신적으로도 성장해 세상이 달라 보일 것 같았는데, 어제 본 풍경이나 오늘 보는 풍경이나 다를 게 없다. 여전히 섭섭한 말을 들으면 심사가 꼬이고, 좋아하는 연예인 소식에 마음이 동하고, 귀여운 문구류를 발견하면 다 사고 싶다. 어쩌면 그 지나친 고요함 탓에 간헐적으로 불안감이 찾아오는 거 같기도 하다. '난 서른이야. 완벽한 성인이지. 그런데 무엇을 어떻게 해야 하지?' 나 역시 그랬다.

어른이란 대체 무엇일까? 또 무엇을 해야 스스로 어른이라고 자신할 수 있는 것일까? 민법상 성인은 만 열아홉이지만 마음의 성인은 누가 증빙자료를 내어주는 게 아니다. 다른 사람에게 지적이나 비판을 당해도 겸허하게 받아들이고 고칠 수 있는 배포, 큰 학문적 기틀을 이루어놓진 못했어도 적어도 평생 공부하고픈 분야는 정해놓는 것, 일을 하고 있다면 자기가 맡은 일에 대해선 인정을 받는 것, 동시에 미래에 대한 목표와 야망이 뚜렷한 것, 사회와 세계를 돌아볼 수 있는 시각과 따뜻한 마음, 누구와도 즐거운 분위기로 의사소통할 수 있는 사교성 정도는 갖춰야 이상적으로 생각하는 어른이 되는 거 아닐까? 물론 서른에 그런 사람이 있기는 할 테지만 대개 몇 가지는 결핍된 상태일 것이며 그 사실조차 스스로 알아차리지 못하고 있을 수도 있다.

결론을 먼저 말하면 진정한 어른은 하루아침에 되는 것이 아니다. 마치 큰 독 안에 담긴 장처럼 평생에 걸쳐 서서히 이루어가는 것이다. 인간은 언제나 완전한 '어른상'을 흠모하고 섬겨왔다. 그것을 살펴보면 종교에서 말하는 신, 혹은 성인(聖人)

의 수준이라 해도 과언이 아니다.

후세에 성인으로 일컬어진 공자마저도 "성인은 내 아직 보지 못하였지만, 군자만이라도 만나 보았으면 한다(論語, 述而篇)."고 했다. 군자는 흔히 말하는 '대인배'를 넘어서 도덕적으로 드높은 경지에 이른 인간을 말하는데 공자는 그마저도 불가능에 가까운 이상이라고 여겼던 것이다. 하지만 그 이상향을 향해 평생을 끊임없이 경주하고, 근신하고, 고뇌하는 것을 사람이 마땅히 해야 할 일이라고 보았다.

방법을 알려줘도 짧은 시간 안에 실현하기가 참 어려운 내용이다. 하물며 서른 즈음에야…. 다행인 건, 어른이 되는 길은 누구에게나 공평하게 까다롭고 어렵다.

물의 흐름보다도 자연스럽게 자신과 타인의 세상을 이해하려 노력할 때, 우리는 서서히 어른이 되어간다. 기분에 휩쓸리기보다 나는 혹은 타인은 왜 이런 태도를 보이는가를 이해하려고 하고, 게을러지다가도 마음을 다잡고 세상을 이해하고 보듬으려 한 번 더 생각을 하고, 말 한 마디도 조금은 둥글게 하려고 노력하고, 그렇게 조금씩 나아지면 된다. 이것도 너무 어렵다고? 경험이란 것이 도와줄 것이다. 못 가봤던 곳에 가보고, 되어 보지 못했던 입장이 되어 보면 이해할 수 있으니까.

내가 서른 즈음에는 흡연자로서 비흡연자들이 까탈을 부린다고 생각했고, 사장들은 다 부유한데 종업원들을 착취한다고만 생각했고, 도덕책에서 노인 공경을 배운 바가 있어 그나마 착한 사람으로 보이기 위해 버스에서 자리를 양보하곤 했다. 하지만 내가 담배를 끊고 냄새를 맡아보니, 자영업으로 어려움을 겪는 지인들을 많이 보고 나니, 몸이 조금 더 늙어서 힘이 부치니, 마침내 상대를 이해하게 되었고 진심에서 우러난 배려를 할 수 있게 되었다.

이런 변화는 세월과 함께 서서히 나타난다. 그렇다고 해서 내가 충분히 어른스럽단 얘기는 절대 아니다. 하지만 어른의 무게가 100그램이라면 적어도 1그램은 무거워지지 않았나 싶다.

당장에 어른스러워 보이고 싶다고 말을 멋있게 하고, 의식 있는 것처럼 행동해도 진정성 있는 노력을 하지 않으면 그 사람은 그저 '허세남', '허세녀'가 될 뿐이다. 세상에 똑똑하고 혜안이 있는 사람이 얼마나 많은가. 허세로 가득한 사람은 결국 우스워 보인다. 알게 모르게 주위 사람들에게 가벼운 민폐를 끼칠 수도 있다. 이런 점이 어쩌면 귀여워 보일 수도 있겠다. 하지만 차라리 어른에 대한 조급증을 버리고, 겉만 번드르르하게 포장하지 않는 게 백 배 낫다.

세월이 흐르면 어느 순간 격차는 드러난다. 한 마디를 해도 마음속에 물결을 일으키는 어른과 쓸데없는 충고만 해 많은 이들을 괴롭게 하는 어른, 어느 쪽이 되고 싶은가?

새가 알에서 나오려고 싸운다. 알은 곧 세계이다. 태어나려고 하는 자는 하나의 세계를 파괴해야만 한다. 그 새는 신을 향해 날아간다. 그 신의 이름은 아프락사스다.

한번쯤 들어보지 않은 사람이 없을 정도로 유명한《데미안》의 한 구절이다. 많은 청춘들이 아프락사스의 의미를 찾기 위해 고군분투했을 것이다. 하지만 이 책에서 아프락사스가 무엇인가는 중요하지 않다. 중요한 것은 알이 세계이며 새는 알에서 나오려고 '싸운다'는 점이다. 누구와? 그것은 자기 자신, 자기만이 보는 아이의 세계다.

자신이 여전히 어린아이 같아서 불안을 느낀다면 알을 깨고 나가려고 싸우는 건강한 과정이라고 생각하면 된다. 서른이든 마흔이든 모두가 마찬가지다. 오히려 나는 천진난만한 거라고, 사랑스러운 거라고 애써 자위하며 유치하고 왜곡된 모습을

고집하는 것이 더 큰 문제다. 좁은 알에 갇힌 채 안주해 버린다
면 몸만 큰 새는 결국 죽어버리고 말 테니까….

· · · · · · · · · · **좀처럼 풀리지 않는 게 인생인 거야?**

나는 잔디를 밟기 좋아한다. 젖은 시새를 밟기 좋아한다. 고무창 댄 구두를 신고 아스팔트 위를 걷기를 좋아한다. 아가의 머리칼을 만지기를 좋아한다. 새로 나온 나뭇잎을 만지기 좋아한다. 나는 보드랍고 고운 화롯불 재를 만지기 좋아한다. 나는 남의 아내의 수달피 목도리를 만져보기 좋아한다. 그리고 아내에게 좀 미안한 생각을 한다.

중학교 때 국어 교과서에 실렸던 피천득 선생님의 수필, 〈나의 사랑하는 생활〉에 나오는 글이다. 보통 수험생에게 교과서에 실린 문학작품은 시험지 속 예문일 뿐 감상용은 아니다. 하지만 반 친구들 모두 이 수필을 읽으며 '신선한 기쁨'을 느꼈고 오래도록 음미했던 기억이 난다.

이 수필은 처음부터 끝까지, 작가가 좋아하는 것들을 담담하게 나열한다. 한 사람이 좋아하는 것이 이토록 많다는 것, 그것을 모은 것만으로도 아름다운 작품이 된다는 것. 또한 대부분 작가가 이미 갖고 계셨던 것, 쉽게 손에 넣을 수 있고 주위에 공기처럼 존재하는 것이란 사실이 참 따뜻하게 다가온다.

세상을 긍정적으로 바라보고 인생에서 소소한 기쁨을 찾는 것. 누구나 다 할 수 있고 아는 얘기다. 하지만 좀처럼 풀리지 않는 문제투성이 삶에서 이런 마음을 갖기란 결코 쉽지만은 않다. 조금 삐딱하게 생각해보면 긍정은 현대 사회에서 특히나 찬양하는 덕목이다. 과거 봉건제 사회에서는 신분에 따라 운명이 어느 정도 정해져 있었기 때문에 긍정이고 부정이고 따질 필요도 없었다. 지배계층 입장에선 그저 잘 순응하는 사람이 다루기 편했을 뿐. 하지만 민주주의, 자본주의 사회로 넘어오면서 개인의 노력, 혹은 운에 따라 삶이 판이하게 달라지기 시작했다. 혹시 잘 해보려고 했는데 잘 안 되는 사람들에게 불어넣을 수 있는 위로가 바로 긍정이라는 신화 아닐까?

그래서인지 언젠가부터 '긍정', 'positive'란 단어가 난무한다 싶을 정도로 자주 등장하고 있다. 긍정적인 태도를 지니면 행복도 성공도 따라온다는 긍정 만능주의마저도 횡행하는 판이다. 하지만 진짜 긍정은 자연스러워야 한다. 똑같은 상황도 자연스럽게, 유쾌하게 받아들이고 도전할 수 있는 힘이 있는 것 말이다. 나쁘게 느껴지고 싫은 것을 억지로 좋게 생각하는 것은 욕망을 위해 마음속 불만을 순간적으로 억누르는 것일 수도 있다. 언젠가 악몽을 꾸면서 비명을 지를지도 모를 일이다. 진짜 긍정은 '꼭 잘 되어야 한다.'는 족쇄로부터 자기 자신을 풀어주는 데서 시작된다. 희망을 억지로 만들어내거나 엄청난 자기 수양 후에 품을 수 있는 게 아니다.

지인으로부터 한 투자 전문가에 대한 이야기를 들었다. 그는 세계 굴지의 투자 회사 애널리스트였다. 좋은 학교를 졸업했고 많은 연봉을 받고 모두가 다니고 싶어 하는 회사에 취직했으며, 기대와 인정을 받았다. 밤낮을 가리지 않고 그래프에 매달렸다. 하지만 알다시피 투자란 끊임없는 스트레스와의 싸움이다. 그리고 어느 날, 그는 젊디젊은 나이에 과로사했다. 공부와 달리 투자는 혼자 하는 것이, 자기 마음대로만 되는 것이 아니다. 조금만 실적이 안 좋아도 그는 크게 스트레스를 받았고 자신을 과로로 몰아세웠다고 한다. 동료들은 그의 비보에 "일 열심히 하면 뭐해. 젊은 나이에 갈 수도 있는데…." 하고 허탈해했다고 한다.

반면 작은 투자회사를 경영하고 있는 지인이 있다. 2008년 터진 세계 경제 위기 때문에 상당수의 고객을 잃었고, 부모님 건강도 급격히 안 좋아져서 병원비까지 떠맡게 되면서 우환이 한꺼번에 닥친 형국이었다. 다들 걱정했는데 그는 평소와 똑같이 명랑했다. 그의 스트레스 해소 방법은 참 단순하다. 집에서 뒹굴거리며 TV를 보거나 친구들을 만나 밤새 카드 게임을 한다. 밥도 더 많이 먹는다. 어쩌면 저렇게 속 편할까 싶기도 하지만 그 사람은 "투자란 게 내가 이득을 보면 누군가는 손해를 보는 거야. 손해 볼 땐 누군가를 도와준 셈이니까 좋지. 벌면 벌어서 좋은 거고. 이 세상에 태어나서 이러기도 하고 저러기도 하면서 살면 좋은 거 아닌가?"란 말을 종종 했다.

그가 경제 위기를 어떻게 돌파했는지는 잘 모르지만 그런 넉넉한 마음이 있는 한 어떤 위기가 닥쳐와도 잘 헤쳐 나갈 수 있을 것이다. 기본적으로 '이래도 좋고, 저래도 좋고' 하는 자세

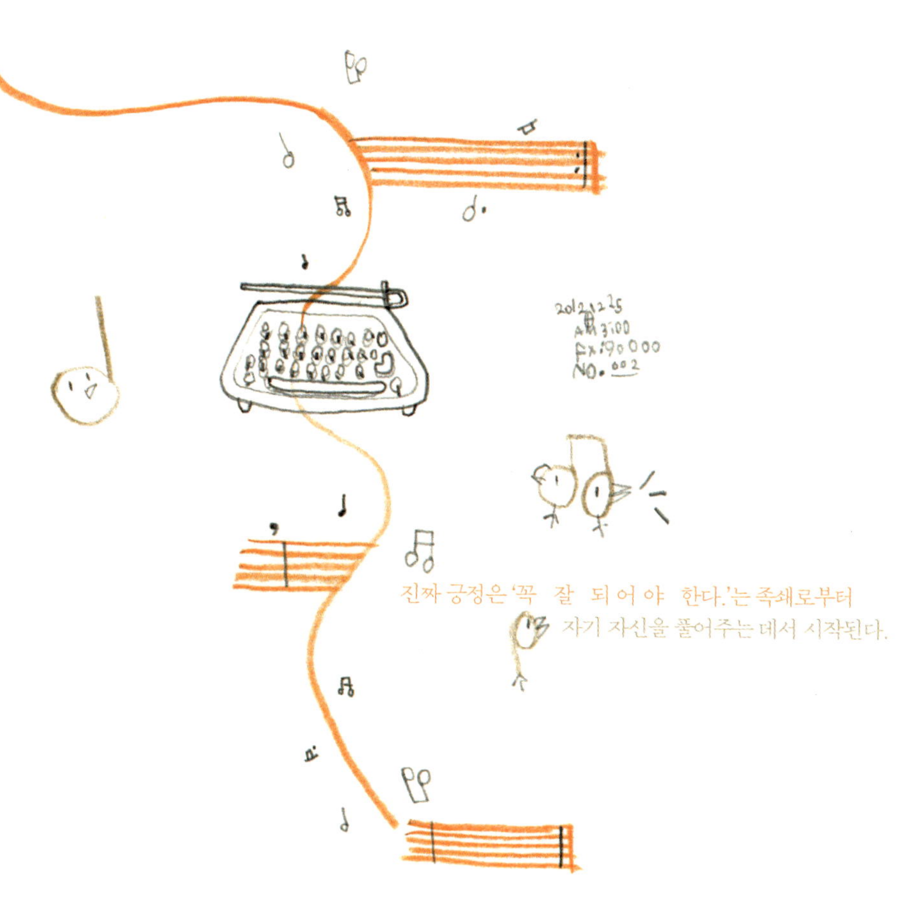

2012.12.25
AM 3:00
EX:90000
NO. 002
진짜 긍정은 '꼭 잘 되어야 한다.'는 족쇄로부터
자기 자신을 풀어주는 데서 시작된다.

를 갖고 있기 때문이다. 어쩌면 그것이 오랜 기간 투자를 하면서도 스스로를 지킬 수 있는 힘이 되지 않았나 싶다.

또 다른 긍정의 화신으로 '혜민스님'이란 트위터리언이 있다. 트위터명만 봐도 알 수 있지만 진짜 스님이 아니고 혜민스님의 패러디 계정이다. 멋대로 인용해서 죄송한데 그분의 멘션 중 '우린 한심하고 나약한 스스로의 모습을 발견했을 때 외칩니다. "이건 진정한 내가 아니야!" 그럼 누군데?', '너무 늦었다고 생각하지 마세요. 일찍 시작했다고 망하지 않았을 것 같나요?', '내가 너무도 작고 하찮게 느껴질 때가 있죠? 우린 세상 살기가 버겁고 힘겨울 때 그런 느낌을 갖게 됩니다. 하지만 작더라도 여전히 '나'가 있음을 깨닫고 자신감을 가져보세요. 물론 자신감을 가져도 여러분은 여전히 못났지만, 근자감이란 것도 있잖아요. 허허⋯.' 따위를 읽고 배꼽 빠지게 웃은 적이 있다.

'혜민스님'은 원래 '혜밑스님'이었는데 트위터에서 인기를 끌자 누가 같은 이름으로 페이스북 계정을 만들었다. 혜밑스님은 그 사람에게 이름을 바꾸어달라고 부탁했지만, 답이 없자 자신의 트위터 이름을 '혜밑'으로 바꾸고 얼굴엔 점을 하나 찍었다. 화를 내고 흥분하기보다 그런 상황조차 둥글게 유머로 승화시키는 것이다.

정말 긍정적인 사람은 조금 바보스러워 보일 수 있다. 하지만 그들은 굉장히 뜻밖의 곳에서도 긍정을 찾아낸다. 학창 시절 밤샘 시험공부를 하다가 너무나 피곤해서 결국 "에이, 망쳐! 이런다고 둔재가 천재 되냐?" 하고 마음먹을 때의 작은 쾌감 같은 것 말이다.

너무 무책임하다고? 살다 보면 잘 되는 일보다 안 되는 일이 훨씬 많다. 언제나 즐거워 보이는 사람도 자세히 관찰해보면 객관적으로 항상 일이 잘 풀리는 건 절대 아니다. 오히려 '저런 상황에서 어떻게 웃을 수 있지?' 싶은 삶을 사는 사람이 더 긍정적이다. 어떤 상황에서든 '이대로도 충분히 좋다.'라는 겸허한 마음을 품고 있기 때문이다. 자신의 존재 자체, 지금 가진 것 자체만으로도 만족하고 감사하는 태도를 지닌 것이다.

이런 자세를 갖기 위해선 연습이 좀 필요하다. 첫째, 피천득 선생님처럼 좋아하는 것, 운이 좋은 것 써보기! 지금 갖고 있거나 경험했거나⋯. 기분이 뿌듯해지는 유·무형의 것들을 쭉 나열해보면 의외로 자신이 가진 축복도 꽤 많다는 사실을 알게 될 것이다.

'나는 살면서 연중 벚꽃이 피는 짧은 시기를 몇 번이나 누렸다. 운 좋게 시간이 나서 데이트도 했고 한 번은 일본에서 꽃

놀이를 했다. 강아지를 키웠는데 너무나도 똘똘하고 귀여운 녀석이었고 병도 잘 안 걸렸다. 가족 중 유일하게 시력이 좋아서 멀리서 오는 버스 번호도 한 번에 알아본다.'

이런 식으로 쓰다 보면 몇 페이지가 금방 넘어갈 수도 있다. 때로는 싫어하는 것, 운 나쁜 것을 따로 써놓아도 좋다. 하지만 좋은 것은 꼭 써야 한다.

누구나 인생이 나쁘기만 할 수는 없다. 나쁜 것도 있지만 좋은 것도 있다는 사실을 인식해야 한다. 나쁜 게 마음속에 돌부리처럼 계속 걸린다면 조금 비겁한 방법을 써보자. "에이, 그래도 그것보단 낫잖아."처럼 더 나쁜 상황 상상해보기! 예를 들어 한쪽 눈의 시력이 상실되어 가고 있다고 할 때, '양 눈 다 안 보이는 것보단 낫잖아.' 하고 생각한다거나 양 눈 다 안 보일 땐 '팔다리가 멀쩡히 붙어 있잖아.' 하는 식이다. 그것마저 어렵다면 나보다 못하다고 생각하는 사람과 비교해 안도감을 얻는 것도 좋다.

사회심리학자 페스팅거에 의하면 '사회비교(social comparison)'란 인간의 본능으로 다른 이와 나를 비교해 내가 옳은지, 어떤 위치에 있는지를 알아보려는 심리라고 한다. 비교심리가 동경하는 사람들에게 향하면 마냥 긍정적일 수만은 없다. 때로는 나보다 불행해보이는 사람, 일이 안 풀리는 사람, 가진 게 적어보이는 사람과 비교해 우위를 체감하는 방법이 무의식적으로 쌓인 부정적인 감정을 상당히 해소시켜준다. 모두가 겉으로는 인격자를 지향한다. 잘 되는 사람에게 박수를 보내고 아픈 사람은 보듬어주어야 한다고 생각한다. 하지만 인간이 모두 한결같이 반듯하긴 어렵다. 절대다수는 소인배이다. 특히 정신이 건강하지 못할 땐 잠시 못된 심사를 품음으로써 다시 착해지기도 한다.

마지막 방법으로는 모든 것이 무(無)로 돌아간 상황을 가정해보기가 있다. 절망의 끝에서 희망을 발견한다고, 어떤 일을 당해도 나 자신은 오롯이 남음을 떠올려 보는 것이다. 40~50대 남자들의 자살 원인은 대부분 사업 실패, 가족 해체라고 한다. 특히 으뜸이 사업 실패인데 빚더미에 올라앉아 집에 차압 딱지가 붙고, 가족들이 뿔뿔이 흩어지면 큰 사업을 했던 사람일수록 자살을 생각하는 것 같다. 하지만 애초에 사업이란 게 잘 될 수도 있고, 안 될 수도 있다는 가정하에 시작하는 게 아닌가. 반드시 잘 된다는 것이 오히려 어색한 것이고, 가정 역시 무에서 탄생한 것이므로 다시 해체될 수도 있는 것이다. 몸뚱이 하나 달랑인 태어난 순간으로 돌아가는 것.

　아무것도 가진 게 없어도 그것은 있을 수 있는 일 중 하나이며 나는 태어난 그대로 남을 뿐이다. 아무리 잘못 되어도 완전히 숨이 끊어지기 전까지 '나'는 존재한다.

　서른 즈음의 청춘들 역시 결혼이, 취직이, 인간관계가, 돈 문제 등등이 지지리도 안 풀릴 수 있다. 그것 역시 인생이다. 나는 여전히 존재함을 인정하고, 긍정할 수 있으면 좋겠다. 요즘 조금만 자기 뜻대로 안 되면 분노하고, 좌절하는 청춘이 많다. 애초부터 확률적으로 운이 매우 좋아야만 가능한 일인데, '꼭 된다'고 긍정하다가 실패하면 반대로 한없는 부정 상태에 빠지게 되는 것이다. '꼭 될 것이다. 되어야 한다.'는 긍정이 아니다. 최면이자 압력이고 자아에 대한 과시다. '한번 해보자. 잘 되면 참 좋을 거야. 하지만 안 된다 하더라도 좋아.' 하는 게 진짜 긍정이다.

서른, 죽음에 관한

사
색

　재미로 사주를 봤다. 수명만 보면 평균 이상은 산다고 한다. 오래 병상에 누워 있지 않고 '한방에' 간다고도 했다. 믿지는 않지만 어느 정도 마음이 놓이는 게 사실이다. 사람이라면 누구나 죽음을 두려워한다. 그래서 노인들은 죽음을 받아들일 시간도 없이, 자면서 죽는 걸 꿈꾸는 경우가 많다.

　서른쯤 되면 다소 이를지도 모르지만 죽음이란 것이 삶의 바로 옆에 존재한다는 것을 조금씩 인정하게 된다. 심심치 않게 들려오는 유명인의 부고, 개중에는 새파랗게 젊은 사람도 있다. 자살, 병사, 사고사…, 참혹하지만 이유도 참 다양하다. 가끔 앨범을 들춰보면 어린 시절 집안 잔치에 오셨던 분들 중 반 이상이 없다. 가족, 친지 중에도 돌아가신 분들이 많고 특히 어릴 때 날 귀여워해 주시던 할머니 할아버지 세대는 거의 안 계신다. 사진 속에서 그분들은 지금의 내 나이와 크게 차이 나지 않는, 생기 넘치는 아주머니, 아저씨들이었는데 말이다.

이 책을 읽는 서른 즈음의 사람들 역시 마찬가지일 것이다. 아직은 친지 어르신들, 친구나 동료 부모님의 부고가 대부분일 테지만 최악의 경우엔 가족, 친구 등 가까운 사람을 잃은 경험도 있을 수 있다. 벌써 지인들을 하나둘씩 떠나보내야 하는 그런 나이가 된 것이다. 화장터, 가족묘, 교회, 절 등 각종 장소에서 치러지는 장례식에 참석하는 일도 점점 잦아진다. 우리에게도, 우리가 사랑하는 사람에게도 언젠가 닥칠 일이란 사실을 인정할 줄 알아야 한다.

갓 스물을 넘길 때까지만 해도 상갓집에 갈 일이 생기면 '얼마 내지? 일 있는데 몇 시에 가지?'처럼 자기 입장만 따졌지 상을 당한 사람의 슬픔이 얼마나 큰지 잘 이해하지 못했다. 울고 있어도, 웃고 있어도 그들은 정신을 잃을 만큼 큰 고통 속에 내던져진 상태였음이 분명하다. 한 친구는 아버지가 돌아가신 지 얼마 안 되었는데, 오랜만에 만난 친구들이 '과부'에 관한 농담을 하면서 웃는 통에 큰 상처를 받았다고 한다. 또, 지병으로 돌아가신 지인 부모님 장례식장에서 자기 부모님에게 전화를 걸어 "엄마, 혈압이 얼마라고 했지? 검사 좀 받아 봐." 하면서 다 들리게 걱정을 하는 것 역시 참 철딱서니 없는 짓이다. 맛있는 것 사먹는 데는 몇만 원을 아까워하지 않으면서 조의금은 가능한 적게 내고 체면만 차리려는 것도 마찬가지. 서른쯤 되면 그보다는 크게 생각할 줄 알 나이다.

서른, 이제 나 자신의 생과 사에 대해서도 생각해볼 시기다.

병원에서 생판 남이 죽는 모습을 우연히 본 적이 있다. 응급실 앞에 앉아 있는데 오토바이 사고를 당한 환자가 실려 왔다. 겨우 10대를 넘긴 듯했다. "이모! 나 정말 미안하고 여기서 나가면 진짜 잘 할게!" 가족들이 주위에서 흐느끼고 있는데 마치 웅변을 하는 것처럼 우렁찬 목소리로 중언부언하듯 말을 이었다. 그러다 뚝. 출혈로 인한 쇼크였는데 결국 사망이었다. 울음소리가 낭자하게 이어졌다.

죽음이란 것의 존재감을 확실하게 깨달은 순간이었다. 또

한 죽음을 앞둔 상황에서 인간은 타인에 대한 미안함, 사랑, 지난 삶에 대한 후회, 생에 대한 욕망을 격렬하게 느낀다는 것도…. 나 역시 '죽을 고비'란 걸 몇 번 넘겼는데, 한 번은 지방에서 서울로 돌아오다가 차가 전복되는 교통사고가 났다. 다행히 많이 다치진 않았지만 차가 빙그르르 구르며 몸이 뜨고 우당탕하는 몇 초가 마치 10여 분은 되는 것처럼 기억에 남아 있다. 병원에 입원을 하고, 집에 전화를 했다. 집에선 가벼운 접촉 사고인 줄 알고 보험처리 잘 하고 조심해서 올라오라는 말뿐이었지만 가족의 목소리를 다시 듣는 순간 무척이나 반가웠고, 퇴원할 때 본 하늘은 유독 맑고 아름답게 느껴졌다. 이후 200킬로미터가 넘는 과속을 즐기던 나에게도 속도에 대한 트라우마란 게 생기긴 했지만, '사람은 누구나, 언제든 죽을 수 있다. 삶 앞에서는 겸손해야 한다.'는 깨달음을 확실히 체득하게 되었다.

　　물론 평균 수명만큼 살면 좋겠지만 그러지 못할 수도 있다. 독일 영화 〈파니 핑크〉(1995)에서 주인공 파니는 죽음에 빠져 있다. 죽음을 체험하는 강좌를 듣고, 관에 들어가 죽음을 상상해보기도 하고, 해골이 그려진 옷을 입는다. 죽음을 꿈꿈으로써 스스로 살아있다는 사실을 확인할 만큼 불행했기 때문이다. 그러나 끊임없이 그녀에게 죽음과 사랑에 대한 영감을 주었던 동성애자 점술가 친구 오르페오가 막상 죽을 뻔했다 깨어났을 때 그녀는 크나큰 안도감을 느낀다. 감상적으로 죽음을 즐긴 것이지, 사실 그녀는 누구보다도 생에 대한 집착이 강했던 것이다.

하지만 생생한 상실감은 오르페오의 실종을 통해 다가온다. 함께 죽음을 음미하던 오르페오가 비현실적이지만 우주를 향해 사라진 것이다. 사랑하는 남자도 없고, 친구도 잃어버린 파니는 '죽음 놀이'를 그만두고, 무언가를 해야 했다. 그리고 그녀는 속옷 차림으로 군중 속을 결연히 걸어갔다. 죽음, 아니 사라짐이 존재한다는 것을 깨달은 만큼, 해야만 하는 일이었다. 부조리하고, 때로 발가벗겨진 것처럼 부끄럽고, 도망쳐 버리고 싶지만 한 번밖에 없는 생이기에 더욱 더 꿋꿋이 걸어 나간 것이다.

나는 여러 사람의 죽음과 내 죽음을 인정한 다음부터 먼 여행을 떠나기 전에는 잘 안 하던 정리정돈을 하는 습관이 생겼다. 은행 계좌, 컴퓨터 하드 디스크, 방 이곳저곳과 써놓은 글들…. 혹시라도 내가 잘못되면 다른 사람들에게 부담은 주고 싶지 않다. 법적 효력은 없지만 유언도 평소에 해놓는 편이다. "나 만약에 죽으면 이건 너 가지고, 장례식은 사람 많이 부르지 말고…." 노인들이 수의와 영정사진, ○○상조까지 준비해 놓고서야 비로소 안도하는 것과 비슷할지도 모른다.

당장 내일 죽게 될지도 모른다고 생각하면 평소에 중요하다고 생각하던 게 다 하찮아진다. 좋아하며 모은 가방, 화장품, 사소한 말다툼, 열심히 모으던 카페 스티커들…. 쓸데없는 집착은 정리되고 대신 타인에게 폐를 끼치지 않고 싶고, 못 갚은 은혜를 갚고 싶은 욕구가 솟아오른다.

경제학자이자 철학자, 환경운동가인 스콧 니어링의 죽음은 아직까지도 논란이 되고 있다. 그는 현대 자본주의에 환멸을 느껴 소박하고 자연친화적인 삶을 주장하며 미국 버몬트 산골짜기로 귀농을 했다. 그의 이론과 삶이 아름답고 완벽해 보였기에 수많은 미국 젊은이들이 도시를 떠나 자연으로 돌아간 계기가 됐다. 하지만 백세가 되던 1983년, 그는 다른 사람들에게 짐이 되며 죽기 싫다고, 스스로 단식을 해서 목숨을 끊었다.

주위 사람에게 폐를 끼칠 수 없다고 그의 자살이 정당한 것일까? 내가 그 사람의 딸이었다면 자연스럽게 다가올 죽음을 받아들이지 않고, 곡기를 끊어 죽음을 향해 가는 아버지를 보기가 무척이나 괴로웠을 것이다. 하지만 눈 감는 순간까지 깔끔하게, 스스로의 철학을 잃지 않으며 주위에 폐를 끼치지 않고자 했던 욕망만은 이해한다. 스콧 니어링만큼이나 강박적인 태도를 보일 필요는 없어도 한번쯤 죽음을 상상해보고 겸손해질 필요는 있다. 그것이 곧 우리가 영원한 생명이 담보된 것처럼 교만하게 굴지 않는 길이다.

스스로 원해서 태어난 사람은 아무도 없다. 죽음 역시 그렇다. 지금 무언가를 느낄 수 있고, 행동할 수 있다면 그 유한한 축복을 감사하게, 하지만 담담하게 누리면 된다. 그리고 많은 사람들이 떠나갈 수 있음을 알고, 그들을 더 사랑하고 위로해주자.

사랑하는 사람이 곧 세상을 떠난다면 무엇을 해주고 싶은가? 타인이 나를 어떻게 위로해주었으면 하는가? 또 자신이 몇 달 안에 죽는다면 가족, 친구, 지인에게 어떻게 대할 것인가? 하던 일 중에 무엇을 마무리하고 싶고, 사람들이 어떻게 기억해줬으면 좋겠는가?

마치 1만 년이라도 살 것처럼 행동하지 마라. 죽음이 그대 곁에서 서성거린다. 그대가 살아가는 동안, 그리고 그럴 능력이 있는 동안 훌륭한 인간이 되도록 하라.
    - 마르쿠스 아우렐리우스

행복이란 건 말야,
결국…

나는 잡화점을 정말 좋아한다. 바쁜 듯 카트에 물건들을 집어던지는 대형 마트도, 프라이빗 쇼퍼가 출동하는 고급 백화점도 아니다. 그냥 어느 동네에나 하나쯤 있는 잡화점 말이다. 얼마 전 다녀온 엑상 프로방스 여행에서 제일 기억에 남는 곳 역시 그 동네 사람들이 물건을 사는 잡화점이었다. 어디나 그렇듯 잡화점 조명은 어둑어둑했고 손님이 거의 없었으며, 카운터엔 TV를 보는 주인 아들이 앉아 있었다. 물건들은 그럭저럭 정리되어 있고, 충분히 마진을 붙였지만 그럴싸하게 포장할 기술

행복을 느끼는 능력이 커질수록
불행에 대한 면역력은 강해진다.

이 없어서 가격은 부담이 없다.

그곳에서 난 벽돌만 한 마르세이유 비누를 집었다가, 시리아에서 건너온 알레포 비누를 내려놨다가, 새 깃털로 만든 총채를 털었다 하며 10여 분은 씨름을 했다. 생각 같아선 가게 안 모든 걸—꽃미남 주인 아들까지—털어 집으로 가져오고 싶었다. 결국 지역 특산품인 마르세이유 비누를 다이알 비누 가격에 샀는데, 동전을 주인 아들의 섬섬옥수에 떨어뜨리던 순간, 정말 행복했다.

어린 시절 제일 행복했던 순간을 떠올리라고 하면 친구들과 흙먼지를 일으키며 실컷 놀다가 엄마가 저녁 먹으라고 부르는 소리에 집으로 달려갈 때다. 집에선 따뜻한 음식 냄새가 풍겨오고, 그즈음 항상 저녁놀이 수채화처럼 곱게 졌기 때문에 그게 아쉬워서 하늘을 올려보다가 다시 달리곤 했다.

어른이 되어서 행복했던 순간 하면, 이상하게 회사에서 야근하던 때가 떠오른다. 밤새워 원고 쓰는 것도 재밌었고(에디터들한테 돌 맞을 소리다), 남들 출근하는 아침 8시에 택시 타고 집으로 향하는 것도 좋았다. 원래 취향이 그리 소박한 편도 아니고, 패션 에디터를 하면서 웬만한 좋은 곳, 맛있는 것, 화려한 옷가지를 체험해봤다고 할 수 있다. 하지만 '행복' 하면 떠오르는 장면은 이상하게 그런 것들이다.

행복이란 게 원래 그런 것 같다. 지극히 개인적이지만, 내 마음대로 정할 수 없다. 동화 속 파랑새처럼 따라가려고 하면 안 잡히고, 잡는다 하더라도 회색빛 짧은 쾌락으로 바뀌어버린다. 지나간 순간 속에 유난히 기억나고, 마음이 따뜻해지는 것이 행복인 것 같다. 서른이 넘을 때까지 내가 어떤 것에 행복을 느끼는지 잘 몰랐다. 어떤 사람은 아이를 낳고 키우는 엄마 역할이 너무 좋고 아이가 사랑스러워서 성격이 아예 바뀐 것 같다고 말하기도 한다. 하지만 성격이 바뀐 게 아니라 원래 자신이 행복을 느끼는 생활을 찾은 거다.

한 친구의 선배는 공기업 고위직인데 직장마저 그만두고, 처자식과 함께 자비로 카자흐스탄에 선교를 하러 간다고 한다. 그 말을 들은 친구가 "누구는 다 버리고 좋은 일 하러 가는데 나는 직장에서 돈, 돈 하고 있구나." 하며 한탄을 했다. 그 친구, 일하는 것도 좋아하고, 돈 버는 것도 참 좋아한다. 투잡을 뛰고 있는데, 말은 돈 때문이라곤 하지만 일할 때 보면 각박해 보이는 게 아니라 행복해 보인다. 어쩌면 그 친구는 다른 이의 행복이 나의 것이 될 수 있다고 잠시 착각하는 것이었을지도 모른다. 오히려 지금 하는 일이 먼 훗날 행복한 기억으로 남을 수도 있는데 말이다.

어떻게 하면 일상 속에 숨어 있는 행복을 찾을 수 있을까? 그리고 최대한 음미할 수 있을까? 성경에 '항상 기뻐하라. 쉬지 말고 기도하라. 범사에 감사하라. 이것이 그리스도 예수 안에서 너희를 향하신 하나님의 뜻이니라(데살로니가전서 5:16~18).'라는 구절이 있다. 솔직히 목사들도 교회 재산 문제로 멱살 잡고 싸우는 판에 기독교인이라고 누구나 이 구절을 실천할 수 있는 것은 아닐 것이다. 하지만 감사까진 아니더라도 일단 어느 정도 현재에 만족해야 행복을 누릴 수 있는 것 같다. '이것만 되면 좋겠다. 이게 안 되니까 불행하다.'는 생각으로 가득하면 하루하루가 무언가 부족한, 빼앗긴 삶처럼 되어버린다. '지금 갖고 있는 것만은 절대 놓칠 수 없어.' 하는 것도 마찬가지다.

부유한 가정환경에서 태어난 친구가 둘 있다. 그런데 한 친구는 행복하고, 다른 한 친구는 불행해 보인다. 속까진 알 수 없겠지만, 적어도 겉으론 그렇다.

행복해 보이는 친구는 사랑하는 남자 친구를 만나, 임신을 하고 결혼을 했다. 사실 부유하긴 해도 그 친구가 불행을 느낄 만한 요인은 꽤 많다. 아버지가 일찌감치 외도를 해서 어머니와 자신을 떠났다. 연애를 해서 끝이 좋았던 적도 별로 없다. 남자 친구가 바람을 피우는 등 자신이 원래 가진 트라우마를 그대로 겪은 적도 있다. 임신을 했을 때 남자 친구가 부양 능력이 없었다. 결국 아이를 먼저 낳고, 남자 친구가 취업을 할 수 있도록 도움을 주면서 결혼식을 올렸다.

반면 불행해 보이는 친구는 화목한 가정에서 자랐다. 공부도 잘했고 패션 감각도 뛰어나다. 부모님이 무엇을 하든 전폭적으로 지원해주셨다. 하지만 그 친구의 분노는 자신이 최고로 인정받아야 하는데 그렇지 않을지도 모른다는 불안에서 시작되는 것 같았다. 제일 잘 생기고 멋진 남자 친구를 사귀어야 하고, 남자 친구가 자신을 공주처럼 모셔야 하고, 매체에서도 주목을 해야 하고, 정말 럭셔리하고 완벽한 여자라는 걸 주위 사람이 알아주어야 하는데 성에 안 차는 것이다. 그 친구의 시선은 항상 더 부유한 친구에게 향해 있다. 그녀보다 자신이 더 똑똑하고 예쁜데 왜 그녀가 더 '잘 나가느냐'는 거다. 왜 자기의 부모는 그 정도 '급'이 되지 않느냐는 거다.

두 친구를 보면 행복을 누리는 능력에 차이가 있음을 알 수 있다. 첫 번째 친구는 자기가 무엇에 기쁨을 느끼는지 잘 알고 있으며 굉장히 공격적으로 그것을 쟁취한다. 일하는 사람들도 있고, 최고급 상품을 살 수도 있는데 굳이 직접 쿠키를 굽는

다. 친구들의 생일엔 비닐봉투에 넣어서 리본만 묶어 선물하기
도 한다. 마음에 드는 남자가 있으면 결혼할 준비가 될 때까지
기다리거나 안달하지 않는다. 서로 진심으로 사랑하는 걸 알았
고, 아기를 원했기 때문에 가졌다. 나머지 일은 자기가 책임을
지더라도 어떻게든 즐겁게 해나간다. 배는 불렀지만 결혼식 때
남들의 시선을 의식하지도 않았다.

　두 번째 친구는 겉보기엔 도도해도 오히려 결정적인 순간
에 물러서는 경향이 강하다. 마음에 드는 남자가 있어도 더 멋
진 남자가 나타날까 봐 사귀지 않는다. 이미 부모님과 친구들
이 '최고'로 인정해주고 있지만 대중매체가 인정해주는 건 아
니고, 다른 친구보다 나은 게 아니라 흘려버린다. 공부를 잘했
지만 좋아서 한 게 아니라 자랑을 하기 위해 억지로 했다. 행복
이 부르는 손짓을 다 피해버린 것이다.

〈Bell Epoque〉(1992년)란 스페인 영화가 있다. 직역하면 '아
름다운 시절'이다. 페넬로페 크루즈가 어린 티를 채 벗지 못했

을 때의 출연작이다. 스페인이 왕정에서 공화제로 바뀌는 혼란기에 군대에서 탈영한 남자 주인공 페르난도가 어느 시골집에 숨어 지내게 되면서 이야기가 시작된다. 딸 넷을 둔 노신사 마놀로는 아내가 오페라 가수로 집을 떠나 있을 때가 대부분이고, 개성 강한 딸들도 각자의 문제를 안고 있지만, 상관하지 않으며 항상 웃는 얼굴이다. 딸들은 하루도 조용할 날 없이 시끄럽고, 주인공 페르난도는 어쩌다 보니(얼굴부터 우유부단하고 어리바리하게 생겼다) 딸 넷에게 차례로 농락당한다. 우리 정서에 의하면 '막장 드라마'보다도 심한 스토리. 다분히 남성적 시각으로 보았기 때문에 제목이 '아름다운 시절'이 된 걸까? 당시엔 나도 극장을 나오며 영화를 도통 이해할 수 없었다. '무엇이 아름답다는 거지? 이상한 영화잖아….'

하지만 지금 생각해보면 주인공은 페르난도보다도 아버지 마놀로였다. 그 모든 사건사고가 생길 때 그는 항상 한 구석에서 미소를 띠고 있다. 그의 삶은 사실 우리가 마주하는 일상과 크게 다르지 않다. 아내는 바람이 나서 늘 다른 남자와 여행을 다니고, 큰 딸은 과부이며, 둘째는 방종하고, 셋째는 남자의 정체성을 갖고 있고, 막내는 철이 없다. 딸 넷은 요리를 하지 못하고, 막내딸의 결혼식 날 목사가 자살을 했으며, 세상은 앞으로 어떻게 돌아갈지 모른다. 무엇보다 막내딸과 새 사위가 언제 돌아올지 모르는 먼 길을 떠났다. 하지만 그는 매일의 햇살, 해프닝, 사람들 하나하나를 아름답게 느낀다. 가족과 친구들, 스페인의 뜨거운 태양을 적극적으로 사랑하고 행복을 음미한다. 지나치게 낙천적이고 무책임해 보일 수도 있지만, 그는 고통일 수 있는 순간도 웃음으로 승화시키는 강력한 힘을 발휘하며 살아간 것이다.

행복은 팍팍하고 불안한 매일 속에서 캐내는 것이다. 조금이라도 얼굴을 내밀면 '에이, 뭘 이런 걸 갖고….' 하며 무시해 버리지 말고 활짝 웃는 얼굴로 끌어 안아야 한다.

"이 카푸치노, 정말 맛있네? 와, 행복해!"에 이어 "이렇게 맛있는 카푸치노를 살 돈도 있고, 같이 마실 수 있는 친구도 있고, 길진 않지만 여유로운 오후도 있고…. 난 정말 행복하구나." 하는 식으로 생각의 꼬리를 이어가는 거다. 유치해도 좋다. 원래 범인의 행복은 대부분 유치한 것.

쇠똥구리가 쇠똥을 키우듯 작지만 행복의 씨앗을 키우는 연습을 하면 매일 조금이나마 행복해진다. 또, 내가 어떤 것에 행복을 느끼는 사람인지도 점점 분명해질 것이다. 행복을 느끼는 능력이 커질수록 불행에 대한 면역력은 강해진다.

왜 세상은 늘 내 편이
아
닐
까

당신이 만약 세상에 대해 배신감을 느낀다면 이미 그 자체가 큰 불행이다. 발붙인 곳을 벗어날 수도 없는데, 눈만 뜨면 설명되지 않는 부조리가 가득한 세상에 살고 있는 것이기 때문이다. 모든 일이 투명하고, 내가 잘하면 언제나 흡족한 결과가 돌아오는 곳, 세상이 그런 곳이라면 얼마나 좋을까?

어릴 때는 세상이 작은 마을 같은 줄 알았다. 평화롭고 깨끗한 마을에 생선장수, 공무원, 선생님, 주부, 어린이들이 다들 웃는 얼굴로 자기 일에 최선을 다하고, 먼저 인사를 건네며 마을 일에 적극적으로 나서는 그런 마을 말이다. 초등학교 입학 후 도덕책에 나오는 그런 이야기들을 보면서 '세상은 이런 곳이겠구나.' 하고 상상했지만, 막상 마주한 사회의 첫 요구는 "학급 임원이니 부모님께 말씀드려 선생님들이 쓸 다기 세트를 사오라."는 담임선생님의 '명령'이었다. 그땐 그게 맞는지, 틀린 건지 판단할 수 없었지만 어머니가 "초등학교 1학년인데도 그런 걸 요구하네." 하고 불편한 표정을 지으신 걸로 보아 무언가가 잘못되었다는 눈치는 챌 수 있었다.

　　나이가 들수록 '쓴맛'은 수시로 찾아왔다. 시험에서 커닝을 한 친구가 내 윗등급이 되었을 때, 일은 열심히 했지만 회사가 망해서 근 1년 치 월급을 못 받았을 때, 도우려고 했는데 해를 끼치려고 한 것으로 상대에게 오해를 받았을 때, 누군가의 비리로 인해 피같이 모은 투자금을 날렸을 때, 믿었던 사람이 나에게 소중한 거의 모든 것을 가져갔을 때, 세력 다툼 사이에서 따돌림을 당했을 때…. 구체적으로 나열하면 지리멸렬해지는, 아무튼 온당하게 설명되지 않는 여러 가지 배신을 세상으로부터 당했다. 나뿐만 아니라 거의 모든 사람이 앞서 말한 일 한두 가지는 경험했을 것이다.

　　세상이 돌아가는 모습에 그 어느 때보다도 환멸을 크게 느낄 때가 바로 서른 즈음이 아닌가 한다. 나이가 좀 더 들면 익숙해질까? 한창 젊음이 혈관에서 뛰놀 때는 인식하기조차 어렵기도 하고, 세상에 물들어버릴까 아니면 바보 같아도 순수함을 지켜야 할까 하는 갈등이 최고조에 이르는 것이다.

해외에서 유학생활을 하고 귀국한 K는 성적도 좋고, 인턴 경험도 있었지만 항상 입사시험 2차 면접에서 떨어졌다. 이유가 뭐냐고 면접관들에게 물어도 다들 "넌 참 괜찮은데, 다음에 만나면 좋겠다."고 했단다. 나중에 알고 보니 그녀가 원하는 회사들은 모두 인맥으로 사람을 뽑는 것으로 유명했고, 구인 공고를 낼 당시 이미 내정자가 있는 경우가 허다했다. 결국 공고나 면접이란 것 자체가 하나의 쇼나 다름없었던 것이다. 실력으로 취업 가능한 곳은 훨씬 낮은 연봉을 제시했고, 1~2년 이상 노동력 착취나 다름없는 환경을 견뎌야 했다. 게다가 클라이언트로 모셔야 할 대상은 앞에서 말했던 그 '내정자들'. 일에 대한 열정도, 이해도도 떨어지는 그들에게 설명하고 설득하는 것만으로도 자존심이 상하고, 스트레스 받는 일이다.

정말 세상에 '정의'라는 것이 존재하기는 할까?

요즘 높은 인기를 얻고 있는 가수 오디션 프로그램도 가만히 보면 정말 노래를 잘하는 사람보다는 외모가 훌륭하거나 대중에게 인기를 얻는 사람이 대상을 받는 경우가 많다. 반대로 대중에게 미움을 받고 실력도 별로 없는 사람이 생각보다 오래 선전하는 경우도 있는데, 방송사가 시청률을 의식한 포석으로 만들어내는 경우가 많다. 그렇다. 세상은 불공평하며 한 번 내 편이 아니었으면 쉽게 내 편으로 돌아서지 않는다. 다만 우리가 그 사실을 인정하기가 어려울 뿐이다.

그렇다면 우리는 그런 세상에서 그냥 지고만 있어야 할까? 한없이 원망하고 피해의식에 젖어서 평생을 보내야 할까? 사실 그런 경우도 있긴 하다. 하지만 마흔이 되고 쉰이 되어서도 대폿집에서 소주잔을 기울이며 한탄하는 것이 일상이 된다면 억울한 일이 있어도 핑계로만 보일 뿐이다. "난 왜 이렇게 되는 일이 없지?"란 말도 한두 번이지 평생을 아주 작은 일부터 큰일에 이르기까지 그런 말을 하는 사람이라면 어리석고 게으르다는 방증밖에 되지 않는다. 누구나 운은 없을 수 있어도, 시간

과 노력으로 극복할 수 있기 때문이다. 또, 완벽하게 피해만 볼 순 없는데 특혜는 무시하고 피해만 기억하는 것 자체가 마치 어리광부리는 아이처럼 보인다.

내가 아는 어떤 사람은 항상 차별대우를 당한다는 피해의식으로 가득하다. 부모님이 자신에게만 신경을 써주지 않았고, 회사 상사는 자기만 '갈구고', 남자 친구는 자신이 해주는 것도 모르고 몹쓸 짓을 한단다. 하지만 그런 말을 하기에 서른 다섯이란 그녀의 나이는 너무 현실감이 떨어진다. 또, 정작 자신이 부모님의 힘으로 회사에 들어간 '낙하산 인사'라는 것, 남자 친구가 그 친구의 개인적 일을 수도 없이 무료로 도와줬다는 것, 그로 인해 일을 제대로 못한 제삼자가 있을 거란 걸 그 친구는 생각하지 않는다.

앞서 말한 K는 몇 년 만에 결국 원하는 회사로 옮기게 되었다. 성과를 보여야만 큰 회사에서 스카우트를 하기 때문에 그간 그녀가 했던 노력은 다른 사람의 몇 배에 이른다. 그 사이 '내정자들'은 점점 막중해지는 책임을 견디지 못하고 회사를 그만두거나 승진을 못한 채 그 자리에 정체되어 있었다. 결국 같은 출발점으로 모이게 된 것이다. 오히려 노동력 착취 속에서 노력과 정신력으로 단련된 그녀는 "이전 회사에서 했던 것의 반만 해도 잘할 수 있을 것 같아.”라고 말을 하며 웃었다. 몇 년 간의 고생은 세상이 그녀를 맡긴 스파르타식 학교 같은 것이었다.

알게 모르게, 우리도 매일 소소하게 저지르는 악이 많이 있다. 아는 사이에선 ‘귀여운 장난’ 정도로 넘길 수도 있는 것들이다. 예를 들자면, 친구나 동료에 대한 뒷담화, 혹은 타인이 하는 뒷담화에 공감해주기가 있다. 그러면서 사이가 돈독해지고 친한 사람의 스트레스도 풀리니까. 또, 마케팅이란 이름하에 소비자에게 좋게 들리는 말만 하고 주의해야 하거나 나쁜 점은 숨기는 것. 어찌 보면 일상을 살아가는 방법이라 여길 정도로 아무 것도 아닌 일이다.

하지만 생각 없이 던진 돌에 개구리가 맞아죽는다고, 나는 조금 나쁘다고 생각한 것이 점점 커져서 돌이킬 수 없는 결과를 부르기도 하고 힘없는 누군가는 큰 피해를 입기도 한다. 가끔 악플에 시달리던 연예인이 자살했다는 뉴스가 보도되고, 심지어 해외까지 '한국은 참 살기 힘든 나라라더라.' 하는 소문이 퍼지기도 하는데, 근원을 파고들면 누군가의 소소한 악담 혹은 추측성 발언이 원인이다.

또 능력은 불확실하지만 잘 아는 동생이라 어떤 기업의 인턴사원으로 '꽂아'준다면, 실력도 있고 그 일에 대한 꿈을 키워 온 누군가는 그것을 포기해야 할지도 모른다. 그 사람의 평생을 두고 볼 때 첫 단추를 꿰지 못한다는 건 엄청난 불행일 것이다.

어떤 문제를 마주했을 때, 누군가에게 불합리한 피해를 줄 수 있다면 적어도 나는 그것에 가담하지 않음으로써 미미하나마 세상을 정화할 수 있다. 마이클 샌델 교수는《정의란 무엇인가》라는 책을 통해 단순한 공리주의와 자유지상주의에서 벗어나야 하며, 도덕에 의거한 공동선을 추구하는 사회가 정의로운 사회라고 주장한 바 있다. 어렵게 들리지만, 순간순간 선한 선택에 의해 정의로운 세상이 만들어질 수 있다는 얘기다.

세상이 왜 내 편이 아닐까를 조금 긍정적 시각으로 바라보면, 워낙 큰 세상이다 보니까 쏠림이 생긴다고 생각할 수 있을 것 같다. 두세 명만 사는 세상이면 한 판의 피자도 공평하게 나눠먹을 수 있다. 하지만 수십억 명이 시간차를 두고 사는 세상이기에 어떤 사람에게 행운이 가면 다른 누군가에겐 불행이 닥

친다. 그 사람에게 행운이 갈 때까지 그는 한참 동안 고통을 감
내해야 할 수도 있다.

또 많은 이가 조금씩 정의에 반하는 행동을 함으로써 소수
에게는 큰 불행이 생길 수도 있다. 오래 전 한 외국 가수의 콘
서트 현장에서 인파에 깔려 사망한 소녀가 있었다. 홍콩에서도
신년 행사에서 몇 명이 죽고 다친 적이 있다. 엄밀히 말해 그들
을 죽인 것은 많은 사람들이다. 조금씩 앞으로 나가려고 민 것
이 돌이킬 수 없는 큰 피해를 부른 것이다. 사람들이 살의를 품
어 생긴 일이라고는 결코 말할 수 없다. 하지만 그런 일이 생길
수도 있음을 인식하고 질서를 지키는 것이 필요했던 것이다.

우리 삶도 마찬가지다. 세상이 내 편이 되도록 노력하고 기
다리며, 작은 힘이 생겼을 때 누군가가 피해의 대상이 되지 않
도록 막아주는 것. 모두가 그런 일을 한다면 세상은 결국 모두
의 편이 되어줄 것이다.

02

진정 바라는
'나'로 살 수 있을까?

내 발목을 잡는 과거라는 트
라
우
마

기대 수명 백세를 바라보는 세상, 서른이란 나이는 어찌 보면 인생의 갓 삼분의 일을 산 어린아이와도 같은 나이다. 매미는 3~7년을 애벌레로 땅속에서 살다가 겨우 여름 한철 매미로 살다 간다고 한다. 사실 매미의 본체는 애벌레라 할 수 있지만 그래도 맴맴 우는 매미만 '성충'으로 쳐준다.

그에 반해 사람은 어른의 시기가 무척이나 길다. 20년도 안 되는 동안 신체 성장을 마치고 이후 10년 동안 진지하게 이성도 사귀고, 취직도 해서 웬만한 걸 다 알고 나면 서른이 된다.

그만큼 서른 이전의 시간이 급박한 변화의 시기란 얘기다. 그래서인지 몸과 정신의 성장기가 평생에 영향을 미친다. '저 사람 뭔가 독특하네.' 싶은 면은 대부분 과거의 기억에 의해 생긴 것일 때가 많다.

겉으로는 평범하게, 아니 조금은 화려하게 회사 생활을 하고 있는 후배 하나도 그런 면이 있다. 큰 건물이라곤 없던 시골에서 자라 대학을 서울로 오면서 갑자기 혼자 살게 됐다. 남들은 다 잘 적응하는데, 갑자기 부모님이 함께 안 계시다는 사실에 위축이 됐고, 잘 나가는(?) 친구들이 많았던 학과에서 시골 사람이라고 은근히 무시를 당하는 것 같았다고 한다. 하루는 모처럼 파마를 하고 학교에 갔는데 강의실에 들어서자마자 몇몇 아이들이 까르르 웃었다.

"얘, 너 그 파마 이름이 뭐니?"

"그 머리 어디서 했어?"

드러내놓고 말하진 않아도 촌스럽다고 비웃는 게 명백했다. 후배는 얼굴이 확 붉어졌고 대답을 하지 못했다고 한다. 이후 몇 년에 걸쳐서 힘겹게 사투리도 고치고, 옷도 서울 스타일로 입게 되었으며, 국제적인 홍보 회사에 취업해서 일을 하고 있다. 그런데 친구의 일이 주로 호사스러운 문화를 사람들에게 소개하는 것임에도 아직도 업무상 세련된 장소에 가면 굉장한 거부감이 느껴지고 '나는 이곳에 맞지 않아….'라는 메시지가 마음속에 떠오른다고 한다.

그러다 보니 무언가 일이 잘 안 풀려서 심사가 꼬일 때면 '난 왜 시골에서 태어났지? 왜 우리 부모님은 날 위해 일찌감치 서울로 이사를 오지 않은 거야?' 하고 은근한 원망까지 하게 된다고. 그러다 퍼뜩 '나이 서른에 이게 무슨 철없는 생각이야. 에이, 내일 일찍 출근하게 자자.' 하고 마음을 고쳐먹는다고 했다. 학생 시절 기억 하나가 오래도록 그녀의 무의식을 지배하고 있는 것이다.

한 여자는 공격적인 남자를 보면 불편함을 넘어 공포를 느낄 때가 많다고 한다. 남자 친구가 흥분해서 소리를 지르거나, 운전대를 급히 꺾거나 하면 피하고 싶어지고 마음이 불안해진단다. 소극적이고 유약한 남자와 얘기할 땐 활발한데, 보통 남자답다는 소리를 듣는 남자 앞에선 태도가 딱딱해진다. 그러면서도 남성적이고 자신을 보호해줄 남자에게 본능적으로 매력을 느끼는 아이러니….

우연히 받은 심리 상담에서 어린 시절 만취해 어머니께 주정을 하던 아버지의 모습이 남아서 그렇단 얘기를 들었단다.

하지만 정작 나이 드신 아버지는 온순해지셔서 더 이상 그런 일이 없고 피해자라고 여겼던 어머니도 젊은 시절 부부싸움일 뿐, "그랬냐?" 하면서 마음에 담아두지 않으신 듯하다. 혼자만 아직도 부모님의 과거에 사로잡혀 있다는 게 스스로도 어이가 없다고 했다.

어떤 사람이든 사연이나 과거가 없는 사람은 없다. 최면 상태에 빠지거나 술에 만취라도 하면 어린 시절에 대한 서러움이나 그리움이 폭포수처럼 쏟아져 나온다. 하지만 시시때때로 모든 일을 과거와 연관지어 생각하는 건 맞지 않다. 친구의 부모님에게 당신들의 연애싸움이 별로 대단한 기억이 아닌 것처럼, 사실 자신의 기억에 남은 과거는 인생 전체, 남들의 과거까지 아울러서 보면 극히 사소한 것일 수도 있다. 또 기억은 스스로에 의해 얼마든 조작될 수 있다고 한다. 미국 노스웨스턴 대학 연구팀에 따르면 많이, 적극적으로 상상한 것은 뇌에 실제로 경험한 것처럼 기억으로 남을 수 있다고 한다. 인간의 기억이란 것이 사실은 굉장히 부정확할 수 있으며 본인은 그걸 인식하지도 못한다는 것이다.

또 하나 분명한 건 어떤 과거든 장과 단이 있다는 점이다. 잃는 것이 있다면 얻는 것이 있다. 남편과 내 과거는 사뭇 다르다. 우리 집안은 보기 드물게, 시쳇말로 '후리한' 마인드의 소유 자들로 구성됐다. 일단 나의 탄생부터 그랬고, 부모님을 비롯해 친지들까지 각자 하고 싶은 대로 사는 경향이 강하다. 일례로 술. 세 살인가 네 살 때 아버지가 장난삼아 맛보게 한 술 때문 에 그 맛을 알게 되었고, 이후 제사나 고사 후 남는 술에 대해 서도 흥미를 보였다. 그러면 할머니는 "왜, 한번 먹어볼래?" 하 시면서 대접째로 주셨다. 이후 나는 종종 냉장고에 있는 술을 별다른 제재 없이 조금씩 마셨고, 성인이 되었을 땐 이미 애주 가였다. 덕분에 지금은 물 대신 맥주를 마시는 습관을 버리지 못하고, 만성 위염에 시달리고 있지만.

지금 내가 '훌륭한 사람'이 되지 못하고 '자유로운 영혼'으 로 살고 있는 것도 어쩌면 성장과정 덕, 혹은 탓이다. 부모님은 하겠다고 하는 공부가 아니면 시키지 않으셨다. 아버지가 꾸준 히 그렇게 살아오셔서 차마 나에게 잔소리를 할 수 없었던 것 같다. 대신 하겠다고 정말 강하게 주장하는 건 들어주시는 편 이었다. 그래서 이과면서 미술학원에 다녔고 미술부에서 활동 했다. 또 음악에 심취해 학교생활보다 긴 취미생활을 했다.

고3 때 성적은 최악이었지만 되든, 안 되든 하고 싶은 것만 하면서 나는 의외로 많은 잡지식과 경험을 얻게 된 것 같다. 그

것이 잡지 기자가 된 계기가 되었고, 이후로도 쭉 비슷한 방식으로 살았다. 하지만 조직 사회에서 이런 식의 사고 및 생활방식은 참 나를 힘들게 했다. 반듯하게 자라서 번듯하게 직장 다니는 요조숙녀 타입을 볼 때, 남자들 대부분이 그런 여자가 이상형이라고 꼽을 때면 그런 분위기가 부럽기도 하면서 부모님 때문에 그렇게 못 되었다는 실없는 원망도 해본다.

하지만 정말 곱게만 자란 내 남편을 보면 그게 딱히 좋기만 한 건 아니란 생각도 든다. 남편은 뭐든지 합의에 의해, 교양 있게 처리하는 부모님 때문에 수동적이고, 공격성이 거의 없는 남자로 성장한 것 같다. 언제나 특별한 의견을 말하지 않고 경쟁해야 할 일이 있어도 양보하고 만다. 딱히 부모님 말씀을 어긴 적도 없고, 가만히 있어도 부모님이 합의로 중요한 일을 처리하셨기 때문에 폭력이란 건 상상조차 해본 적이 없을 것이다. 거기에 알코올 알레르기가 있다고 할 만큼 술을 못 마시는데, 술 좋아하는 친구들과 어울리거나 강제로 술을 마실 일이 성장과정 내내 없었기에 술을 못 배운 것이다. 날 만나서 술이며, 비속어며 세상의 어두움(?)을 다 배운 셈이니 참 힘들었겠다 싶기도 하다.

정말 힘들었던 과거도 스스로 하기에 따라서 미래의 훌륭한 자양분이 될 수 있음을 깨닫게 해주는 친구가 있다. 그 친구는 어릴 때 어머니가 집을 나가셨다. 언제 돌아온다는 기약도 없이 아홉 살 때. 가지 말라고 어머니를 붙잡기도 했고, 한없이 울었지만 어머니는 뒤돌아서 떠나버렸다. 그리고 돌아오지 않았다. 아무도 밥을 제때 차려주거나 공부에 신경 써주는 사람이 없었다. 다른 아이들이 학원에 다닐 때 멍하니 집에만 있어서 성격도 소극적으로 변했고 성적도 자꾸 떨어졌다. 그러다 공업고등학교에 갔다. 본인은 순진했지만 도박, 음란영화 등을 즐기는 친구들과 어울리게 됐고 놀림을 당하거나 돈을 잃곤 했다.

그런데 뒤늦게 공부에 대한 갈증을 느꼈다. 누가 하라고 해서가 아니라 '내가 이 공부를 더 하고 싶다.'라는 걸 뚜렷하게 느꼈다고 한다. 일단 취업을 해서 돈을 벌면서 전문대에 다녔다. 졸업 후에는 저축을 더 해서 4년제 대학 편입을 준비했다. 명문대는 아니었지만 합격을 했고 지도 교수님을 성심성의껏 도우며 연구를 했다. 기를 살려주는 어머니가 없었던 관계로 그는 항상 겸손했고 교수님을 아버지처럼 모셨다.

어느 날, 수소문 끝에 어머니를 찾게 되었는데 어머니는 성인이 된 아들에 대해 한없이 미안해했다. 왜 자신을 버렸냐고,

원망하는 마음도 들었지만 "그때 그 집을 떠나지 않았다면 난 자살했을 거다."라고 말하는 어머니를 전부는 아니어도 어느 정도는 이해하기로 했다. 그런데 그 어머니가 그동안 번 돈으로 유학비용을 장만해주셨다. 뒤늦게나마 어머니의 '뒷바라지'로 유학을 가게 된 것이다. 그때가 서른 즈음이었을 거다. 유학을 다녀온 후 다시 공부에 매진했고 성과와 성실성을 인정받아 다들 다니고 싶어 하는 기업에 취업하게 되었다. 동료 중 박사가 아닌 사람은 거의 없었지만 현재 친구 역시 박사 과정을 밟고 있어 곧 학위를 취득할 예정이다. 현장에서 일했던 경험이 풍부해 실무와 이론을 다 잘 아는 것이 크게 도움이 된다고 한다.

어머니를 만났을 때, 비뚤어질 수도 있었지만 친구는 서로의 상처를 보듬고 앞으로 나아가기를 선택했다. 또한 과거의 아픔을 통해 가족의 소중함, 공부는 왜 해야 하는지, 자신이 무엇을 하고 싶은지를 스스로 깨달았다. 상처는 조금 남았겠지만, 계속 치유하고 있으며 지금은 또래보다 훨씬 성숙하게 미래에 대한 계획을 세우고 한 발 한 발 나아가고 있다.

누구나 사람은 과거라는 필터를 끼고 현재를 본다.

그리고 힘들 땐 과거로 도망치고 싶어진다. 과거가 불행했던 사람만 과거로 도망치는 게 아니다. 행복했던 사람도 과거를 떠올리고 현재를 비관하기도 한다. 하지만 과거를 핑계로 대거나 도피처로 삼으면, 자꾸만 과장되고 커져 현재와 미래가 잠식될 수도 있다.

이불을 뒤집어쓰듯, 과거 속에서 잠시 쉬다 오는 건 좋은 일이다. 잘못 되어가는 일이 적어도 내 탓은 아닌 것이 되고, 힘든 현재를 잠시나마 잊게 해준다. 그러나 그건 잠시뿐이어야 한다. 불행한 과거는 딛고 일어서고, 행복한 과거에 대해선 감사하면 된다. 또 어떤 과거든 그것을 자양분 삼아 성장할 수 있다. 서른이면 그러기에 충분한 나이다. 또한 멋지게 꾸민 현재는 미래에 아름다운 과거로 아로새겨질 것이다. 선택은 온전히 자신에게 달렸다. 일단 나부터 '왕년 타령'은 그만두고, 현재를 충실히 살아야겠다. 좌충우돌했던 과거도, 나에겐 소중한 자양분이기 때문이다.

내 안에 살고 있는 악마, 열등감

"네 열등감은 뭐니?" 누군가에게 이런 직접적인 질문을 듣고 조금 놀란 적이 있다. 대답을 하자면, 많다. 꼽자면 수도 없을 만큼, 길게 말하자면 구차할 만큼.

일단 하나는 키다. 어릴 때부터 쭉 작았다. 대학교 때 항상 붙어 다니던 두 친구 모두 키가 아주 컸다. 둘은 가끔 아르바이트로 모델 일을 했는데 일이 없는 날에도 핑계를 대고 '땡땡이'를 치곤했다(그때도 취업은 중요했다). 하지만 난 작은 키 덕에 당연히 같은 핑계를 댈 수 없었고, 노는 데 미쳐 있던 시기에 혼자

강의실을 지켜야 했다.

취업 전선에선 스튜어디스, 직업 군인 등 난 하고 싶지도 않은데, 그쪽에서 먼저 키 때문에 "넌 안 돼!" 하고 가위표를 치는 직업도 꽤 많았다. 그렇게 내가 기분 상한 채로 허송세월을 보내는 동안 친구 중 하나는 스튜어디스가 되었고, 다른 하나는 슈퍼모델 대회에 나갔다. 어찌어찌 들어간 회사에서는 동료들이 키 얘기를 하면서 놀리곤 했다. 물론 악의적인 건 아니었고, 내가 장난을 잘 치니까 그에 대응해서 키를 소재로 삼았던 것 같다. 그런데 그 회사엔 나보다 훨씬 작은 동료가 있었다. 하지만 신기하게도 아무도 그녀에겐 키 얘기를 입도 뻥끗하지 않는 것이다. 놀리는 동료들에게 물었다.

"근데 ○○가 나보다 작은 거 알아? 왜 걔한텐 아무도 키 얘기 안 해?"

그랬더니 동료들이 "야, 걘 진짜 작은 데다 성격도 진지한데 완전 상처받지!" 하는 것이다. 그럼 난 상처를 안 받을 것 같았단 말인가?

결혼 후 홍콩에 살면서 우스운 경험을 했다. 어느 날 무의식적으로 남편에게 "당신은 키도 작으면서 왜….."란 말을 했는데 진정 의아한 얼굴로 "내가 키가 작다고? 한 번도 그런 생각해본 적 없는데?" 하고 말하는 것이었다. 남편의 키는 172센티미터다. 이 사람이 뭘 잘못 먹은 게 아닌가 싶어서 "172센티미터가 어떻게 안 작아? 당신 한국 가면 공항에서부터 제일 작잖아." 했더니 너무나도 당당하게 "그건 한국에서지. 한국 남자들은 크잖아." 하는 거다.

생각해보면 남편은 홍콩에서 M사이즈를 입는다(M부터 시작하는 우리나라 남자 옷과 달리 외국엔 진짜 S사이즈가 있다). 그리고 홍콩 거리엔 160센티미터 대의 남자가 수두룩하다. 하지만 그들은 하나같이 여자 친구가 있으며 밝은 표정과 매너를 갖췄고, 호시탐탐 다른 여자에게도 눈빛을 보낸다. 이성친구를 사귀거나 할 때 키 얘기는 거의 안 한다. 아는 사람을 묘사할 때 유난히 크면 '큰 사람'이라고 하지, 여자나 남자나 키를 측정한 숫자 자체에는 별로 관심도 없고 심지어 잘 알지도 못한다. 물론 운동을 해서 몸이 좋은 남자, 마르고 꽃미남 스타일 같은 개인적 취향은 존재하지만.

결론적으로 남편은 주위 사람들과 비교해서 자기가 작다는 생각을 안 해봤기 때문에 키에 대한 열등감이 없다. 반면 한국 사람은 동아시아권에서 가장 키가 크면서(평균 신장이 캐나다와 비슷한 수준이다) 키 때문에 가장 고민하고, 차별하고, 화내고, 불안해한다.

　열등감은 이렇게 상대적인 것이다. 열등감의 사전적인 의미를 살펴보면 '다른 사람보다 자신이 못하다고 생각하는 지속적인 감정'이란다. 자신이 절대적으로 못났다기보다, 주위 사람과 비교하면서 스스로가 못하다고 생각할 때 열등감으로 가득한 존재가 되는 것이다. 나 역시 그렇지만 주위를 둘러보면 누구나 남들보다 못한 점이 있고 나은 점도 있다. 하지만 열등감이 강한 사람은 자신이 남보다 못한 점에 대해서만 지속적으로 생각하고, 그런 주제가 나올 때마다 소스라치게 놀란다.

열등감은 지극히 개인적인 것이다.

　대부분 타인은 그 사람이 어떤 열등감을 가졌는지 파악하기조차 어렵다. 나에겐 아직도 풀 수 없는, 미스테리한 기억이 하나 있다. 중학교 때 반에서 공부를 잘하는 친구가 있었다. 거의 매번 일등을 했다. 나 역시 중학교 땐 공부를 꽤 했는데, 그 친구는 절대 이길 수 없었다. 무엇보다 친구들이 그 친구를 부러워한 이유는 부모님의 지극한 관심과 애정 표현이었다. 입는 옷, 갖고 다니는 물건 모두가 중학생이 소유하기엔 부담스러

'나라면 아무렇지도 않겠다.'
싶은 것들이 대부분이다.

울 만큼 고가의 것들이었고, 세심하게 고르고 선물한 티가 났다. 질 좋은 맞춤 코트, 일본에서 가져온 미니 카세트, 독일에서 수입한 필기구 등 그 시절엔 아직 '명품'이란 말이 없었는데 이른바 아주 잘 꾸민 중학생 명품족이었던 것이다. 얼굴, 키 등의 외모도 나쁘지 않았다. 입술 옆에 점이 하나 있었는데 그것마저 도도하고 세련돼 보였고 배우로 따지면 고소영 같은 이미지였다. 동작도 우아해서 나처럼 찧고 까불거나 체육복 차림으로 엎드려 자는 일은 절대 없었고, 선생님들도 그녀만큼은 중학생이 아닌 숙녀로 대하는 것 같았다.

그 친구는 낯을 많이 가리는 편이고 학교를 마치면 바로 부모님 차로 어딘가로 사라졌는데, 덕분에 나는 거의 대화를 해보지 못했다. 그런 친구의 편지를 발견한 건 졸업하고도 1년 후, 우리집 현관 옆 가구 뒤에 끼어 있었다. 졸업할 즈음에 보낸 편지였는데, 내용은 간단했다.

'내가 너에게 열등감이 있었나 봐. 미안하다…'

나에게 가질 열등감은 무엇이고, 대체 무엇이 미안하다는 건지…. 본의 아니게 난 그 친구의 편지를 받고도 무시한 셈이 됐다. 하지만 이미 1년이 지난 후였고, 당시엔 핸드폰 같은 것도 없어서, 그 친구를 찾아 물어볼 수도 없었다. 아무리 생각해

봐도 그녀가 날 질투하거나 열등감을 느낄 구석은 없다. 도리어 내가 그녀를 부러워할 일이 수백 가지이지, 아무것도 나보다 못하지 않았기 때문이다. 그녀와 나를 바꿀 수 있다면 나는 분명 바꿨을 것이다.

모두가 부러워하는 그런 친구도 열등감을 느낄 수 있구나. 나름대로 심각한 것이었겠지? 그리고 미안하다는 걸 보니 나에게 차갑게 굴었나 보다. 하지만 난 그 모든 걸 눈치조차 채지 못했고, 몇 마디 말도 나누어보지 못한 채 우린 영영 헤어져버리고 말았다.

남들이 어렵게 털어놓는 열등감을 들어보면 '나라면 아무렇지도 않겠다.' 싶은 것들이 대부분이다. 한 후배는 키가 너무 큰 게 열등감이라나? 매번 "나랑 합쳐서 나누자." 따위의 시답지 않은 위로(?)를 건네곤 한다. 어떤 사람은 자기가 악한 게 열등감이라고 하고(실상은 지나치다 싶을 만큼 이타적이다), 발가락이 너무 길다(그 사람 발가락 어떻게 생겼는지 본 적도 없고 기억도 안 나며, 봐도 아무 관심도 안 생길 것 같다), 머리가 나쁘다(그 사람 4개 국어 한다), 가정불화가 심하다(타인에겐 남의 집 사정일 뿐이고 자신이 못났다 생각할 거리는 아니다) 등 굳이 알고 싶지도 않고 알아도 곧 잊어버릴 내용이 대부분이다.

한참 어린 나이의 외모가 아리따운 친구가 있다. 그 친구보다 외모가 조금 못해서 평범한 수준인 친구도 있다. 그 둘을 독자 모델로 화보 촬영에 기용한 적이 있는데 사진 한 컷 찍을 때마다 힘들어하고, 자신이 못생겼다며 푸념하는 쪽은 미모가 훌륭한 친구 쪽이었다. "나 코 매부리코로 나온 것 좀 봐. 사나워 보여. 어떡해…." 반면 평범한 쪽은 "나 이런 거 처음 해봐. 너무 재밌다."라며 시종일관 촬영을 즐겼다. 포토그래퍼가 "아, 좋아요. 예뻐요!" 할 때마다 "옙! 알겠습니다!" 하면서 그걸 100퍼센트로 받아들이고 노력을 했다.

둘의 차이점은 자존감에 있었다. 미인인 친구는 얼굴의 작은 결점조차도 엄청난 것으로 받아들이고, 그것이 사진에 교정되어 나오지 않으면 크게 망신을 당할 것으로 여겼다. 반면 외모가 평범한 친구는 화보촬영 정도는 즐거운 이벤트로 생각하고, 그것에 의해 자기 생활이나 가치가 달라진다고는 전혀 생각하지 않았다. 또한 화장에 대해서도 자기 얼굴의 장단점을 잘 알고 자연스럽게 꾸밀 뿐, 그 시간을 운동이라든지 친구를 만나는 데 썼다. 사랑스럽고 친화력이 좋은 그 친구에게는 항상 남자 친구가 끊이지 않았다. 반면 미인인 친구는 그녀의 외모에 반해 다가오는 남자가 많지만 막상 사귀게 되면 갈등이 잦았고 오래지 않아 크게 상처를 받으며 헤어지곤 했다. 스스로 충분히 괜찮다는 사실을, 남이 꼭 완벽하다고 칭찬해주거나 죽도록 사랑해주지 않아도 가치 있다는 사실을 인정하면 훨씬 행복해지지 않을까.

크게 열등감이 없었는데 사회생활을 하면서, 서른이 훌쩍 넘어 심해질 수도 있다. 학력, 연봉, 업무 능력, 인맥 등등…. 그런데 분명한 건 이 모두를 다 가졌다 해도 열등감이 없는 사람은 없다는 사실이다. 위세 좋은 가문에서 태어나 좋은 학교에 다녔고, 당연히 연봉도 높고 인맥도 훌륭한 대기업 후계자라도 가히 천재라 할 수 있는 부하직원들 때문에 열등감을 느낀다고 한다. 조선시대 왕들도 과거 급제한 사람들과 토론할 때 그런 스트레스에 시달렸겠지 싶다. 지인 중 그런 사람이 하나 있는데, 그의 열등감 돌파 방법은 직접 건설 현장에 안전모 쓰고, 작업복 입고 들어가서 하나하나 배우는 것이었다. 그 결과 서른 중반에야 비로소 경험을 잔뜩 쌓아서 부하직원인 '브레인'들에게 큰 소리를 칠 수 있게 되었다고 한다.

석가모니는 "태어날 때부터 열등한 인간도 없고, 태어날 때부터 우수하고 고상한 인간도 없다. 태어난 다음 당자가 어떤 행동을 하는가에 따라 만사가 결정되는 것이다. 그러니까 인간은 스스로 자기를 열등하게 만들고 고상하게도 만든다.”라고 했다.

사람의 장점이나 아름다운 행동이 부각되면 단점은 소리 없이 감춰지고, 드러난다 해도 귀여운 매력 정도로 치부된다. 특히 나이를 먹을수록 그렇다. 20대엔 한참 외모, 집안, 학벌, 사교성 같은 걸 서로 비교하고, 열등감을 느끼기 쉽다. 하지만 30대를 넘어서면 차츰 사회에서 그 사람이 어떤 역할을 하는가, 그 사람은 어떤 인성을 완성했는가가 부각되기 시작하고, 40대 이후부턴 그런 것만 중요해진다.

빌 게이츠는 어린 시절 공부벌레에 사교적이지 못한 성격으로 친구들에게 무시를 당했다고 한다. 사실 미국에서 ‘너드(Nerd, 공부벌레)’라고 불리는 건 욕설에 가까운 비하인데 지금은 그의 외모가 공부벌레 스타일인지 아닌지에 아무도 관심이 없다. 그보다 그가 세계 경제에 어떻게 기여를 할 것인가, 그의 재단은 어떤 활동을 할 것인가에 초점이 맞춰져 있다.

에디슨은 어린 시절 바보 취급당했으며, 본인이 대학을 나오지 않은 열등감 때문에 자식들은 공대가 아니면 대학에 진학하지 못하게 했다고 한다. 어찌됐든 그걸 극복하고 '발명왕'이 된다. 잘 알려지지 않은 사실인데, 러시아의 절대 권력자, 블라디미르 푸틴은 키가 165센티미터란다. 그러나 지금 그는 자신의 모습을 감추기는커녕, 인터넷 홈페이지에 맨 몸을 너무 많이 보여줘서 부담스러울 지경이다.

이 모든 이야기를 듣고도 '내 열등감은 정말 엄청난 것이다. 누가 위로해도 위로가 되지 않는다.'라고 주장할만한 것이 있다면 먼저 그 상태 그대로를 인정하는 것부터 해보길 바란다. 굳이 외면하고 감출 필요 없다. 혼자서 종이에 열등감 리스트를 적어보자. 그 다음은 그럼에도 불구하고 스스로의 존재가치를 인정하는 것이다. '이런 점은 못났지만 그것이 나의 전부는 아니야. 잘난 점도 있어. 또 못난 것과 잘난 것이 한데 어우러진 나란 자체가 가치가 있는 거야.' 하는 생각 말이다.

개그맨 허경환 씨는 자신의 키를 개그의 소재로 활용해 웃음을 불러일으키곤 한다. "그래, 나 키 작아. 그래도 이 정도 생겼으면 됐잖아!" 하고 당당하게 외칠 때 사람들이 자지러진다. 나도 비슷한 방식으로 열등감을 다스리며 살아가고 있다. 가끔 지인이 "그건 웬 근자감이야?" 하고 놀릴 때도 있지만….

외모는 인생에서 얼마나 중요할까

"○○○씨가 왜 마음에 드세요?" 여자 연예인에 대해 질문을 받은 한 남자 연예인이 수줍게 웃으면서도 서슴없이 대답한다. "너무 예쁘시고요…." 상황 종료다. 다들 '아~' 하고 고개를 끄덕이고, 사랑의 화살을 받은 여자 연예인은 얼굴에 함박꽃이 핀다. 만약 어떤 여자가 남자에게 좋아하는 이유를 "돈이 많으셔서요."라고 밝혔다면 된장녀네 뭐네 한 판 큰 구설수에 시달렸을 텐데.

'한 시간 더 공부하면 미래 마누라 얼굴이 바뀐다.'가 급훈으로 걸린 남자 고등학교가 있다는 사실을 알고 충격을 받은 일이 있다. 미녀는 공공연하게 사회 공공재가 되어버린 것인가? '고추 아가씨', '복숭아 아가씨' 등 지역 특산물을, 혹은 '미스 월드'처럼 한 국가를 대표하기도 한다.

'용모단정'한 외모가 아니면 취업하기도 어려운 것이 현실이다. 외모를 아예 차별하지 않으려면 이력서에 사진도 붙이지 말아야 한다. 한 미국인은 한국 기업에 취업하면서 미국식으로 사진 없는 이력서를 보냈다가 인사팀에서 사진을 이메일로라도 보내라는 연락을 받고 기겁을 했다고 한다. 압구정동이나 청담동에 가면 카페 아르바이트 하는 학생들도 모델급 외모를 갖춘 경우가 많다. 우연이 아니라 외모가 출중한 사람만을 골라 뽑기 때문이다.

얼마 전 얼굴 전체를 '갈아엎는' 수준의 성형수술을 한 후배를 보았다. 그것도 직장 동료, 친구들 모두 다 알도록 공공연하게 휴가를 내고 수술을 했다. 30년 가깝게 익숙했던 얼굴을 완전히 바꿀 만큼, 본인의 외모가 불편했던 것일까? 더 나은 외모를 위해 사람들은 화장술을 배우고, 다이어트를 하고, '얼짱 각도'로 사진을 찍고, 그걸로도 모자라면 울면서라도 수술대에 오른다. 간혹 외모 가꾸기에 아무 관심이 없는 젊은이가 있으면 주위 사람들이 화를 낸다. "비비크림이라도 좀 발라라. 피부가 그게 뭐냐?", "얘, 다른 애들은 살도 빼고 미팅도 자주 한다는데 넌 대체 언제 뺄래?" 만약 누가 봐도 못생긴 사람이 말이 많거나 화라도 내면 "왜 저렇게 나대냐?"라든가, 심지어 성격 파탄 소리를 듣기 십상이라 어쩔 수 없이 명랑하게 살아야 한다는 사연도 있다.

도대체 우리 사회는 왜 이토록 외적인 미를 숭상하는 것일까? 디스커버리 채널에서 미에 관한 다큐멘터리를 본 적이 있다. 아무런 정보도 없이 여러 여자의 실루엣을 불특정 다수 남자들에게 보여주었다. 미의 기준에 맞는 S라인 여자의 실루엣이 등장했을 때 뇌파에 극심한 변화가 생겼다. 생각하고 자시고 할 것 없는 즉각적 반응이다. 아무리 외모지상주의를 배격해야 한다고 외쳐도, 자율신경의 활동까지 막기엔 역부족이다.

여자도 마찬가지다. 역삼각형 몸매에 남성적인 인상을 풍기는 남자에게 즉각적으로 끌린다. 더욱 무서운 것은 아무런 사회적 배경도 알려주지 않고 남녀 동수를 한 방에 몰아넣으면 가장 외모가 훌륭한 남녀가 짝이 되고, 외모 수준이 비슷한 남녀끼리 차례로 짝을 짓는다는 사실이다. 이것은 단지 인간의 짝짓기 실험에 지나지 않는 것이 아니라, 사회적으로 외모가 계급으로 작용한다는 것을 의미한다. 어릴 때는 부모님께 '우리 공주', '우리 왕자' 소리를 들어도 사회에 나가서 상처를 받으면서 외모에 대한 갈증이 더욱 커지기도 한다.

나 역시 몇 번이나 성형수술의 유혹에 시달렸다. 고등학교를 졸업할 즈음에 한 번, 20대 후반에 한 번. 하도 징징거리는 통에 부모님이 체념하듯 "하려면 하라."고 하셨는데 일차 시기는 성형이 대중화되기 전이라 막상 병원을 찾으려니 두려운 마음이 들어 포기했다. 이차 시기는 '지금 성형 안 하면 또 언제 하겠어?' 하는 생각이었으나 간단한 수술이 아니어서 회사를 그만두거나 주위 모두에게 티를 내면서 수술을 할 수는 없기에 또 넘겨버리고 말았다.

서른이 넘어버리자 조금씩 내면에 변화가 찾아왔다. 비록 외모와 관련된 직업을 갖고 있지만, 일은 일이란 생각이 들기 시작한 것이다.

외모에 안달복달하는 열병이 어느 순간 수그러들기 시작했다. 분명한 이유는 잘 모르겠지만, 본격적으로 내 일을 하고 인간관계의 폭도 넓어지면서 '외모가 훌륭하면 경쟁력이 있는 건 사실이지만 그게 다는 아니구나.' 하는 깨달음을 서서히 얻게 된 것 같다.

좋은 직장으로 꼽히는 회사 사무실을 둘러보면 사실 빼어난 미녀는 별로 없다. 다들 깔끔한 인상이긴 하지만 그건 적당히 멋을 냈기 때문이고 타고난 외모 자체만 보면 대부분 지극히 평범하다. 그리고 더 위로 올라가 회사 전체를 쥐락펴락 하는 여성들을 보면 더더욱 미녀는 없으며 외모 자체에 온 신경을 기울이는 것도 본 적이 없다. 온몸을 던져서 일을 해야 그 자리에 오를 수 있기 때문에, 외모에 신경을 쓰는 시간과 성취가 반비례하는 모양이다.

연예계 쪽도 카메라 앞에 서는 사람들은 아름답지만, 그들을 아름답게 하는 감독, 스타일리스트, 메이크업 아티스트, 헤어 디자이너, 작가, 에디터 등은 외모가 지극히 평범하다. 외모 자체보다는 패션 감각이나 지적 체험, 사람들과의 교류 등으로 자신을 빛나게 하는 경우가 많다. 그들과 회의를 하거나, 차를 마시며 친분을 쌓거나, 앞으로 무슨 일을 할 건지 계획을 세우는 게 즐겁지, 그들이 내 외모를 칭찬하거나 그들의 외모를 유심히 관찰하는 건 별로 재미가 없다. 지금 어느 정도 나이가 있는 사람 중 '향기로운 여자'라고 할만한 사람을 떠올려보자. 외모를 꾸미는 게 그 사람의 관심사 일순위인가? 그 사람을 단지 외모 때문에 좋아하나? 작가, 여행가, 어머니, 선생님, 정치인

등 다양한 사람이 떠오르겠지만 사람들이 그들에게 매혹되고 좋아하는 이유는 아마도 외모가 아닐 것이다.

만약 외모 때문에 동경하는 사람이라면 그 직업이 방송인일 것이다. 어떤 피부과에 촬영을 하러 갔을 때 유명 여자 아이돌이 피곤한 얼굴로 우르르 들어와 주사를 맞고 마사지를 받는 것을 보며 그들에게 외모란 것은 상품이란 걸 뼈저리게 느꼈다. 연예인으로 살아남기 위해서 마치 숙제처럼 외모를 가꾸는 것도 고통스러운 일일 것이다. 내가 만난 모든 방송인, 연예인들은 정말 본인이 예뻐지고 싶어서라기보다는 성공하기 위해서 외모에 투자를 한다.

뿐만 아니라 젊고 아름다운 여자들이라고 무조건 행복하고, 완벽한 건 아니다. 미녀인데 항상 우울해하고, 무언가 때문에 힘들어하는 지인(미녀 1)이 있었다. 또 다른 미녀 지인(미녀 2라고 하자)에게 물었다. "걔는 그렇게 예쁜데 대체 뭐가 부족해서 그러는 걸까?"

그랬더니 미녀 2가 하는 말, "예쁜데 자기를 지킬 힘이 없으면 얼마나 힘든지 알아? 그리고 고민은 남들하고 똑같이 있어."란다.

그때는 '미녀의 사정' 같은 것에 대해 깊이 생각해보지 않

외모가 아주 평범하다는 것, 혹은 스스로 못생겼다고 생각하는 것은
불행이라기보다는 오히려 타인에게 방해받지 않고 자기 자신으로 살아갈 수 있는
기 회 가 주 어 졌 다 는 의 미 이 기 도 하 다 .

았기에 꽤 놀라웠다. 미인이면 뭐든지 잘 풀리고 행복할 거라고 생각하던 때라 그들의 고통이 뜻밖에 크다는 사실을 믿기가 어려웠다. 그녀의 설명에 따르면 미녀라서 아껴주고 사랑해주는 사람들도 있지만 미를 자원으로 보고 돈을 벌려 하거나, 빼앗으려는 사람도 많다는 것이다. 미녀 2 역시 중학교 때 학교 앞에서 스카우트되어 잡지 모델로 활동하면서 매니저 7, 그녀 3으로 소득분배 계약을 했다고 한다. 학교 수업도 빠지고 가라는 데로 가서 일을 했지만 들어오는 돈은 거의 없었다. 3마저도 제대로 주어지지 않은 것이다. 결국 공부를 해야 할 시간에 강제 노동만 한 셈이 됐다.

거리만 걸어도 괜찮은 남자보다는 수없이 많은 변태, 쓸데없이 용감한 남자들이 꼬여 편하게 다닌 적이 없고, 간혹 자기와 사귀지 않으면 자해를 하겠다고 집까지 따라다니며 위협하는 남자들 통에 항상 불안한 마음으로 살았다고 한다. 인터넷 쇼핑몰이 성행한 다음에는 친구가 매출의 몇 퍼센트를 주겠다며 구두 계약을 한 후 모델로 실컷 이용만 하고, 돈을 주지 않아 관계가 끝나기도 했다. 그 밖에도 일찍부터 일을 많이 했고 겉이 화려하니까 돈이 많은 줄 알고 꿔달라고 한 후 안 갚는 사람들, 언제 음흉한 속내를 드러낼지 모르는 일과 관련된 남자

들로 인해 사실상 사람을 믿기가 아주 힘든 환경 속에서 살아
온 듯했다.

미녀로 온전히 살기 위해선 점쟁이보다 빠른 눈치와 잔 다르
크 못지않은 강인함, 대기업 CEO에 맞먹는 판단력이 있어야 한
다. 그래서 미녀 2 역시 사람을 쉽게 믿지 못하며 일부러 '센 척'하
는 습성이 생겼다고 한다. 뿐만 아니라 저녁때나 골목길 같은 데
선 지나치게 매력적으로 보이지 않기 위해 일부러 남자 같은 털
털한 옷차림에 마스크까지 쓰고 다녀야 할 때도 많다고 한다.

그래서 미녀들은 대개 외모는 좀 떨어져도 능력 있고, 남자
답고, 자기만을 사랑하고 지켜줄 든든한 남자를 원하는 경향이
있다. 그런 남자가 제대로 나타나면 좋은데 대개 엮이는 남자
는 무늬만 착한 남자일 뿐 실제로는 미녀에 대한 열망이 보통
남자보다 월등히 강한 남자인 경우가 많다. 미녀 싫어하는 남
자가 얼마나 되겠냐 하겠지만 유독 미모가 출중한 여자만을 사
귀려고 하고, 그것을 얻기 위해서는 수단과 방법을 가리지 않
는 남자, 사람을 사랑하는 게 아니라 미녀를 사귀는 것을 자랑
으로 삼는 남자들 말이다.

이런 남자들은 평범한 여자의 눈으로 보면 어느 정도 구별
이 되는데, 미녀들은 매일 접근해 오는 남자 대부분이 그런 남

자들이니까 잘 구별을 못한다. 그래서 말도 안 되는 남자와 사기 결혼 비슷한 걸 해서 파산과 이혼을 반복하는 여자 연예인도 있는 것이리라. 물론 모든 미인이 불행하다는 건 절대 아니다. 행복한 미녀도 많을 것이다. 하지만 그러기 위해선 다른 사람들보다 어쩌면 더 많은 노력과 재능이 필요하다는 얘기다.

외모가 아주 평범하다는 것, 혹은 스스로 못생겼다고 생각하는 것은 불행이라기보다는 오히려 타인에게 방해받지 않고 자기 자신으로 살아갈 수 있는 기회가 주어졌다는 의미이기도 하다. 속칭 '흔녀'랄 수 있는 내 친구들은 직장에 다니고 자기계발도 하고 결혼을 하고 아이도 낳고 할 건 다 하면서 평범하게 잘 살아가고 있다. 그들의 강점은 성격이 특별히 모나지 않았다는 것이다.

인간의 삶, 행복이란 그리 단순하지 않다. 내 직업이 사람들에게 외모를 가꾸는 팁을 주는 것이지만 건전한 노력 수준에서 만족하기를 추천한다. 그보다는 배워야 할 것, 신경 써주어야 할 존재가 주위에 아주 많다. 행복을 만드는 조건 전체가 100이라면 그중 외모는 5도 되지 않는다는 게, 세월이 흐르면서 점점 맞아 들어간다 싶다.

내가 아닌 척, 그게 나인 척

난 항상 일부에겐 극찬을, 일부에겐 비난을 당하는 존재였으며 나머지 사람들에게도 "쟤 참 웃긴 애야." 정도의 평가를 받아왔다. 고등학교 때 친구들 중 누군가가 카메라를 가지고 와 단체 사진을 찍자고 했는데 "싫어." 하고 책상에 앉아 좋아하는 음악을 들은 일이 있다. 나중에 현상된 사진을 보니 한 덩어리의 아이들 저편 구석에 내가 있었다. 아이들이 나를 친구로 생각은 했나 보다. 프레임에 넣은 걸 보니….

그래도 내 성격을 고쳐야 한다거나 남에게 잘 보이려고 노력하진 않았다. 그랬던 내가 처음으로 다른 성격인 것처럼 보이려 노력을 한 게 '빡센' 사회생활이 시작되면서부터다. 나에게 인간이란 늙은 인간, 어린 인간, 수컷인 인간, 암컷인 인간 등이 있었을 뿐 그들 사이에 납득할만한 위계질서가 존재한다고는 생각지 않았다. 그런데 신문사에 딸린 잡지사(신문사의 문화만을 간직한)란 것이 인위적 위계질서가 용처럼 꿈틀대는 곳이다. 거기서 까이고, 데이면서 억지로 웃는 척, 술 취한 척, 좋아하는 척을 해야 할 필요가 있다는 것, 실제로 세상엔 그런 기술에 능한 사람이 무척이나 많다는 사실을 깨닫게 되었다. 조금 우스웠던 것은, 나는 그 사람에 대해 아무 관심이 없는데, 상대방은 내가 자신을 어떻게 생각할까 쉴 없이 눈치를 보는 사람도 많다는 것이다.

페르소나(persona)란 '가면'을 뜻하는 말로 그 이름도 유명한 심리학자 칼 구스타프 융이 '외적 인격' 또는 '가면을 쓴 인격'이라고 설명한 바 있다. 복잡하게 생각할 필요 없이 사회적으로 '그렇게 되어야 하는, 되고 싶은 나'의 모습이라고 할 수 있다. 그렇게 사는 것이 편하고, 남들에게 사랑받고 일이 쉽게 풀리니까 험한 세상을 살아가기 위해 만든, 또 다른 모습일 것이다.

사회에서 만난 사람들은 어느 정도 가면을 쓴다. 그래서 실제로 그 사람이 어떤 성향인가를 알기 위해 다들 머리를 굴리기도 하고, 미국에는 SNS를 통해 피고용인의 성향을 알아내고 인사팀에 보고하는 전문 직업마저 있다고 한다. 그래서 어린아이들이 상대적으로 순수하다고 하는 것인데, 요즘엔 초등학생들도 '센 척'하는 게 유행이다. 약해 보이고 울기라도 하면 영원히 '왕따'가 될 수도 있다고 한다.

내가 본 극단적이며 상반된 페르소나의 예를 들어보겠다. 한 사람은 '모두에게 친절하고 명랑한 기운을 불어넣는 천사 같은 여자'란 페르소나에 사로잡혀 있었던 듯하다. 이른바 〈빨간 머리 앤〉, 〈마녀배달부 키키〉, 〈하울의 움직이는 성〉 등 미야자키 하야오의 애니메이션에 자주 등장하는 여자 아이 캐릭터다. 아무리 비뚤어진 인간도 이 사람의 순수함과 착함에 곧 감명받고 모두에게 도움을 주며 모두와 친구가 된다는 스토리….

그 사람은 안 지 얼마 안 돼 음식이나 작은 선물을 나누어주고, 주위 사람들의 그다지 웃기지 않은 이야기도 재미있는 것처럼 반응했다. 자신의 과거에 대해서도, 항상 행복했었고 어딜 가나 사람들이 다 자신을 좋아했다고 얘기한다. 나중에 알았는데 그 사람은 이혼 경력이 있었다. 그 사람의 오랜 친구와 함께 있을 때 우연히 당시의 구체적 사연을 듣게 되어 "그땐 좀 불행했겠다…." 하고 말했는데 운전 중이던 그 사람이 '끼이이익!' 급정거를 해서 다 같이 죽을 뻔했다. 그녀는 '불행'이란 단어 자체를 극단적으로 꺼리며, 자신은 언제나 행복하고 남들에게도 '행복 전도사'인 것처럼 보이고 싶어 했다. 그것이 그녀의 페르소나였던 것이다.

또 한 친구는 여성적이지 않고, 걸걸한 이미지로 서른까지 살아온 천생 남자 같은 여자였다. 커트 머리에 야상과 운동화, 술은 소주, 야구와 자동차를 좋아했다. 그랬던 그녀가 어느 날 결혼소식을 알려왔다. 여덟 살 많은 '오빠'와 한다는 것이다. 웬 오빠? 너무나 갑작스러워서 그 남자가 어떤 사람인지도 알아볼 수 없었는데, 마침내 만난 그는 근래 보기 드문 '마초'였으며 "맥주를 좀 따라봐라.", "여자는 찬 데 앉으면 안 된다." 등 전근대적인 발언을 서슴지 않았다. 황당한 건 그녀의 반응이었다. "응, 오빠!" 하며 다소곳이 술을 따르는 모습이라니…. 거기에 웬 블라우스와 치마! 그녀는 우리에게 자기 원래 모습 얘기는 하지 말라고 신신당부를 했다.

처음엔 그녀가 내숭을 떤다고 생각했지만 이제는 그게 본래 그녀이고, 과거의 아저씨 같았던 모습이 페르소나가 아니었나 생각한다. 이후로도 쭉 '천생 여자'로 살고 있으니…. 심리학 전문가가 아니어서 정확한 분석은 불가능하지만 그녀는 정말 남자다운 남자, 혹은 아빠 같은 남자에게 여자로서 보호받으며 살기를 원했던 것 같다. 아마도 딸밖에 없는 형제 구조에 아버지도 조용하고 부드러운 편이어서 그 반작용이 아니었나 추측해본다.

또 하나는 들은 이야기인데 밖에선 지나칠 만큼 깔끔하고, 예의 바르고 상냥한 일본 독신여성이 며칠 동안 출근을 하지 않아 경찰이 출동을 한 적이 있다고 한다. 문을 열고 들어가니 그녀는 음주 후 수면제 과다 복용으로 쓰러져 있었고, 집은 〈세상에 이런 일이〉에나 나올 만큼 쓰레기장에 악취가 진동했다는 것이다. 오랫동안 바깥에서 흠 없는 사람으로 보이도록 산 스트레스가 극심해서, 혼자만의 공간을 더 어지럽히고, 생활도 엉망으로 한 것이었다.

사회생활을 하다 보면 페르소나 하나쯤 없는 사람은 없다. 긍정적이고, 의욕적이고, 협동적이며, 진취적인 모습. 어떤 회사에서나 '인재상'으로 줄줄이 늘어놓는 요구사항 말이다. 모든 회사가 이런 성격을 원하는데 어떻게 부정적이며 소극적이고, 반골이고, 귀차니즘에 젖은 모습을 보일 수 있을까? 하지만 페르소나에 너무 깊이 중독되다 보면 '나비가 나인지, 내가 나비인지' 알 수 없는 상태가 올 것이고, 그 충돌로 인해 어느 날 자아 붕괴를 경험할지도 모르는 일이다.

가까이에서 본 런던 사람들은 신선한 충격이었다. 부유층이나 귀족이 아닌 소시민들, 서민들 말이다. 그들은 참 '막' 사는 것 같았다. 민주주의, 페미니즘의 발상지와도 같은 역사적 배경에 도대체 유럽이라곤 생각할 수 없을 만큼 다양한 인종. 과거 노동자 계급의 문화라고 생각했던 것이 런던 젊은 층의 주류 문화가 된 지 오래다. 그래서 요즘 런던 젊은이들은 크게 법을 위반하거나 남에게 폐를 끼치지 않는 선에서 하고 싶은 말 다 하고, 담배 피우고 싶을 때 피우고, 춤추고 싶을 때 춤추고, 소리 지르고 싶을 때 소리 지르는 경향이 있다.

런던 셀러브리티로 꼽히는 픽시 겔도프나 케이트 모스, 피트 도허티, 러셀 브랜드 등에게서 그런 모습을 쉽게 볼 수 있다. 그들이 너무나 솔직해서 웃음이 터져 나올 때도 많다.

요즘 사람들은 "틀린 게 아니라, 다른 것.", "취향입니다. 존중해 주세요."란 말을 자주 쓴다. 그렇다면 우선 지나치게 자신을 옭아매고, 이상적인 쪽으로 이미지를 만들어 가려 하지 말자. 그것이 어렵다면 타인이 독특하게 보이더라도 있는 그대로 인정해주자. 옛날에 시어머니가 자신이 당한 것을 며느리에게 앙갚음 했듯, 학교나 회사에서도 선배가 후배에게 자신이 당한 일을 되갚아 주는 경우도 많은 것 같다. 자신이 행했던 '착한 후배'란 페르소나를 주입시키기 위한 과정 말이다. 언제까지 대물림 시키겠는가?

모두가 페르소나에 의존하지 않고 있는 그대로 자신과 타인을 인정하며 살기 위해, 과거의 족쇄는 이제 그만 끊어주자.

골드미스는 없다

몇 년쯤 전에 《싱글도 습관이다》란 책을 낸 바 있다. 그때 일부 독자들에게 분노에 찬 후기를 받기도 했다. '꼭 결혼을 해야 된단 말이냐, 여자 개인의 삶은 어떡하고! 결혼 안 하고 난 골드미스가 될 거다.'란 내용이 요지였다. 난 결혼을 하라고 그 책을 쓴 게 아니다. '싱글'이란 걸 미혼이 아니라 남자 친구나 남편, 심지어 동성 파트너까지 오래도록 없는 상태로 설정한 것이고, 습관적 싱글이라면 좀 벗어나 사랑을 해보라는 취지였다.

아무튼, 여자 독자들의 반발에서 신기한 점은 결혼의 대척점에 골드미스를 두고 있다는 점이다. 네이버 지식백과에 따르면 골드미스는 '학력, 외모, 경제력 등을 완벽하게 갖췄지만 결혼 시기를 놓쳐 혼자 사는 30대 중후반의 커리어 우먼'이란다. 정의 자체가 좀 촌스럽다. 학력, 외모, 경제력을 '완벽하게' 갖춘다는 건 무엇이며, 결혼 시기를 놓친다는 것, 혼자 산다는 건 또 뭔가. 게다가 커리어 우먼이란 말도 '콩글리시'다.

일단 돈 잘 벌고, 자기계발에 충실한 미혼녀를 골드미스라 칭한다면, 미스는 기혼녀의 반대 개념이지만 '골드'는 결혼과 별 관계가 없다. 물론 육아와 가사 같은 전통적 여성의 역할을 강요당하는 경우가 아직 있을 수 있겠지만 100퍼센트 그런 것도 아니고, 재능과 열정이 있는 아내에게 돈 벌어오지 마라, 자기계발 하지 마라 하는 요즘 남자 거의 없다. 그런 남자라면 애초부터 결혼을 안 하면 되는 것이고…. 남편들이 아내를 은근히 무시할 때는 아내가 별로 하는 것도 없으면서 자기가 벌어다 준 돈으로 소비 성향만 '골드'일 때다.

〈섹스 앤 더 시티〉, 이 미국 드라마가 망친 사람 여럿 있다. 극중 주인공 캐리가 앞의 정의에 걸맞은 골드미스랄 수 있겠는데, 원하는 물건을 마음껏 쇼핑하고, 취향대로 집을 꾸미고, 미디어뿐 아니라 세상 사람들이 다 알아주고, 흉금을 털어놓을

우리는 하루에도 몇 번이나
기회를 버리면서 운을 기대한다.

수 있는 친구는 주중에도 얼마든 만날 수 있고, 무엇보다 조금만 일해도 돈이 팍팍 들어오고….

일단 현실 속에서 그런 일이 동시에 생길 확률은 가만히 있는데 잘 생기고, 똑똑하고, 부유하고, 나만을 사랑하는 백마 탄 왕자님이 나타나 죽자고 따라다닐 확률만큼이나 낮다.

똑똑하고, 수입이 많은 여자가 일을 열심히 하는 경우는 있다. 그 사람들 정말 치열하게 산다. 주중에 친구 만나 노닥거리거나 약간만 일해도 성과가 쉽게 나타나는 것이 아니다. 사람을 만난다 해도 일과 관련된 사람들이고 좋은 머리를 총동원해서 작전을 짜고, 몸과 입으로 뛰어야 겨우 유지가 되는 경우가 대부분이다. 인터넷 쇼핑몰을 하더라도 하루에 4시간만 자고 상품 포장을 한다거나, 회사 중역이면 하루 종일 회의에 시달리느라 점심도 거르고 피로로 인해 입술이 터져 있거나, 잠자리에 들면서도 지난 분기 성과를 분석하고 다음 분기 전략을 짜느라 편하지 않다.

사회 경력 15년쯤 되면 출발선이 같았던 여자들 사이에 많은 차이가 생긴다. 조금 부끄러운 얘기지만 나와 동갑이고, 교육 수준도 비슷한데 현재 글로벌 기업 임원이 된 사람이 있다. 일로 자주 통화하던 사인데 그녀는 마치 불독처럼 한 번 물면

놓지 않았고, A가 안 된다 싶으면 B를, B가 안 된다면 C를 제안하는 사람이었다. 게다가 그다지 친하지도 않은데 엄청나게 밝은 인사 소리와 폭풍 수다! 그때는 '아, 이 사람 왜 이렇게 집요하고 시끄럽지?' 했는데 그녀의 성과는 차곡차곡 쌓여 승진에 승진을 거듭하게 했고, 이제는 직접 통화하기보다 '아랫사람들을 통해 겨우 의중을 여쭐 수 있는 분'이 되셨다.

게으른데 골드미스의 꿈만 꾸는 여자는, 만약 신이 "골드미스 시켜줄 테니 이만큼 신경 쓰고 일 할래?" 물을 때 "그만큼은 못하겠고 평범하게 살래요." 하는 경우가 대부분일 것이다.

골드미스란 것이 이상적인 행복을
의미한다는 게 더 큰 문제다.

내가 갓 성인이 되었을 때 미국 패션 잡지에서 V 브랜드 담배 광고를 보고 크게 감명을 받은 적이 있다. 완벽한 몸매와 패션 감각을 지닌 모델이 한 손엔 귀여운 강아지 네 마리를 맨 줄을 잡고 있었고, 다른 한 손엔 쇼핑백과 담배를 들고 활짝 웃는 모습이었다. 옷차림은 큰 빌딩 사무실에서 막 나온 듯 심플하면서도 럭셔리했고 10센티미터가 넘는 하이힐 위에서조차 도도하면서도 여유로운 태도가 빛났다. 주위 남자들은 모두 그녀에게 빠져 주목! 순간, 그것이 내가 지향해야 할 길로 보였고, 그 길로 V 담배 한 보루를 샀다. 그로부터 6년 후, 남은 건 온 몸에 찌든 담배 냄새와 기관지염뿐. 담배 광고는 법으로 금지당해서 더 이상 패셔너블한 흡연 생활 같은 건 보여줄 수 없게 됐고 난 건강상 이유로 담배를 끊었다.

사람들이 연상하는 골드미스란 단어는 마치 오래 전 그 담배 광고 같은 느낌이다. 과장되고, 부자연스럽고, 욕망만 잔뜩 묻어 있는…. 실제로는 하이힐 신고 개 네 마리 끌면서, 담배를 피우지만 건강하면서, 벌건 대낮에 남자들 유혹하면서, 프로페셔널하게 보일 수는 없다. 더구나 모델의 표정 가득히 묻어나던 행복감과 자신감은 골드미스가 됨으로써 자동으로 얻을 수 있는 게 아니다.

기준을 골드미스에 두고, 현재 자신을 브론즈미스나 우드미스로 낙인찍을 필요는 더더욱 없다. 올림픽과 달리 중요한 건 현재의 금은동이 아니라 내가 더 열심히 일하고 더 많은 수입을 벌어들일 결심이 되어있느냐다. 그러고 싶다면 노력을 시작하고, 그냥 이대로가 편하다면 현재에 만족하면 된다. 만족하는 것도 나쁘지 않다. '나는 많은 에너지를 쓰고 싶지 않고, 외적으로 보이는 생활은 그리 화려하지 않아도 소소한 기쁨을 찾으면서 사는 거니까 행복하다.'고 적극적 만족을 하면 된다.

적극적 만족은 자기 위안과는 다르다. 욕망은 가득한데 뜻대로 안 되어 분함에도 스스로를 위안하는 것이 자기 위안이라면, 적극적 만족은 '내가 선택해서 이런 삶을 사는 거니까 대만족!'이라는 개념이다.

우리는 하루에도 몇 번이나 기회를 버리면서 운을 기대한다. 내가 애초에 전망이 밝지 않은 전공을 택했고, 특별히 공부할 건 없었지만 외국 생활을 해보고 싶어서 연수 길에 올랐고, 초봉이 높지 않지만 스트레스가 없어 보여서 이 직업을 택했다면 모두 내가 결정한 일이므로 만족해야 한다. 수요가 많지 않은 전공과 직종을 '비주류 차별'이라며 분노하거나, 그냥 외국 생활을 치열했던 유학 생활로 미화해서는 안 되는 것이다.

남녀, 그리고 또다른 유리천장

난 비교적 남녀 차별을 겪지 않고 살아왔다고 생각하지만 꼽자면 소소한 게 꽤 있다. 형제가 남동생 하나뿐이어서 집안에 무슨 일이 있으면 어른들이 동생 먼저 찾는 걸 보았고, 학창 시절 기술 과목을 배우고 싶었지만 선택의 여지없이 가정, 가사 과목을 배워야 했고, 여고를 졸업할 무렵엔 '생활관'이란 곳에 가서 미래의 시부모님께 절하고 과일 깎는 걸 시험 당했다. 이유는 '여자니까'였는데 의문을 제기하면 이상한 아이가 돼버렸다.

학창 시절 칠칠치 못하게도 대형 서점에 갔다가 돈을 다 써버려서(그때는 핸드폰도 없고 공중전화 시절이었다) 먼 길을 걸어가야만 하는 사태가 벌어졌다. 저녁 늦은 시간이었는데 어느 순간, 한 아저씨가 무척이나 긴 귀갓길을 계속 따라온다는 것을 알아차렸다. 짧은 거리면 모르겠는데 그 먼 길을, 요리조리 골목으로 들어가도 계속 따라온다는 건 분명 이상한 일이었다. 어두운 골목길이어서 걸음을 빨리 했는데 그 아저씨가 주위를 살피며 더욱 바짝 따라붙는 것이었다. 무서워서 제발 누가 구해줬으면 하고 달리다가 마침 앞에서 순찰을 돌고 있던 의경을 만났다.

"아저씨, 이상한 아저씨가 따라와요!" 하고 말하자 의경은 낌새를 채고 뒤따라오던 남자를 신원조회 했다. 그는 역시나 횡설수설하며 따라온 것은 인정했지만 왜 그랬는지를 밝히지 않았다. 어쨌든 그 사람을 물리치고, 의경은 고맙게도 날 집까지 데려다줬다. 하지만 그가 미소를 띠며 남긴 말 한 마디. "왜 이렇게 늦게 돌아다니니? 착한 여자는 집에 일찍 들어가는 거야."

착한 여자? 사람의 선악이 귀가 시간과 도대체 무슨 상관이란 말인가.

세상이 많이 바뀌었다고 말하는 요즘도 흔히 '유리천장'이라고 불리는, 여자가 아무리 열심히 일을 해도 성과가 비슷한 남자 직원을 먼저 승진시키는 경향이 분명히 남아 있으며, 교양 있는 집안에서도 아들에게만 재산 상속을 해줘서 부모 사후에 송사가 벌어지는 일이 흔하다.

하지만 남자들의 불만 역시 최고조에 달한 것 같다. 결혼할 때 남자가 집을 장만하는 게 불합리하다고, 군대에 있는 기간을 사회 경력으로 인정받지 못하는 것을 크나큰 역차별이라고 생각한다.

불황 때문에 지갑 사정이 빠듯해서인지 데이트 비용으로 감정이 상하는 경우도 많다. 인터넷 커뮤니티에서 남자들의 공분을 사는 존재가 '데이트 비용 안 내는 여자'다. 정말 오랜만에 찻값 한 번 내는 거면서 크게 생색을 내는 여자 친구에게 질렸다느니, 돈은 하나도 안 내면서 비싼 곳에만 가기를 원하고 가끔 소박하게 놀려고 하면 삐친다느니…. 심지어는 스마트폰 데이트 어플을 이용해 매번 새로운 남자를 만나 비싼 음식을 얻어먹는 여자가 있다는 등 요즘 남자들은 여자에 대해 분노를 넘어서 공포를 느끼는 듯하다. 남녀 모두, 지금은 일종의 전쟁 국면이다. 서로를 필요로 하면서도 미워하고, 혹시 무시당하는 거 아닐까 격앙된 목소리를 내니 말이다.

한 영국 남자가 런던에서 여자에게 문을 열어줬다는 이유로 따귀를 맞았다는 얘기를 들은 적이 있다. 그 여자는 극렬 페미니스트였으며, 스스로 문을 열 수 있는데 남자가 자신을 무시했다고 생각해 폭력을 휘둘렀다는 것이다. 남자는 시골 귀족 출신으로 아직 전통 매너가 몸에 배어 있어서 별 생각 없이 습관적으로 나온 행동이었다고 했다. 한편 미국에선 화장품 가게를 하는 한인교포가 '여직원 구합니다.'란 구인 광고를 냈다가 성차별로 피소 위기에 처하기도 했다. 미국에선 성, 나이, 인종 등 어떤 정보도 구인조건으로 규정할 수 없다. 우리나라에서는 '용모 단정한 ○○세 이하 여자, 혹은 남자'에 더해 부모 직업, 고향 등 별 것을 다 조건으로 내 건다고 하니 남편이 정말이냐며 깜짝 놀라기도 했다.

최근 남녀 간 갈등의 크나큰 요인은 근대화가 너무 짧은 기간 내에 이루어지다 보니 성역할에 대한 기준이 세대 간, 남녀 간 공감대를 형성하지 못한 것이라고 할 수 있다.

이런 성역할 혼란기에 여자들은 어떻게 해야 할까? 사업을 하는 내 여자 친구는 여자에 대해 이렇게 평가한다. "남자들은 확실히 지들이 잘난 줄 알고, 조금만 혼내면 반항하고 삐질거리는 경향이 있어. 그런데 밥줄이 달려 있으니까 그것만 가지고는 쉽게 관두지 않아. 그런데 여자들은 앞에서는 말 듣는 척

하다가 스트레스가 쌓이면 확 관둬 버려. 특히 결혼하면 관두려고 준비하는 애들이 굉장히 많지. 그래서 입사 면접 볼 때 남자 친구는 있냐, 결혼은 빨리 하고 싶냐 물어봐. 웬만해선 여자를 오래 일해야 할 자리엔 뽑고 싶지 않아.”

“너도 여잔데 여자를 그렇게 차별하면 어떡하니? 개중 잘하는 애도 있겠지.” 하면 “모두의 밥줄이 달린 사업인데 어떻게 평균적으로 보아 손해가 되는 선택을 하겠니? 정말 독한 애 아니면 여자는 안 돼.”란다.

나는 지금까지 여자가 더 많고 남녀차별을 거의 볼 수 없는 직종에서 일했다. 이렇게 여자가 많은 곳에서 여자들은 자기 본래의 힘을 발휘한다. 한 후배는 “여자가 많았던 회사에선 항상 생수 통을 제가 갈았는데 남자가 많은 회사로 이직해서 그걸 하려고 하니, 지나가던 남자 직원이 달려와 자기가 들면서 왜 여자가 이런 걸 하려고 하냐?”고 묻더군요. 오히려 제가 신기했죠. “아, 이런 세상도 있구나, 하는 느낌? 그런데 첫 직장에서 하던 습관대로 사니까 굉장히 열심히 일하고 근성 있는 직원으로 보이는 거예요. 거의 모든 일을 남자들과 같이 하니까 인정을 받게 되더라고요.”

잡지사에서는 임신한 선배들이 출산 당일까지 마감을 하

다가 병원으로 가는 걸 종종 보았다. 방금 전까지 만삭으로 야근하던 선배가 안 보여서 어디 갔냐고 물으면 진통이 와서 애 낳으러 갔다는 다소 무서운(?) 소식이 들려왔다. 물론 모성보호 차원에서 임산부가 무리하는 건 좋지 않고, 법적 휴가도 충실히 사용하는 게 좋다. 하지만 세상의 많은 일이 하면 할 수 있는 것들이다.

꾸준히 업무 면에서 남녀평등을 주장해야 한다. 남자에 비해 조금도 뒤지지 않도록 혹은 그 이상의 성과를 내도록 사명감을 가지고 일해야만 그럴 수 있다. 내가 아는 일 중독자 중 상당수가 30대를 훌쩍 넘긴 싱글녀이거나 기혼녀이지만 가정에서 좋은 엄마는 못 되는 사람들이다. 얻는 게 있으면 잃는 게 있는 법이다. '독한 여자들'이라고 비난하기 전에 이런 여자들이 없었다면 이 정도의 남녀평등도 이루기 어려웠을 것이라는 걸 인정해야 한다. 법으로 아무리 남녀차별을 규제해도 실제 성과로 보여주는 것만큼 효과적이진 않다.

데이트 비용은 사실 먼저 만나자고 한 사람이, 돈이 들어가는 일을 제안한 사람이 부담하는 게 논리적으로는 맞다. 파티에 가면 호스트가 음식, 음악 등 일체를 준비해놓지 않는가. "오늘 영화 보지 않을래?" 하고 불러낸 사람이 영화 관람료와 식사까지 몽땅. 다음번에 "이번 주말에 스키 타러 가고 싶어." 한 사람이 교통비 및 스키 대여료까지 몽땅.

　하지만 서로 좋아하는 사이라면 둘 다 보고 싶은 마음이 있다는 얘기이므로, 어느 정도 분담이 필요한 것인데, 여기서 맞닥뜨리는 문제가 야생생활에서 온 본능이다. 남자는 여자의 양육능력을, 여자는 남자의 부양능력을 보는 본능이 발동되다 보니 남자는 성격이 부드럽고 아이들을 잘 돌보아주는 여자를 보면 마음이 편안해지고, 여자는 남자가 자기를 위해 여유 있게 돈을 내는 모습에서 사랑을 느끼는 경우가 적지 않다.

　그런데 여자만 문제가 아닌 것이 남자들 중에 여자가 돈을 계속 내면 자존심이 상한다는 사람이 상당히 많다. 그리고 경제력이 있을수록 여자에게 값비싼 물건을 흔쾌히 사줌으로써 칭송을 들으려는 남자가 많다. 주위를 둘러보라. 남자 친구나 남편이 이런 걸 선물해줬다는 여자들의 자랑이 있는가 하면, 반대로 자기가 이 정도 되는 물건을 여자 친구, 아내에게 사줬다는 남자들의 자랑도 만만치 않다. 여자들이 이런 남자들을 미디어를 통해 보면서 기준만 높아지는 악순환이 계속되는 것이다.

　본능을 아예 무시하기엔 인간도 분명한 동물이지만 이성적으로, 수학적으로 판단을 하면 남자가 돈을 많이 내는 건 불합리하다. 결국은 본능과 이성 사이에서 현재 사회와 자신에게 가장 합리적이라고 공감대를 얻을 수 있는 방향을 정해야 한다. 다른 세대 혹은 남과 비교하거나 흥분할 필요가 없다.

지난 몇 년간 홍콩과 서울을 왔다갔다하며 살았는데 홍콩에 있을 땐 남편이 생활비를 내고, 서울에 있을 땐 내가 낸다. 남편의 부동산은 남편 것이며, 내 부동산은 내 것이다. 결혼 초기에 "남편이 생활비는 갖다 주니?" 하고 묻는 사람이 많았다. 그런 게 몹시 궁금한가 보다. 솔직히 말하자면 난 '생활'을 하지 않았다. 공과금이며 식비, 광열비 등을 챙기고 회계하는 걸 남편이 훨씬 잘했고, 난 그런 일을 굳이 맡고 싶지 않았다. 그래서 남편이 생활비라기보다는 소정의 용돈을 줬는데 그것마저도 난 내 계좌에 연동된 신용카드를 주로 쓰니까 별로 건드릴 일이 없었다. 그래도 애정 전선엔 별 문제가 없었는데 오히려 주위 사람들이 "월급봉투는 여자가 확실히 챙겨야 하는 거야.", "남편 부동산은 공동 명의로 하자고 해." 하며 충고를 하는 통에 더 스트레스를 받았다.

우리나라 기준에 여자가 생활비를 관리하는 게 훨씬 합리적인 것으로 여겨진다면 그렇게 하면 된다. 하지만 여자가 남자에게 경제적으로 종속되는 관계는 점차 지양되어야 할 것이다. 남자가 이룬 것을 대신 말하면서 초라해지는 여자는 되지 말아야 한다.

항상 남편의 지위와 수입, 자신에게 준 선물을 자랑하는 지인과 어떤 행사에 일로 간 적이 있다. 그때 주최 측에서 명단에 혼선이 생겨 "어디서 무슨 일을 하시는 분이죠?"를 일일이 묻고 통과시켜 줬었다. 호화로운 옷차림이었지만 그 친구는 질문을 받았을 때 선뜻 대답을 못했다. "저, 전 그냥 주부…인데요." 질문자는 의심스러운 눈초리로 그녀의 신원을 확인하는 과정을 거쳤고, 친구는 몹시 껄끄러운 입장에 처했다.

이제 사회가, 자기 내면이 요구하는 남녀평등이 뭔지 진지하게 생각해보고 행동에 옮길 때다.

나이 스물엔 세상이 다 나를 위해 존재하는 것 같고, 뭐든 내가 하면 이루어질 거 같은 무모한 용기와 자신감이 있었다. 하지만 이후 10여 년 동안 치열하게 사회에서, 조직에서, 사람들 사이에서 부딪히고 자신의 존재감을 심기 위해 한 스텝 한 스텝 밟아나가다 보면, 갑자기 억울할 때가 있다. 대체 무슨 부귀영화를 누리겠다고 이렇게 청춘을 바쳐 결혼도 못한 채 아등바등 살아가야 하는지, 답도 없는 문제를 풀려고 골머리를 앓아야 하는지 말이다.

그래서 나름 조금씩 일에서나 인간관계에서나 자기 자리를 찾아가고 있던 사람조차도 무기력해지고, 더 이상 앞날이 보이지 않는다고 한숨 쉬게 되는 것이 바로 서른을 넘기면서다. 늘 꿈과 비전을 향해 달리며 살아왔는데 내 손에 쥐어진 게 아무것도 없는 것처럼 느껴지는 순간, 누구나 한번쯤 내뱉게 되는 말이 있다. "결혼해서 팔자나 고칠까?"

단순히 지금 자신이 살고 있는 삶에 대한 불만족의 표현일 수도 있다. 타인들에게 '독립적인 여성'이라 불리는 것도 지겹고 나도 세상에서 내 편을 만들고 누군가에게 보호받고 싶다는 생각에서 나온 푸념일 수도 있다.

게다가 인간도 동물인 만큼 암컷에겐 더 강한 수컷, 힘과 부양 능력이 있는 수컷을 택하려는 본능이 있다. 북방물개는 수컷끼리의 무시무시한 혈투 끝에 이긴 수컷 한 마리가 무리 전체의 암컷을 차지한다고 한다. 뒤집어 보면 암컷들은 가장 강한 수컷 한 마리에 '올인'을 한다고 볼 수 있다. 반딧불이 수컷의 정자가 들어있는 정포에는 암컷이 섭취할 수 있는 양분도 들어있는데, 암컷들은 본능적으로 정포가 큰 수컷을 선택한다고 한다. 더 많은 선물과 재산을 지닌 남자를 고르는 인간 여자의 행태와 매우 비슷해 보인다.

인간이 어떻게 동물과 같으냐고? 동물과 똑같은 기준으로만 살아가는 인간은 없겠지만, 넓은 시각으로 볼 때 인간이 동물적 본능을 아예 벗어버리기란 불가능한 일이다. 거기에 선택의 폭마저 넓다면…. 세상에 넘쳐나는 수많은 드라마, 로맨스 소설, 동화 등에서 그런 동물적 삶이 멋진 거라고 소녀와 처녀, 아줌마들에게 주입을 시킨다. 실제 남편의 사회적 지위나 재력에 따라 광고 시장에서 여배우의 몸값이 달라지는 사례도 있다. 아등바등 열심히 사는 여배우에겐 대형 냉장고나 아파트 광고 같은 건 좀처럼 들어오지 않는다. 주부들에게 선망의 대상이 되지 않기 때문이다. 아무튼 이런저런 이유로, 여자들은 곧잘 '결혼해서 팔자 고치는' 걸 꿈꾸곤 한다. 그렇다면 실제로 '팔자 고친 여자'들은 어떻게 살까? 왜인지 모르겠지만 난 주위에서 그런 사람들을 꽤 만나보았다.

'마나님'이 된 여자들은 결혼 전후 로맨티스트가 되어 주위에 자랑을 한다. 남편이 자신을 사랑하기 때문에 이것저것 해준 것이라고 친구들을 대거 초대해서 호화로운 집을 보여주기도 하고, 선물로 받은 고가의 옷과 장신구로 치장하고 모임에 나가기도 한다. 그러면 친구들은 대개 부러워해준다. 심지어 찰떡같이 붙어서 혹시 콩고물이라도 떨어지지 않을까 하는 비굴한 사람들도 있다. "어머, 얘 그거 너 안 쓰면 나주면 안 되니?" 모두 그녀가 공주라도 된 듯 떠받들어주고 남편과 관련된, 사회적으로 번듯한 사람들이 모이는 곳에 참석하면서 점점 우쭐해질 수 있다. 여기에는 단순히 물욕뿐 아니라 명예욕, 애욕 등 다양한 욕구가 작용한다. 결혼으로 인해 평소 갈망했던 것들이 한꺼번에 충족되는 것이다.

하지만 일명 '우유주사', 프로포폴처럼 짜릿했던 즐거움이 영원할 수는 없다. 자랑도 계속하면 시기와 질투의 대상이 되어 더 이상 하기가 어렵다. 어떤 사람은 남편이 사준 값비싼 물건을 친구들에게 계속해서 자랑하다가 누군가에게 비꼼을 당한 후 그 무리에선 더 이상 하기가 어렵다는 걸 깨달았다. 새로이 감탄해줄 다른 무리를 찾아야 하는데 그것이 쉽지 않고, 그럴만한 물건을 찾는 것도 마찬가지다. 잘 쓰지도 않는 물건은 쌓여 가는데 그걸로 꾸미고 보여줄 사람도 한정되어 있고, 쇼핑의 쾌감이 지속되는 시간이 점점 짧아진다. 정말 필요하거나 좋아서 산 물건이 아니기 때문이다.

어떤 사람은 맛집 탐방에 미치기도 하고, 심지어 아이를 꾸미는 데에서 쾌감을 느끼기도 하며, 유흥업소와 남자들에게 빠져들기도 한다. 하지만 결국 어느 순간 공허하다는 생각을 떨쳐버리기가 어렵다. 스스로가 좋아하는 것을 이루어간다는, 장기적 성취감을 느끼지 못하기 때문이다. '신데렐라는 왕자님과 결혼했습니다. 그리고 오래도록 행복하게 살았습니다.'에서 끝나는 이야기이기 때문이다. 게다가 남편이 바람이 나거나 경제적 여건이 어려워지면 기대왔던 모든 것이 한꺼번에 무너지고 만다.

한 친구는 학교 다닐 때 공부도 열심히 했고, 미래에 대한 꿈도 있었다. 하지만 대학 졸업과 동시에 부유하고 나이 많은 남자가 다가왔다. 스스로는 끌림이 별로 없었는데 무심코 부모님께 말씀드리자 가족을 포함해 주위 사람 모두가 그 남자를 '잡으라고' 다그쳤다. 그녀는 얼떨떨했지만 끈질긴 설득에 넘어갔다. "여자 팔자는 뒤웅박 팔자야.", "그 남자와 결혼하

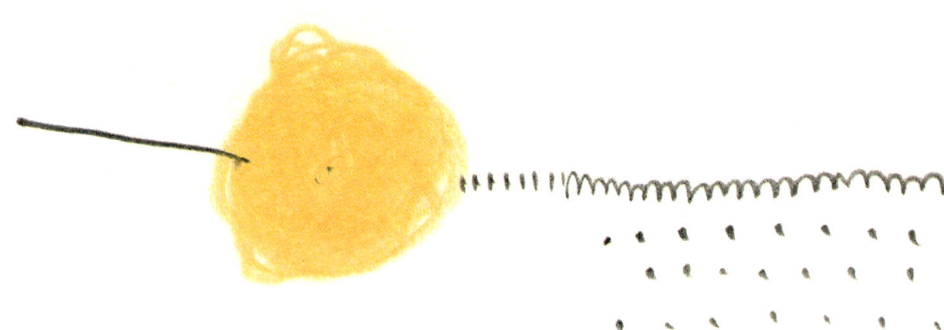

는 게 부모에게 효도하는 거라고." 어머니는 말했다. 그 남자는 마치 큰오빠나 삼촌처럼 자상하게 그녀를 대해주었다. 반년쯤 지나자, 그의 차를 타고 좋은 레스토랑에 가서 식사를 하고, 때마다 선물을 받는 게 진짜 사랑을 받는 것 같았고, 자신이 그 남자를 사랑하고 있는 것 같은 느낌이 들었다. 남자는 결혼을 서둘렀다.

결혼식은 몹시도 호화스러웠지만 친구는 조금 혼란스러웠다. 행복인지, 알 수 없는 불안감인지 모를 감정이 스쳐지나갔지만 신부 특유의 '결혼전 증후군'이라 생각하고 넘겨버렸다. 집을 꾸미고, 시댁 인맥을 익히는 동안 취

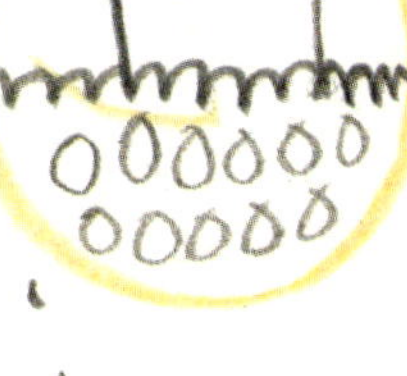

업 준비나 유학 등을 할 시기를 보내버렸다. 곧 임신을 하게 된 것이다. 아이를 낳고, 축하를 받고, 키우는 동안에 어느새 서른이 됐다.

기사가 운전하는 차를 타고 아이의 유치원을 오가던 어느 날, 그녀는 갑자기 너무나 외롭고 허무해졌다고 한다. 무얼 해도 재미가 없는데, 남들은 다 복에 겨워 하는 불평이라고 했다. 무언가 일을 시작해보려고 해도 말단 직원으로 시작하는 건 체면상 못할 것 같고, 창업을 하기 전에는 마땅한 경험도, 지식도 없어 엄두가 나지 않았다.

"엔터테인먼트 회사에서 일하고 싶었는데, 그 근처에는 가 본 적도 없어. 남편 인맥으로 사업 파트너를 만나기 전에는 혼자 창업할 자신도 없고…. 남자 친구를 제대로 사귀어 본 것도 아니고, 배낭여행을 가본 적도 없고…. 옛날 친구들하고 밤새 술 마시고 수다도 떨고 싶은데, 특별한 날 아니면 애 때문에 일찍 들어가야 돼. 새로 사귄 애 엄마들하고는 뭔가 대화가 통하지 않아. 나 원래 이런 스타일 아닌데, 왜 이렇게 된 거니?"

오랜만에 늦게까지 술을 마시던 그녀는 기어코 눈물 한 방울을 또르르 흘렸다. 열다섯 살 연상인 남편은 자주 해외 출장을 가며, 이제 완연히 중년 남성 티가 난다고 한다. 그래도 여전히 꼬이는 여자가 많은데 만약 남편이 외도를 한다고 해도 알아차리기가 어렵고, 더욱 서글픈 건 그런다 해도 별로 안타깝지 않을 것 같다고. 무엇보다 그녀의 삶 대부분은 이미 남자의 겉모습으로 염색된 상태이고, 자기 존재의 가치를 어디서도 쉽게 찾을 수 없었다.

물론 '팔자 고친' 여자 모두가 불행해진다는 건 아니다. 그리고 실제 결혼으로 '팔자 고치는' 일도 쉽게 일어나지 않는다.

중요한 건 얻는 것이 있으면 잃는 것이 있다는 것이다.

특히 자아실현의 기회를 놓아버리면 크나큰 삶의 의미를 잃게 된다. 패션 디자이너 다이안 폰 퍼스텐버그의 이야기에 귀를 기울여보자. '다이안 폰 퍼스텐버그'는 그녀의 이름이자 저지 랩 드레스로 유명한, 세계적인 스테디셀러 여성복 브랜드다. 아이러니하게도 '폰 퍼스텐버그'는 전 남편인 독일 왕족 이곤 폰 퍼스텐버그의 성이다.

겨우 열여덟 살, 대학생일 때 다이안은 부유한 독일계 왕자를 만났다. 퍼스텐버그 가에서 오래도록 결혼을 반대했지만 둘은 꾸준히 사랑을 키워갔고 마침내 결혼이 눈앞에 다가왔다.

여기까지는 여느 동화 속 이야기와 크게 다르지 않다. 하지만 그녀는 "이곤과 결혼할 때쯤 난 내 일을 해야겠다고 결심했어요. 결혼한 평범한 여자이기보다는 내 자신이고 싶었거든요."라고 말한다.

포토그래퍼의 어시스턴트, 패션 브랜드의 인턴사원으로 일하던 그녀가 결혼 직전 한 결심이, 이제 다 놔버리고 편히 살자는 게 아니라 '더더욱 나만의 일을 해야겠다!'는 것이었다. 뉴욕에서 그녀의 이름을 건 브랜드를 론칭한 것이 1970년이다. 서구사회도 1960년대엔 남녀의 역할이 엄격하게 구분되어 있었다. 결혼한 여자는 집안을 관리하고 남편에게 아름답게 보이는 것이 당연하게 여겨지던 때다. 따라서 갓 왕족이 된 상류층 여성이 자기 이름을 걸고 브랜드를 만든다는 건 당시로선 매우 파격적인, 나쁘게 말하면 극성스럽고 경박한 일이었다.

그녀는 자신의 혈통인 벨기에, 그리스, 유태계, 몰도바의 정서를 담아 세련됐으면서도 실용적인, 일하는 여자를 위한 옷을 만들었다. 이 스타일은 곧 일을 하지 않는 상류층 여성들에게도 현대적인 멋으로 자리 잡았다. 컬렉션은 꾸준히 계속되었고 그 사이 남편과는 이혼을 했다. 왕자는 떠났지만 그녀는 자기만의 일로 진정한 공주가 되었다. 유행에 따라 뜨고 지는 수

많은 패션 브랜드와 달리 다이안 폰 퍼스텐버그의 랩 드레스는 보는 순간 "다이안 폰 퍼스텐버그다!" 하고 외칠만한 시그니처 디자인을 고수하고 있다. 지금 다이안 폰 퍼스텐버그의 패션 세계와 삶을 궁금해 하는 사람은 많아도, 그녀의 전남편이 어디서 무얼 하는지 관심을 기울이는 사람은 거의 없다.

부유한 남자를 만나든, 가난한 남자를 만나든, 혹은 싱글로 살든 주도적 삶을 살 길만은 지켜 가야 한다. 일을 찾고, 나의 일상도 꾸려나가고, 주위 사람에게도 잘하기가 너무나도 힘겹다는 걸 잘 안다. 하지만 당장은 고통스러워도 그것이 나중에 인생의 기록이자 추억이 될 소중한 경험이다.

40~50대쯤 되면 말하는 내용만 들어도 사람의 깊이가 확연히 달라 보인다. 스스로 경험하거나 이룬 것이 없으면 계속 가족 얘기, 주위 사람 얘기, TV에서 들은 얘기 같은 것만 하게 된다. 물론 그런 얘기만 하고, 그런 얘기에서 기쁨을 느끼는 사람들과 사는 것도 나쁘진 않다. 하지만 '내가 무엇을 해왔으며, 무엇을 이루었는가? 어떤 사람들을 만나 어떤 경험을 했는가? 앞으로는 무엇을 할 것인가?'와 같은 주제는 듣는 사람과 하는 사람 모두에게 새로운 에너지를 준다.

스스로가 정체되어 있다면 아무리 경제적으로 풍요롭고

안정되었다 해도 어딘가 빈 듯한 공허감을 뿌리칠 수 없을 것이다. 주위 사람에게도 그저 '수다쟁이 아줌마'로 비추어지는 건 금방이다. 그때 배우자나 자녀에게마저 소홀한 대접을 받으면 '빈둥지증후군'을 크게 경험할 수밖에 없다.

끝까지 지켜나가야 할 소중한 경험, 인맥, 정보, 추억을 송두리째 내던지지 말자.

"네가 그런 고생스런 일을 계속해서 뭘 얻겠다는 거야. 난 네가 힘든 게 싫어서 그런 거야. 그냥 집에서 애나 키우고 하고 싶은 취미 생활 해." 이런 말은 거의 악마의 유혹에 가깝다.

그런 기회조차 오지 않는다고? 차라리 행운이다.

일을 시작하고 몇 년이 지나 서른이 넘으면 일에도 권태기라는 것이 찾아오고 만족도도 떨어져 삶이 무료해지기 마련이다. 뭔가 열정도 없고 특별한 일도 생기지 않고, 하지만 이대로 가다 보면 끝이 보일 거라는 불안감이 들면 사람들이 입버릇처럼 하는 말이 있다.

"다 때려치우고 유학이나 갈까?"

늦공부가 힘든 일이라는 것도 알만한 나이지만, 지루함에 대한 돌파구를 내가 해보지 못한 것, 막연히 동경하는 생활, 정확하게 말해 유학에서 찾는 것이다. 하지만 문제는 대부분 뭘 공부하고 싶은지 모른다는 데 있다.

영국으로 유학을 다녀온 한 후배가 있다. 그녀와 나는 조금 세대가 다른데, 내 세대만 하더라도 유학이 필수는 아니었다. 하지만 어느 순간부터 대학에 다니는 동안 어학연수라도 다녀오지 않으면 도리어 이상한 사람 취급을 받는 시대가 열렸다. 그녀의 변에 따르면 1년 있었는데, 자의도 아니었고 그 정도는 자기들 학번은 다들 다녀오는 거라 유학이라고 말하기도 그렇다고….

유학, 외국 경험, 영어 이름이 없다는 게 사회생활에서 약점으로 작용할 수 있다는 건 참 슬픈 일이다. 그 결과 세상 어느 곳을 가든 한국인 유학생이 없는 곳이 없다.

예전엔 유학생 대다수가 20대 초반이었지만, 지금은 서른이 넘을 때까지 남자는 군대도 연기해가며, 여자는 그냥 현지 생활에 젖어서 이것저것 전공을 바꾸며 머무는 사람들이 많다. 불편한 진실이지만 정의하자면 '도피성 유학'이다. 홍콩에서 만난 유학생은 "한국에는 가기 싫죠. 가봤자 취업하기도 어렵고 나이도 많고, 월급도 적은 데다, 결혼하란 부모님 잔소리 듣기도 싫고, 여기 있으면 시간은 잘 가는데 비자도 문제고 불황이라 취업도 잘 안 되고…, 아, 정말 미치겠어요. 여기 남자나

유학을 가든, 국내에서 공부를 하든
황금 같은 시간을 투자할 때는

그만한 이유가 있어야 하는 법이다.

잡아서 결혼이나 할까?” 하고 말하기도 했다.

부모님의 경제적 부담도 부담이지만, 그렇게 허송세월하다 언젠가는 비자 문제 등으로 국내에 돌아올 텐데, 나이를 따지는 국내 여건상 경력 없이 취업도 어렵고 국내에서 신기해 보이는 학문이나 기술이 없는 게 큰 문제다. 부모님 입장에선 다 가르쳐놨는데 왜 취업이 안 될까 싶지만 실상은 불필요한 데에 돈과 시간만 쏟아 부은 탓이다.

유학, 해결책이 아니라 또 다른 출발선일 뿐이다.

물론 유학이 절실해서 떠났고 국내에 돌아와 성공적으로 일하고 있는 사람들도 있다. 세계적인 화장품 그룹에서 럭셔리 향수 브랜드의 리테일 오퍼레이션 매니저로 일하고 있는 지인은 원래 패션 잡지 에디터를 하다가 좀 더 국제적인 일을 하고 싶다는 생각을 했다. 그러기 위해선 유창한 영어 실력과 함께 국제 경험이 있어야 하는데 국내 명문대를 나온 것과 패션 에디터 경력으로는 한계를 느꼈다. 그때 그녀의 나이가 이미 서른을 훌쩍 넘긴 시점. 그녀는 고민 끝에 그동안 저축한 돈으로 미국 파슨스 스쿨로 유학을 떠났다. 전공은 패션 비즈니스. 미래에 할 일과 직결되는 전공을 선택한 것이다. 공부하기는 쉽지 않았지만 뉴욕 현지에서 패션 산업이 어떻게 돌아가는지, 실력 있는 디자이너와 셀렙은 누구인지를 생생하게 체험했다. 유학 생활을 하면서 파트타임으로 모 유명 매거진에서 인턴십 에디터로 백의종군하며 인맥도 넓혔다.

그리고 마침내 한국으로 돌아왔지만 당장 마음에 쏙 드는 일이 생기지는 않았다. 이때 들어온 것이 글로벌 화장품 브랜드 커뮤니케이션 매니저 자리. 때마침 담당자가 출산 휴가 중이어서 대신 일하게 된 것이다. 그 일을 시작할 때 갈등도 조금 있었지만 그녀가 기획하고 벌인 마케팅이 하나하나 성공하면서 브랜드의 실적과 이미지는 급상승하게 되었다. 지금은 전 국민이 아는 '물광'이란 단어도 그녀가 처음 광고에 쓰기 시작한 것이다.

결국 그녀는 정식으로 브랜드를 맡게 됐고, 뉴욕에 본사를 둔 브랜드를 가장 잘 이해하면서 국내 소비자에게 트렌드를 전파하는 역할을 하게 되었다. 이후 영국 럭셔리 향수 브랜드도 국내에서 인기를 끌 것을 감지, 성공적으로 론칭했다.

또 다른 지인은 정식 유학 없이 취업에 성공한 경우다. 대학 재학 시절, 파트타임으로 사무 보조를 한 평범한 여자인데 영어는 어린 시절부터 배워 곧잘 했고 파트타임으로 일한 업체에서의 성실성을 인정받아 대학 졸업 후 외국인 CEO의 비서를 하게 됐다. 비서로서 역량을 인정받았지만 언제까지나 할 수는 없는 일이고 좀 더 큰 물(?)에서 놀고 싶다는 생각을 자꾸 하게 되었다.

그녀가 주목한 건 중국어. 중국과 관련된 일을 하는 업체가 많아져서 영어를 하는 비서라고 해도 중국어 통역사를 만날 일이 많았다. 그래서 그녀는 과감하게 회사를 그만두고 중국으로 2년제 어학연수를 떠났다. 다니던 회사를 그만두는 것에 대해 가족들이 걱정을 많이 했지만 꼭 필요한 것을 배우는 것이었기에 용기를 낼 수 있었다.

2년 후 그녀는 중국인의 문화도 이해하고 중국어도 유창하게 하는 사람이 되어 있었다. 전 회사가 독일계 업체였던 것을 인정받아 독일계 은행의 아시아태평양 지역 연관 업무를 맡게 되었다. 중국 클라이언트를 만나거나 접대하는 등 세련된 매너와 함께 중국어를 쓸 일이 많아졌다. 이번에는 금융 관련 지식이 부족함을 절감, 그녀는 회사를 다니면서 밤에는 파생투자상담사(선물거래사) 자격증을 따기 위해 고군분투했다. 결과는 합격! 이제는 당당하게 해외와 국내를 누비며 고액 연봉을 받는 금융인이 되었다.

이들의 성공적인 유학기에는 공통점이 있다. 바로 꼭 필요한 공부를 했다는 것. 무턱대고 유학 한번 다녀와야지 하는 심정으로 떠난 게 아니라 할 일을 먼저 생각하고 거기에 필요한 과정을 밟았다는 점이다.

유학을 가든, 국내에서 공부를 하든 황금 같은 시간을 투자할 때는 그만한 이유가 있어야 하는 법이다. 요즘 기업에서는 어떤 학교를 나왔는가보다 '이 사람이 무엇을 할 수 있는가?'를 최우선으로 본다. 사실 주위에서 "요즘 사람을 못 구해서 난리예요."란 푸념도 종종 듣는다. 직장을 구하는 사람은 너무나 많아도, 기업에서 원하는 일을 할 수 있는 사람이 없기 때문이다.

학력만 가지고는 아무것도 증명되지 않는다. 실제로 학벌 좋다는 유학생들이 "요즘 어디 국내 대기업에 인턴사원 자리라도 없나요?" 할 때가 있다. 하지만 막상 그들이 그 일을 할 수 있는가 알아보면 배경지식도 없고, 특별한 열의도 없는 경우가 많다. 그냥 학교에서 공부만 한 것이다.

일에서 성공하고 싶으면 일단 대략적이라도 어떤 일을 하고 싶은지를 정하고, 거기에 필요한 경험과 지식을 착실히 쌓아야 한다. 많이 알고, 많은 걸 할 수 있는 사람은 모든 회사에서 원하기 마련이다.

꾸미는 여자와 안 꾸미는 여자

꾸미는 여자와 안 꾸미는 여자, 둘 중 하나 택하라면 난 꾸미는 여자 쪽이다. 화장도 일찍 시작했고, 고등학교 때도 아침마다 머리 드라이 하느라 지각할 때가 많았다. 문제가 있다면 과도한 꾸밈으로 인해 다양한 직업-로커, 유흥업소 종업원, 연극배우 등-으로 오해를 사는 일이 많았다는 것. 일종의 실험이었지, 예뻐지기 위한 꾸밈은 아니었다. 대학교 때 아는 오빠가 "네가 화장만 좀 연하게 한다면 사귀고 싶다."고 한 적도 있다. 오는 남자를 막을 만큼 나의 가부키 화장은 강력한 무기였나

보다.

　반면 주위에 전혀 안 꾸미는 여자들도 다수 포진해 있는데, 한 친구는 아직까지 그 흔한 비비크림 한번 발라본 적이 없고 커트 머리에 안경, 티셔츠에 면바지를 고수하고 있다. 그 친구가 좀 아저씨같이 보일지언정 타고난 외모가 못난 건 아니다. 게다가 3개 국어를 유창하게 하는 외국어 실력과 인문학에 대한 깊은 통찰력을 지니고 있다. 뚜렷한 정의관이 있으며 실천하는 환경운동가다. 덕분에 참 사려 깊지 못하게도 나는 그녀가 독신주의자에, 이성에 대해 전혀 관심이 없는 사람이라고 생각하고 있었다.

　어느 날 술을 마시다가 남자 얘기가 나왔다. 유부녀건 처녀건 다들 자기 이상형 얘기로 꽃을 피웠다. 정치인, 아이돌 가수, 할리우드 배우, 작가 등 다양했는데 누군가 그 친구에게 "넌 누가 이상형이야?" 하고 묻자 "난… ○○○!" 하더니 유창한 언변으로 망설임 없이 잘 알려진 방송인 겸 교수의 이름을 말하는 것이었다. 솔직히 "난…" 하고 뜸을 들이다가 "없어."라고 할 줄 알았다. 술이 좀 들어가서 그런지, 그녀는 분명하게 이상형을 말했으며, '신념이 강하고 학문적으로 존경할만하며, 여자를 인격적으로 대우하는 남자'란 구체적 조건까지도 털어놓았다.

문제는 10여 년간 아무도, 그 사실을 몰랐다는 것이다. 그녀가 이성에 관심이 있는지, 구체적으로 좋아하는 스타일이 있는지. 만약 알았다면 비슷한 타입으로 소개팅이라도 몇 번 시켜줬을 것이다. 사실 아주 오래 전에 소개팅 자리에 그 친구를 등 떠밀어 내보낸 적이 있다. 30분 만에 헤어졌다는 남자는 사실 그 친구의 이상형에서 아주 멀지는 않았더랬다. 하지만 소개 후 남자 쪽 주선자에게서 들은 이야기는 다소 충격적이었다. "처음 봤을 때 남잔 줄 알았대." 물론 내 친구도 "별로….."라는 반응을 보였다.

친구가 남자들에게 여자로 보이지 않는다는 건 큰 문제였다. 때문에 시간이 좀 지난 후 조심스레 화장을 권해봤다. 긴 머리에 치마까지는 아니더라도 최소한의 화장 말이다. 그때 친구는 한사코 거절했었다. 귀찮아서 그러겠거니 하고 포기했었는데, 그래도 다시 한번 "야, 그러면 그런 남자 우리가 찾아볼 테니 화장 좀 하고 꼬셔봐~" 하고 장난처럼 얘기해보았다. 그랬더니 "난 그런 남자 싫어." 하는 것이다.

그녀의 맨 얼굴에는 철학이 있었던 것이다.

여자의 외모를 보고 좋아하는 남자는 싫다고 했다. 의도적으로 꾸미지 않은 채 내면의 아름다움을 갈고 닦을 테니, 그것을 알아보고 좋아해줄 수준 높은 남자를 원한다는 것이었다. 생각보다 훨씬 급진적인, 이상주의자가 아닐 수 없다. 그녀는 왕정의 꽃 같은 마리 앙투와네트나 양귀비를 경멸하고 시몬느 드 보봐르, 허난설헌 같은 여자이고 싶어 했다.

약간은 공감이 갔다. 자신이 어떤 외모든, 어떤 상황이든 겉모습은 상관하지 않고 내면을 사랑해줄 남자…, 여자들이 꿈꾸는 마지막 이상형이 아닌가. 영화 〈늑대소년〉에서 47년의 세월을 보낸 후 할머니가 된 소녀가 "나 많이 변했지?" 했을 때 송중기가 "아니요. 똑같습니다." 하며 웃음 짓는 모습. 그래서 수많은 여자들이 한숨을 터뜨리며 티슈를 찾았던 것 아니겠는가.

나는 차마 친구에게 "그래도 여자론 보여야지." 하고 말하지 못하고 "아, 그렇구나~"로 대화를 마무리지었다. 친구의 이상을 어느 정도 이해는 하면서도 친구가 독신주의자, 아니 모태 솔로주의자가 아니란 걸 분명히 한 셈이니 최소한 머리를 기르게 하거나 비비크림 정도는 바르게 설득해볼 생각이다.

물론 화장이 예의는 아니다. 예의는 어느 정도 지켜야 하는 강제성이 있는 것인데 화장을 안 한다고 해서 무례할 건 없다. 사실 홍콩의 직장 여성들만 해도 덥고 습한 기후 때문에 피부 화장을 전혀 하지 않고, 가끔 립스틱 정도만 바르는 사람이 많다.

하지만 연애는 문제가 다르다. 남자와 여자, 각기 원하는 바가 있어서 사귀려고 하는 것이고, 그러기 위해선 일단 서로에게 이성이라는 인지 과정은 거쳐야 한다. 남자가 남자로 보여야 하고, 여자가 여자로 보여야 한다. 특별히 여성스러운 '공주풍'을 말하는 것이 아니라 단순히 동성으로 오인당하지 않을 복색 말이다. 김혜수가 커트 머리를 하고, 송지효가 맨 얼굴을 공개한다고 해서 누구 하나 여자가 아니라고 할 사람은 없다. 그 사람들은 이미 다른 면에서 여자로 확실히 인식을 시킨 상태이기 때문이다.

하지만 슬프게도 평범한 여자는 서른을 넘기면서 피부에 잡티도 많아지고, 입술 빛도 칙칙해진다. 다듬지 않은 눈썹은 숯검정처럼 자라거나 할아버지 눈썹처럼 처진다. 햇빛에 반사되는 콧수염이 많아지고, 이에는 치석과 얼룩이 낀다. 한 번도 졸라매지 않은 몸매는 긴장을 풀고 충실히 중력의 법칙을 따른다. 단화만 신은 발목은 아킬레스건이 늘어난 상태로 유지돼 하이힐을 신을 수 없다.

남자도 마찬가지다. 삼겹살과 소주, 흡연으로 살아온 몸은 턱과 목이 연결되어 얼굴이 커다래지고, 배는 임산부처럼 나와서 배 바지나 힙합 바지 둘 중 하나를 선택해야 한다. 피부에는 커다란 모공과 굵은 주름이 자리하고 이마 선은 매일 뒤로 후퇴한다.

전혀 꾸미지 않아 버릇하면 나중엔 꾸밀 엄두가 나지 않는다. 그래서 점점 더 이상적이고 완벽해 보이는 자기만의 성 안으로 움츠러들지도 모른다. 남자 때문이 아니라 자기 관리 차원에서, 자신감을 위해 꾸민다는 사람도 많다. 할아버지들과는 어울리지도 않으면서 열심히 화장을 하시는 할머니들도 있다. 하지만 이 단계는 좀 많이 꾸며본 다음에 도달할 수 있는 고지다.

사람을 물건에 비교하는 건 좋지 않다. 사람은 개개인마다 고차원적인 정신 영역을 지닌 생물이기 때문이다. 하지만 잠깐 비교하자면 어떤 상품도 마케팅이 전혀 없이는 팔 수 없다. "여기에 이런 물건이 있소. 이런 장점이 있소." 하고 '좌표'는 알려 줘야 하는 것이다.

친구는 꾸미나 안 꾸미나 똑같은 그 친구다. 화장 좀 하고 옷 좀 차려입었다고 해서 그 친구의 고매한 정신세계와 지성이

훼손되는 것은 아니다. 오히려 그것을 다른 많은 사람들에게, 그리고 친구 자신에게 드러낼 좋은 방법이 아닐까 한다.

　참고로, 나 역시 몇 번이나 혼나면서도 고수했던 펑크스타일을 버리고, 비교적 무난한 화장과 옷차림으로 회귀한 지 10여 년이 되었다. 그래도 비비안 웨스트우드 할머니를 여전히 존경한다.

03

이 세상 어디에도
내 편은 없는 걸까?

내 싱글 라이프, 어디로 흘러가는가

20대 여자들을 보면 어떤 식이든 결혼에 대한 결연한 의지로 가득한 것 같다.

"난 최대한 빨리 결혼하려고…."

"난 반대야. 꼭 결혼해야 하는 건 아니잖아? 난 구속이 싫어. 연애만 하고 절대 결혼은 안 할 거야."

그러다가 어느 날 생각지도 않았던 친구가 갑자기 청첩장을 보내온다. 얼떨결에 축하 인사를 건네고 들러리도 하지만 아무래도 속은 싱숭생숭하다. 속까지 어른은 아니다 보니 정장을 입고 어른 노릇은 해도, 친구의 결혼이 나에게 질투를 불러 일으키는 건지, 아니면 혐오감인지 알 길이 없다. 그냥 '나도 언젠가 결혼을 하게 되는 걸까? 한다면 누구와 하는 걸까?' 하는 두려움과 기대감에 살짝 몸서리를 치는 것이다. 이때까지만 해도 결혼은 막연한 주제라 어떤 감정의 덩어리가 치밀어오를 때 '센 척'하며 이것저것 주장할 수 있었다.

지금 주위엔 소위 '싱글'이 넘쳐난다. 내가 사회생활을 시작했던 1990년대 후반까지만 해도 싱글 하면 20대 후반을 연상했다. 오죽하면 〈서른, 잔치는 끝났다〉라는 최영미 시인의 작품이 큰 반향을 일으켰을까. 그러나 지금은 서른이면 아직 취업도 안한 경우가 많으며 직장에선 막내 취급을 당하기 일쑤이다. 싱글이라는 말도 보통 30대 중반이나 되어야 듣게 되고, 30대 후반이나 40대도 눈에 많이 띄는 실정이다. 꼭 결혼을 안 하려고 한 것도 아니고 하려고 서두르지도 않은, 어쩌다 보니 싱글인 사람이 절대다수다.

얼마 전 지인이 무섭다며 트위터에 올린 기사(조선일보)에 따르면 30대 후반 미혼여성은 2010년 기준 여덟 명 중의 한 명 꼴이며 이들이 50대가 되어도 70퍼센트 이상이 미혼으로 남을 것이란다. 즉, 30대 중반까지 결혼을 안 하면 그 후엔 별로 가망이 없다는 얘기다. '짚신도 짝이 있다.'는 속담에 반하는, 저주에 가까운 통계다.

그래서인지 싱글에 대한 불편한 감상은 30대 초반에 정점에 달하는 것 같다. '결혼을 할까, 말까, 연애를 하려는데 어디 괜찮은 남자 없나? 만약 지금의 남자 친구랑 결혼을 못 하면 어떻게 되는 건가? 싱글로 사는 건 좋은데 내가 아플 땐 누가 간호해주지?' 하는 온갖 상념이 스쳐지나가고 그것을 잊기 위해 쇼핑, 애완동물 꾸미기, 여행 등 감각의 세계에 빠져들기도 한다. 그러다가도 어느 순간 세상에 오롯이 나만 있는 느낌이 들면 소름이 돋는다.

TV나 책 속 싱글들에게는 언제나 부르면 나와 줄 우정으로 똘똘 뭉친 친구들이 있고, 디자이너 브랜드 구두나 가방을 한도 걱정 안하고 쇼핑할 수입이 있고, 가끔가다 짓궂은 농담을 하며 다가오는 연하남이나 멋진 상사가 있다. 게다가 그들은 싱글녀의 괴팍한 성격을 사랑스럽다, 매력적이다, 하고 칭송도 해준다.

하지만 현실 속 싱글의 삶은 팍팍하기만 하다.

딱히 절친이라고 부를 친구도 없고, 여행이라도 가려면 휴가를 모으고 모아서 한두 달치 월급은 털어야 하고, 주위엔 온통 아저씨들 아니면 사귀는 건 상상도 해본 적 없는 열외(?)의 남자 동료들만 있을 뿐이다. 그나마 그들이 딱히 나에게 호감을 보이는 것도 아니다. 취미생활을 하려 해도 누군가 상대가 있으면 좋은데, 그 인간관계가 혹시 귀찮지는 않을지 걱정스럽다.

이런 생활이 한 해, 두 해 계속되면 서서히 사람이 시니컬해지거나 심지어 공격적으로 변할 수가 있다. 지하철에서 뛰어다니는 애를 보면 확 쥐어박고 싶어지고, 택시 기사 아저씨가 인생 충고 몇 마디 했는데 화가 치밀고, 트윈 룸을 예약했는데 더블 룸을 준 것 때문에 지배인을 불러 호통을 치고 싶어진다.

하지만 이런 '싱글 증후군'을 마주했을 때, 인생 자체가 총체적 난관이라고 우울의 늪으로 침잠할 필요는 없다. 사실 그것은 싱글들만 겪는 문제가 아니기 때문이다. 결혼한 사람들도 이런 상태가 되는 경우가 많다. 대체로 아이를 낳았는데 수입은 부족하고, 남편은 잘 도와주지 않고, 시댁에서 끊임없이 스트레스를 받으며, 애정 없이 그냥 살아가는 게 막막할 때 비슷한 증상을 겪는다. 그래서 홈쇼핑에 미치거나 블로그 이웃들을 남편보다 중시하고, 엄마들끼리 모이면 혹시라도 누가 나보다 훨씬 더 행복할까 불안해하기도 한다. 환갑 즈음에 자식들 다 떠나보내고 열띤 토론을 할 직장동료나 정말 사랑한다는 느낌이 드는 여인이 없는 장년 남성들도 비슷한 곤란을 겪는다. '왕년에~'로 시작하는 고리타분한 술주정을 하고 또 하는 '꼰대'로 비치는 것도 내면에 고독과 공허가 또아리를 틀었기 때문일 것이다.

싱글들이 겪는 고통의 중심은 사실 싱글이냐, 아니냐보다는 긍정적으로 변화해야 할 인생이 전환기에서 정체된다는 데 있다. 특히나 지금은 미루기가 가능한 시대다. 어학연수를 위해 휴학을 하고, 대학원 진학해서 취업 준비하고, 휴직해서 뭣 좀 배우고 오고….

서른까지 달려서 '스펙'은 웬만큼 쌓았는데, 이 정도 지녔으면 뭔가 일어나줄 만도 한데, 크나큰 행복이나 성취가 쉽사리 다가와주지 않는다. 막연하지만 드높은 내 기준보다 현실이 형편없어 보이는 순간-공주 대접을 받았던 여행지에서 초라한 원룸으로 돌아왔을 때, 믿었던 친구가 내 뒷담화를 했다는 걸 알았을 때, 그나마 열의를 보였던 일에 대해 지적을 당했을 때, 성에도 안 차는 남자에게 내가 먼저 차였을 때-에 싱글녀의 자아는 물기 없는 모래성처럼 무너져내리기 쉽다.

이 상태를 그냥 지나치면 조금 더 심각한 정신적 문제를 겪을 수도 있다. 아는 동생 하나도 얼굴을 못 본 지 꽤 오래됐다. "걔, 요즘 뭐하니?" 하고 물어보면 "글쎄요. 도통 연락도 없고, 사람들하고 말도 잘 안 한대요. 좀 우울해하는 것 같아요." 같은 대답이 돌아온다. 한없이 형이상학적인 불행의 원인이 있을 것만 같지만, 사실 그 아이가 그렇게 된 건 친한 친구들이 모두 결혼하고서부터였다. 전처럼 불타는 금요일을 보낼 수도 없고, 공감을 얻을 대상이 없다. 회사 일도 직급은 올라갔지만 딱히 좋아하는 일이 아니다. 소개팅은 가끔 들어오다가 끊겼고, 해달라고 하기도 싫다.

비슷한 상태에서 허우적거리는 싱글이 꽤 있을 것이다. 안타깝지만 어느 누구도 밀착 마크해서 도와줄 수는 없다.

싱글들은 이미 많이 큰 어른, 독립인격체이기 때문이다.

그렇다면 발상의 전환을 할 필요가 있다. 누군가 나를 여기에서 끌어내주기를 바랄 게 아니라 내가 먼저 탈출구를 찾아나서는 것이다. 나는 대체 무엇을 좋아하나? 여기에 3초 안에 대답할 수 있는 사람이 많지 않다. 술? 쇼핑? 그런 단편적 어휘가 아니라 궁극적으로 거기에서 무엇을 찾고자 하나? 무엇을 통해서 나는 진정한 행복을 느끼나?

도스토예프스키가 말했다.

'현재 행복한 일은 없지만 지금부터 행복하게 되는 것이다.'

곤경에 처한 수많은 사람들을 가장 가까이에서 보듬어 주는 사회사업가이자 작가인 한비야 씨는 원래 국제 홍보업체인 버슨 마스텔러 사에 다녔다. 꽤나 전문적이고, 골드미스로 보이기 딱 좋은 직업이다. 그러다 그녀는 서른다섯에 어릴 적 꿈을 이루기 위해 7년 동안 걸어서 세계 일주를 시작했고, 그 경험이 그녀의 인생을 송두리째 바꾸어버렸다고 한다. 여행을 하며 만난 구호가 필요한 사람들, 그들에게 손을 뻗치며 눈물과 환희를 얻다 보니 사회사업가가 되었다.

프랑스의 지성이자 전 세계 싱글녀들의 롤 모델이 되어버린 시몬느 드 보봐르. 작가, 사상가, 사회운동가 등 다양한 타이틀로 남았지만 그녀는 원래 선생님이었다. 스물한 살에 최연소 철학교수 자격을 딸 정도로 명석했으나 서른다섯 살에 사생활 문제로, 쉽게 말해 '잘렸다.' 이후 《제2의 성(性)》, 《레 망다랭》, 《처녀시대》, 《여자의 한창 때》, 《위기의 여자》, 《노년》 등 소설

뿐 아니라 에세이, 기행문까지 쉼 없이 다작을 했다. 하지만 작가란 직업이 그렇듯 마흔 여섯, 《레 망다랭》을 쓸 때까지 경제적으로는 넉넉지 않았다고 한다. '난 직업으로 작가를 하겠어.' 하고 책을 쓴 게 아니라, 썼기 때문에 작가로 남은 것이다. 그 외에도 사회운동의 최전선에서, 정신적·사적 파트너인 사르트르와의 논쟁과 사랑만으로 그녀의 싱글 라이프는 매우 다단했다. 사상이 행동이 되고 다시 그것이 삶이 되었던 것이다.

'그렇게 거창한 꿈은 나에겐 안 어울려. 솔직히 난 나만 사랑해주는 남자 만나, 결혼해서 알콩달콩 사는 게 최고의 행복이야.'라고 생각하는 사람도 많을 것이다. 그러면 그렇게 되도록 행동을 하고, 그 삶에 다가가야 한다. 일단 남들이 봤을 때 객관적으로 나에게 어울린다고 생각하는 사람들을 최대한 많이 만나도록, 그중 하나가 나만 사랑할 수 있을 만큼 스스로 매력적이고 중독성 있는 여자가 되도록 노력해야 한다. 내가 쳐놓은 높은 벽 안에서 그걸 넘어오는 상대만 고르다 보면 확률은 소수점 이하 몇 자리까지 낮아지기 때문이다.

결혼이 시급하면 어떻게든 결혼을 할 수 있는 방도를 찾아라. 가장 빠른 방법은 '결혼할 준비가 된 남자'를 찾는 것이다. 즉, 소개팅을 하더라도 "그 남자 직업은 뭐래?", "키는 얼마나

된대?" 하는 질문을 먼저 할 것이 아니라, "그 사람 결혼할 의
향은 있대?"부터 물어야 하는 게 맞다. 여자들에게는 이게 참
무감각하고 심지어 비인간적인 뉘앙스까지 풍기는 질문이다.
하지만 남자들은 생각보다 단순하다. "내년에는 결혼을 하려고
하는데 괜찮은 여자 없냐?"라고 묻는 남자가 매우 많으며 이런
남자들은 어떻게 해서든 1~2년 안에 결혼을 이루어내곤 한다.
즉, 스위치가 켜지지 않은 남자를 붙잡고 프로포즈를 종용하느
니 처음부터 불이 반짝거리는 남자를 만나 로맨스를 만드는 게
천 배는 결혼하기 쉬운 코스다.

결혼은 현실, 남녀 간의 사랑이란 무엇일까

'욕 하면서 보는' TV 프로그램 중에 〈짝〉이란 것이 있다. 그 중에서도 가장 화제가 됐던 것이 이른바 '모태솔로 특집'이었다. 다들 "그러니까 모태솔로지.", "나 같으면 절대 안 그런다.", "아니 어떻게 그렇게 눈치가 없을 수가 있어?"라며 '커플 성사 실패'란 결과에 혀를 차고, 안타까워했다.

요즘은 연애 기교가 넘치는 남녀가 많다. 연애 심리에 관한 글이나 방송도 자주 접할 수 있고, 새로운 이벤트 정보도 순식 간에 전국의 남녀에게 퍼져나가며, 정말 기교가 부족하다 싶으면 '픽업 아티스트(연애기술 전문가)'에게 일대일 집중 연수를 받을 수도 있다. 유명 픽업 아티스트의 개인수업료가 한 달에 천만 원이 넘는다는 소문을 듣고 서글프게 웃었던 적도 있다. 사람들이 애정을 표현하고 받아들이는 것이 그만큼 상업화되었단 얘기다.

그런데 아이러니하게도 이혼율은 점점 높아만 간다.

"소식 들었어? 그 사람 이혼했다더라."

"그래? 애는 없으니까 다행이네."

10여 년 전만 해도 주위에서 누가 이혼을 했다고 하면 사회적으로도 큰 논란을 일으키는 소식이었다. 하지만 이제는 당사자의 주위 사람들마저도 '시크한' 반응을 보이는 경우가 많다. 게다가 이혼의 원인 중 으뜸을 차지하는 것이 단연 돈 문제다. 거의 열에 아홉은, 한쪽이 사업에 실패했다거나, 직업 없이 오래 시간을 보낼 경우다. 이런 경우 그 커플이 왜 이혼했는지 더 이상 궁금해하지도 않고 다들 고개만 끄덕이는 상황이 벌어진다.

'결혼은 현실'이란 말도 있고, 결혼이 꼭 사랑의 결과물이라 주장할 순 없는 시대다. 그렇다 해도 수입이 있을 땐 괜찮았던 사람이 수입이 없어지면 왜 도저히 같이 못 살 사람이 되어버리는 걸까….

그런가 하면 애인이나 배우자가 있지만 다른 사람이 더 좋아서 바람을 피운다는 사람도 꽤 있다. 나다니엘 호손의 《주홍글씨》에는 외도한 주인공에게 주홍색 문신을 새기는 내용이 나온다. 평생토록, 모두에게 비난 받게 하기 위해…. 하지만 지금은 바람이 공공연한 비밀이다. 바람피우는 사람들이 그것이 마치 비밀인 것처럼 동료나 친구들에게 은근슬쩍 자랑하는 경우도 많다.

"사람이 어떻게 밥만 먹고 사냐. 맛있는 게 얼마나 많은데…. 애 엄마는 애 엄마야."

이렇게 단순무식한 화법을 구사하는 사람도 있지만 "아직 결혼한 것도 아닌데 뭐 어때. 내 남자 친구와는 그동안 제대로 된 소통을 해본 적이 없어. 그렇다고 남자 친구를 사랑하지 않는다는 건 아니야."처럼 도통 무슨 말을 하는 건지 모호한 변명도 있다. 어쨌든, 오직 그 사람의 애인이나 배우자만 그 사실을 모른다.

부모 자식은 유전자로 얽힌 관계라 서로를 사랑하지 않을 수 없다.

하지만 생판 남인 남녀관계는 그 이면이 참 허무하다.

벌써 결혼한 지 만 6년이 되어간다. 그동안 나는 ‘패륜부인’이라고 손가락질을 당해도 쌀 정도의 많은 악행을 저질러 왔다. 남자들이 흔히 결혼하게 되면 기대하는 아침밥도 차려준 적이 없고 슈퍼마켓이나 우체국, 은행 등 가기 싫은 곳은 남편이 점심시간을 이용해서라도 혼자 가게 했다.

결혼한 후 남편은 급격히 살이 쪘다. 잘 먹어서 그런 게 아니라 못 먹어서다. 시어머니는 요리를 잘하시고 건강식에 신경을 많이 쓰시는 편인데, 결혼 후 허구한 날 인스턴트 음식에 영양가 없는 레스토랑 음식만 사먹고, 피곤해서 운동을 제대로 못 하니 체지방만 는 것이다. 게다가 살을 빼라고 내가 잔소리를 하도 해서, 남편은 닭 가슴살과 채소 위주로 먹고 2주일에 하루는 완전히 굶는 할리우드 다이어트까지 했다. 하지만 무엇보다 내가 일 핑계로 같이 안 살아준 기간이 너무나 길다. 물론 지금 이 순간도 떨어져 있다.

남편이 나에게 저지른 악행도 좀 있다. 내가 동네방네 소문 낸 유명한 사건인데, 오래 전 외국에서 나를 만나러 온 남편이 생일을 맞았다. 나는 당시 한참 잘 나간다는 제과점에서 미리 생일 케이크를 준비했다. 남편이 묵고 있는 호텔 방문을 두드리며 “Happy Birthday!”를 외친 순간, 잠깐은 웃더니 곧 자기는 케이크를 먹지 않으니 환불을 받으라는 거다. 짠돌이에 고 지식하기로 유명한 그의 성격이 빛을 발하는 순간이었다. 냉장 고에 넣어두면 나중에 먹겠지 했는데 남편은 끊임없이 "환불! 환불!"을 외쳤다.

결국 생일 파티는커녕 심신이 극도로 피곤해져서 같이 제 과점에 가고야 말았다. 고상한 파티셰인 주인 아주머니는 당연 히 "몇 시간이나 바깥에 둔 생크림 케이크를 어떻게 환불해주 냐?"며 언짢아하셨다. 그래도 외국인이 굳건히 버티고 서서 환 불을 요구하니까 가게 이미지를 생각해서인지 결국 환불해주 셨다.

그 밖에도 도저히 이해할 수 없는 면이 여러 가지 있다. 영 화를 보고 나면 마치 연극영화과 수업이라도 받은 듯 분석평가 시간을 갖는다든가, "나는 모욕해도 좋은데, 자연선택설을 모 독하면 가만히 있지 않겠어." 하고 얘기한다든가.

그렇다. 남녀 피차간에는 이해할 수 없는 일이 너무나도 많 다. 가장 좋은 해결법은 이해하지 않는 것이다. 어쩌다 이해가 되면 좋겠지만, 그런가보다 하고 내버려두는 것이 상책이다. 남 편 역시 오래 전 자신이 저지른 '환불 사건'에 대해 뒤늦게 "그 때 왜 그랬는지 나도 이해가 되지 않는다."고 했다. 본인도 본

지극히 사소하지만
세월이 흐르고 나면 잘 잊어지지도,
포기할 수도 없는 순간들….

그것들이 모 자 이 크 처 럼   모 여
남녀관계를 만 들 어 간 다.

인을 이해하지 못하는 것이다. 나 역시 핑계야 찾으면 분명 있겠지만 어쩜 그렇게 막무가내로 굴었는지 스스로 이해가 안 가는 순간이 대부분이다. 그럼에도 불구하고 부부관계, 혹은 연인 관계를 유지하는 이유가 분명히 있는데 너무 사소해서 스스로 깨닫기도 어렵고, 나중에 상대방에게 말할 수도 없는 것들이다.

내 남편은 연애 기교가 심하게 결여된 사람이라 듣기 좋은 말을 아예 만들지 못한다. 그런데 어느 날 내가 화장하는 걸 물끄러미 보더니 한숨을 쉬며 이런 얘기를 한 적이 있다.

"걱정이야. 네가 그렇게 외모를 중시하는데, 나이 들어서 추해지면 우울증 걸릴까 봐…."

한번은 같이 모임에 가서 나 혼자 죽기 일보 직전까지 술을 마신 적이 있는데 거의 하루가 지나고 눈을 떴더니 남편이 화난 얼굴로 옆에 앉아 있었다.

"기도가 막혀서 죽을까 봐 보고 있는 거야."

그렇게 나를 걱정하며 밤을 새고 앉아 있었던 것이다.

남편한테 나랑 왜 결혼했냐고, 뭐가 좋으냐고 물어본 적이 있다. 그랬더니 심각한 표정으로 얘기했다.

"넌 비치(bitch)야. 그런데도 왜 널 좋아하는지 모르겠어. 난 어리석어."

그렇다. 결혼이나 연애는 꿈꾸던 것과는 딴판인 현실이고, 결코 이해할 수 없는 사람과의 동행이지만, 그럼에도 불구하고 포기할 수도 멈출 수도 없는 것이다.

지극히 사소하지만 세월이 흐르고 나면 잘 잊어지지도, 포기할 수도 없는 순간들…. 그것들이 모자이크처럼 모여 남녀관계를 만들어간다. 그런 기억의 연결고리마저 없다면 각서, 혼인신고서, 아이, 법 등에 의존해야 할 만큼, 남녀관계는 위태로운 쾌락이다.

친구가 있어 참 다행이다

친구와 약속이 있는 주말, 사실 그것만으로도 기분이 참 좋아진다. 게다가 내가 요즘 말랐다고 밥을 사준단다. 사실 밥은 혼자 나가서 사 먹어도 되고, 시켜 먹어도 된다. 하지만 친구가 사준다니까 염치 불구하고 나가는 거고, 먹지도 않았는데 살이 뽀득뽀득 찌는 것 같다.

어릴 적 친구는 보통 그저 같은 학교, 같은 반에서 선생님이 그 아이 옆에 앉으라고 하니까 사귀게 된다. 하지만 어른이 되고 나서 친구는 쓸쓸할 때 전화라도 한번 해보고 싶은, 때론 연인과 데이트하는 것보다 더 재미있는, 늙어서 내가 죽으면 제일 먼저 울며 달려와 줄 것 같은 애틋한 존재다. 돈으로는 살 수도 없는 대상이다.

나이 서른에 좋은 친구란, 레드불 같은 음료보다 천 배는 강력한 피로회복제다. 사회에서 온갖 독소를 흡수해 심신이 너덜너덜해졌을 때 바보스럽지만 친구를 만나 한탄을 좀 하거나 맥주 한 잔 마시면 기분이 순식간에 좋아진다. 나이 들어 배우자는 먼저 갔어도 인생의 마지막 길을 함께 하는 친구들 때문에 마음이 든든한 경우도 많다.

하지만 나이가 들수록 남들에게 '내 친구'라고 자신 있게 소개할 수 있는 사람을 손으로 꼽기가 점점 어려워진다. 살면서 수많은 사람을 만나지만 상대도, 나도 '친구'라고 자신 있게 떠올릴만한 존재인지, 확신할 수 없기 때문이다.

한 가지 슬픈 현실은 30~40대에는 친구 사이라는 것도 경제력에 의해 결정되는 경우가 비일비재하다는 것이다. 고등학교 때까지 목욕도 같이 하고, '땡땡이'도 같이 치던 막역지우였는데 서른이 넘고 보면 하는 일도, 인맥도, 취미도, 애인이나 배우자의 타입도 달라져버린다. 그러면 만나도 공통 화제가 지나치게 없어 지루하거나, 더 '잘 나가는' 친구가 하는 얘기가 잘난 척처럼 들리기도 한다. 그래도 친구라고 생각해서 도움이 필요할 때 연락을 하기도 하는데, 잘 나간다는 친구 입장에선 곤란한 일 한두 번 도와준 것까진 좋았지만 필요할 때마다 같은 일로 연락을 해오니 '나를 이용하는 건가?' 하는 생각이 들 수도 있다. 이런저런 오해가 쌓이면서 어린 시절 친구가 멀어지는 경우가 매우 흔하다.

그렇다고 사회에서 나와 '물'이 비슷한 사람들과 어울리자니, 어느 정도 가식적인 모습도 보여야 하고 견제도 해야 한다. 답답하기도 하고, 어린 시절 추억까지 몽땅 공유하지 못하니 우정의 뿌리가 깊지 못한 것 같은 느낌도 든다.

어떤 사람은 친구들로부터 고립되지 않기 위해 최대한 빨리 결혼을 해야 된다고 말한다. 친구들이 다 비슷한 시기에 결혼을 해서 남편, 아이 얘기를 하는데 거기에 어울릴 수가 없다는 것이다. 빨리 친구들과 같은 입장이 돼야 같이 남편 욕도 하고 유아용품도 사러 다닌다는 논리다. 실제로 사람들이 가장 결혼하고 싶을 때가 가까이 지내던 친구가 결혼을 할 때라고 하지 않는가.

내 남편의 친구들은 초등학교부터 고등학교까지 동창인데 아직까지 정기적인 만남을 유지한다. 학교가 한 울타리에 있었

고 1회 졸업생이라 자연스럽게 그렇게 된 연유도 있다. 내 남편
이 제일 먼저 결혼했고 친구들이 갑자기 유행이라도 번지듯 결
혼을 했다. 그리곤 각자의 아내들을 데리고 모임에 나온다. 나
역시 아내란 명목으로 그들의 친구 반열에 끼었는데 처음엔 아
니꼽기가 그지없었다.

"어이구, 비버리 힐즈 소셜 클럽도 아니고 정예 멤버의 여
자 친구나 배우자여야 얼굴을 내밀 수 있다는 게 말이 돼? 특별
히 재미있는 일이 벌어지는 것도 아니고 모여 봐야 세상 돌아
가는 얘기나 하면서…."

그들은 최근 그런 지루함을 탈피하기 위해 주말마다 무슨
일이라도 만들어서-생일 축하 파티, 하이킹, 운동 경기, 새로 생
긴 바 탐방, 가벼운 도박 등-모이는데 그런 노력이 보기 좋은 면
도 있지만 한편으론 눈물겹기도 하다. 가장 황당했던 건 한 친구
의 깜짝 생일 파티를 하기 위해 작은 갤러리를 빌려서 각기 캔
버스에 그 친구의 이미지를 떠올리며 그림을 그리고, 그것을 전
시한 일이다. 물론 생일을 맞은 친구의 아내가 주도하긴 했지만
'꺾어진 팔십'에 하기엔 지나치게 낯간지러운 일 아닌가.

어찌 보면 한국보다 더 각박한 홍콩 사회에선 그런 모임이
라도 유지하지 않으면 평생 친구라는 건 어디에서도 얻을 수

없기 때문일 게다. 공사의 구별이 엄격하다는 것의 부작용도 만만치 않아서 회사 동료와 사우나를 하거나 밤새도록 술을 마시고 상대방의 집에서 잔다는 건 상상조차 못하는 사람들이 많다.

우리나라에서 종종 듣는 소리가 "나도 이제 내 사람을 심어야겠어.", "걔는 정말 내 사람이라고 할 수 있지." 등이다. 그만큼 나이가 들수록 내 편을 들어줄, 내 일이라면 두 발 벗고 나서줄 사람이 간절하다는 뜻일 것이다.

수많은 피아가 스쳐지나가는 속에서도 우린 고독을 느낀다.

헨리크 입센은 '이 세상에서 가장 강한 인간은 고독 속에서 혼자 서는 인간이다.'라고 말했다. 그렇다면 '내 사람'은 정말 존재할까? 존재한다면 온전히 내 사람일까? 역시 나이 들면서 쓸쓸한 게 그 누구보다 가까운 사이에서, 심지어 피가 통한 가족끼리도 송사가 생기고, 원수가 되는 걸 종종 본다는 것이다. 인격이 고매하고 사회적 지위가 높은 어른에게도 그런 일은 공평하게 생긴다.

유명한 고흐와 고갱 사이의 사건. 둘도 없는 친구 사이였지만 말다툼을 하던 중, 고갱이 노려본 시선에 고흐는 자기 귀를 자른다. 철저하게 내 사람이라고 생각했는데, 그 시선 하나로 '나를 사랑하지 않는구나. 내 사람이 아니구나.' 하는 충격과 비탄에 빠져 그런 짓을 저질렀을 거라고 짐작해본다.

좋아하던 사람을 잃은 사람들은 상대가 자기를 배신했다고, 이젠 사람을 믿을 수 없다고 한탄하곤 한다. 하지만 우리가 자주 간과하는 것이 타인은 나의 일란성 쌍둥이가 아니라 애초부터 다른 사람이라는 점이다.

어떤 사람은 우정이라는 것이 집안 식구 건강, 요즘 경제 사정, 남자 친구와의 사이 등 소소한 것까지 알고 챙겨주는 것이라고 생각한다. 먼저 연락을 하지 않고, 나에게 어떤 일이 있을 때 관심을 표하지 않으면 친구가 아니라고 생각한다. 그래서 연락 안 하는 식구보다는 이웃사촌이 더 가까운 존재라고 믿는다. 반면 어떤 사람은 친구란 시간과 공간을 초월해 동떨어져 있어도 마음으로 사랑하는 것, 한번 친구이면 언제 만나 어떤 얘기를 해도 즐거운 것이라고 생각한다. 어떤 사람은 사상과 철학이 통하는 사람, 같이 연구하고 인생을 논할 수 있는 사람이야말로 최고의 친구라고 생각한다.

친구일수록 돈 거래는 하지 말고, 좋아하니까 무슨 일이 있어도 부담 주지 않겠다는 사람이 있는가 하면, 친구라면 가족의 돈이라도 털어서 도와줘야 하고 내가 그러하듯 친구도 나에게 그래야 한다고 믿는 사람도 있다.

마흔이 넘은 중년층도 자타의 기대치가 이만큼 다르다는 것을 전혀 이해하지 못하는 경우가 많다. 그리고 대개 갈등은 여기서 출발한다. 처음에는 꾹꾹 참아줘도 나중에는 무시당했다고 생각해 폭발하고, 억울함과 분노를 토해내며 멀어지는 것이다. 그 좋은 사례가 결혼식인데 결혼식을 준비하다 보면 누구나 친구들과 갈등 한두 번은 겪기 마련이다.

"친구의 결혼식엔 만사 제쳐놓고 달려가 들러리까지 해줬는데, 내가 결혼할 때는 아기 봐줄 사람이 없다고 오지 않는다."며 분노하는 친구를 보았다. (둘 다 결혼식을 외국에서 했다.) 나 역시 신부의 편을 들면서 "결혼식은 일생에 한 번 밖에 없는 것이고, 친한 친구인데 어떻게 아기를 핑계로 참석조차 하지 않을 수가 있느냐?"며 신부의 언짢은 기분에 공감을 해주었다. 하지만 아기가 있는 다른 사람은 의견이 달랐다. "나는 너희들이 더 이해가 안 간다. 아기가 어린 데다가 봐줄 사람이 없어서 비행기를 타고 며칠씩 여행을 할 수 없잖아. 축하를 했으면 됐지 꼭 받은 대로 똑같이 해줘야 되냐?"며 불참한 친구의 편을 들었다. 각자가 생각하는 '진짜 친구상'이 다 다르기 때문이다.

우정을 잘 가꾸어 가려면 먼저 친구가 어떤 타입의 인간인지를 어느 정도 알아둘 필요가 있다. 평소 무조건 비위를 맞춰주거나 언쟁을 해서 이기려는 것은 그다지 바람직하지 않다. 특히 여자들은 타인에게 많이 공감해주면 좋은 사람으로 보일 것이란 기대감이 있어서 타인에 대한 칭찬, 공감을 지나치게 하고 스스로 그 스트레스에 지쳐 상대방을 얄미워하는 경우도 있다.

겉으로만 온유하고 화합하는 관계는 속으로 곪을 수 있다. 따라서 스스로도 어느 정도는 내가 어떤 사람이란 걸 표현하고, 의문이 생기는 건 그때 그때 물어보고, 의견을 나누는 자세가 필요하다. 반면 남자들은 속된 말로 서로 '까다가' 말 한 마디에 싸움이 나는 경우가 빈번한데(얼마 전 친구 사이의 말싸움에서 비롯된 살인 사건에 경악한 바 있다) 상대가 자존심 상해하는 아킬레스건이 뭔지, 인정받고 싶어 하는 부분이 뭔지는 파악하고 말을 가려 하는 연습이 필요할 것이다.

이래저래 인생을 함께할 친구를 하나 가진다는 건 굉장히 어려운 일이다. 하지만 그런 친구를 만든다면 서른 즈음이 가장 좋지 않나 싶다. 어릴 적 친구든, 회사 동료든, 동네 사람이

든, 인터넷 친목 모임 회원이든, 서른 즈음이면 부모의 영향권에서 벗어나 스스로의 의지로 사상과 취향을 분명히 할 수 있는 시기이기 때문이다.

그때 만난 친구들이 평생 가는 경우도 많다. 80대 후반인 할머니는 젊었을 때 심심풀이로 화투를 배워서 정말 열심히 치셨다. 할아버지는 10년쯤 전에 돌아가셨지만, 지금 매일같이 어울리는 친구 분들이 바로 그때 화투 모임 멤버들이시다.

내게도 30대에 만난 그런 친구들이 있다. 그래서 참 다행이다.

의존일까? 사랑일까?

인간은 다른 동물과 달리 아기일 때 꽤 오랫동안 부모의 보살핌에 의존한다. 부모가 생명을, 음식을, 잠자리를, 위생을 모두 제공하는 것이다. 그리고 그렇게 오래 보살핌을 받고 큰 아기는 부모를 사랑하게 된다.

'우리'란 관계가 무엇보다 중시되는 동양의 정서상 자라면서도 부모나 타인에게 의존하는 습관은 쉽게 없애기 어렵다. 학창 시절 좋아하는 친구가 자신과 함께 화장실이나 매점에 가지 않았다고 삐쳐 본 경험, 많은 이가 갖고 있을 것이다. 분명 친구를 좋아하는데, 왜 섭섭함이 더 크고 결국 친구를 미워하게 되고 말까? 만약 일시적으로 얄미운 것이 아니라 진심으로 증오하게 된다면 그 사람은 정신적으로 친구에게 종속된 관계, 즉 의존적 성향을 띠고 있다고 할 수 있을 것이다.

정신과 전문의가 아니라서 학술적인 내용은 말하지 못하겠다. 하지만 많은 서른들이 사람에 대한 의존을 끊지 못하고 괴로움에 허덕이는 것을 보게 된다.

A는 남자 친구와 캠퍼스 커플이었고 주위에서 손발이 오그라든다고 할 정도로 사이가 좋았다. 케이크나 커피조차도 남자 친구가 먹여주고, 핸드백도 들어주었다. 머리를 쓰다듬어주고, 볼에 뽀뽀해주고…. 주위에서 보면 마치 아버지가 딸을 대하는 것과 다름이 없었다. 3년 넘게 사귀면서 A는 그런 습관에 깊숙이 빠져들었다. 심지어 집에 있다가 리모컨 단추를 잘못 눌러 TV 시청이 안 될 때도 남자 친구를 불렀다. 그럼 남자는 한 시간 거리에 떨어져 있다가도 달려와서 "이그, 또 잘못 눌렀어?" 하면서 다시 눌러주었다.

문제는 의대생이었던 남자 친구가 본격적으로 전공의 생활로 접어들고 전문의 시험을 준비하면서 시작됐다. 굉장히 바쁠 거라고, 자주 못 볼 거라고 남자 친구가 섭섭한 듯 말했지만 당시엔 '시험 끝나면 의사가 되는데… 이 정도는 참아야지.' 하며 대수롭지 않게 여겼다. 처음엔 2주에 한 번 정도 데이트를 했지만 차츰 한 달에 한 번도 잘 못 만나는 시간이 계속 되었다. 그도 그럴 것이 남자 친구는 병원에서 대기 및 야근을 하는 생활을 계속해야 해서 제대로 밥을 먹을 시간도 없다고 했다.

그러나 그녀가 당면한 문제는 단지 데이트가 아니었다. 아무것도 혼자서 제대로 할 수가 없었다. 주말에 친구에게 먼저 전화를 해서 식사를 하자고 하기도 싫고, 밖에 나가서 쇼핑백 하나를 들어도 귀찮고 짜증이 났다. TV 리모컨은 아직도 제대로 다룰 줄 몰랐고, 남자 친구 차가 없으니까 먼 곳에 가는 것은 꿈도 꾸지 못했다. 그런 불편함으로 인한 짜증은 고스란히 남자 친구에게 돌아가기 시작했다. '아무리 바빠도 잠깐 와서 이것 하나 못해주나? 날 사랑하지 않는 거지?'와 같은 원망이 이어졌다. 그래서 문자와 전화를 스무 통도 넘게 연달아 보내기도 하고, 바로 답이 안 오면 따발총처럼 쏘아대기도 했다. 남자 친구가 처음에는 미안하다, 시간이 없어서 그렇다 변명했지만, 나중에는 규정대로 핸드폰을 꺼놓고 하루 종일 연락을 안 하는 날이 많아졌다.

전문의 시험을 얼마 안 남기고, 그녀는 이별 통보를 받았다.

"내가 부족해서 널 행복하게 해줄 수 없는 것 같다. 다른 남자 만나서 행복해."

전화기 너머에서 들려온 남자 친구의 마지막 목소리였다.

처음엔 남자 친구가 장난을 치는 줄 알았다고 했다. 그래서 곧 미안하다며 달려올 거라 생각해 무시하고 전화를 끊었다. 하지만 하루가 지나고, 일주일이 지나도록 그는 오지 않았다. 그녀는 극심한 허무감 속으로 빠져들었다. 전에는 하기가 싫었다면 이제는 아무것도 혼자 힘으로 할 수가 없었다. 심지어 일어나서 욕실에 세수를 하러 가기도 버거웠다. 그것이 남자 친구가 없다는 심리적 불안 때문이라는 것은 본인도 알았다. 먹지도 않고, 씻지도 않는 그녀를 보고 부모님은 다시 새로운 남자 친구를 사귀면 될 것 아니냐고 호통을 치셨지만 그녀는 사실상 부모 잃은 아기와 같은 상태로 퇴화해버리고 말았다.

친척 동생이 전공의인데(응급실이라 더 심할지도 모르겠다) 27시간을 연달아 일하고 집

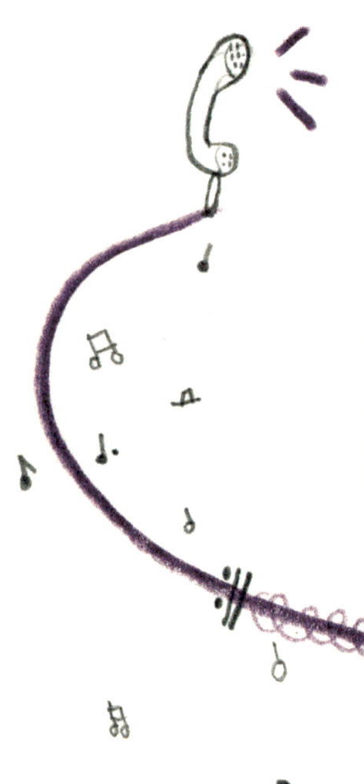

에 와서 잠만 잠깐 자고, 다시 27시간을 일하러 가는 생활을 계속한 적이 있다.

"너희는 연애 어떻게 하니?" 하고 물었더니 "전공의 때는 대부분 헤어지지. 병원 안에서 사귀지 않는 한 남자는 차여. 계속 사귀어서 결혼까지 하는 여자는 대단한 여자야."라며 웃었다. 솔직한 말로 우리나라에 '의사 부인'이 되고 싶어 하는 여자는 많다. 하지만 마치 단군 설화 속 호랑이처럼 만나고 보살핌 받는 것이 끊기면 참지 못하고 이별 수순을 밟게 된다는 것이다. 혹시 사람을 사랑한다기보다는 시간과 정성을 받는 것에

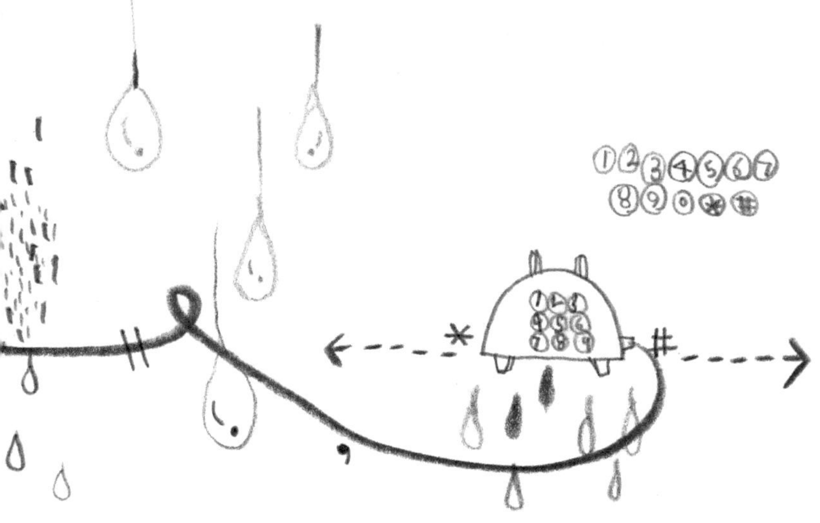

지나치게 의존하고 있기 때문은 아닐까.

꼭 이성 간의 문제에서만 발생하는 것은 아니다. 사람들 사이에서 동성에게 의존하는 경향도 쉽게 발견할 수 있다. B는 고등학교 동창인 친구 C를 사회에서 다시 만났다. 직장에서 C가 선배가 되어 나타난 것이다. 막강한 '빽'을 얻은 것처럼 B는 기뻤다. 동기들과 어울리는 대신 C와 점심을 먹고, C를 따라 외근을 나가면서 자연스레 회사에서의 입지도 다져지는 듯했다. 동기들은 B를 마치 선배 대하듯 하기 시작했고, 회의에서 B가 무슨 의견을 주장하더라도 C가 동의를 하면 아무도 토를 달지 않았다. 상사 역시 C가 일을 가르쳐주는 것이라 생각하고 크게 문제를 삼지 않았다.

B는 무엇을 하든 C를 찾기 시작했다. C가 부득이한 이유로 혼자 자리를 비우면 점심을 같이 먹을 사람이 없어서 굶기도 했고, 다른 사람들에게 자기주장을 할 때도 한없이 위축되는 것을 느꼈다. 그러다 C가 돌아오면 반색을 하며 반기고, 잠시 식사를 할 동안 같이 있어달라고 부탁하기도 했다. 그러던 어느날, C가 갑자기 회사를 옮길 것이라고 말했다.

B는 충격을 받았다. "그러면 나는!" 이것이 거르지 않고 나간 B의 속마음이었다. 그런데 당혹스러웠던 것이 "넌 여기서

더 일해야지." 하는 C의 대답이었다. 순간적인 침묵 후 B의 내면엔 분노가 끓어오르기 시작했다. '어떻게 날 버려? 그쪽에 나도 추천해서 데리고 가야 하는 것 아니야? 어떻게 아무렇지도 않게 나한테 그런 말을 할 수 있어?' 하는 날카로운 감정이 연쇄 폭발처럼 일었다.

B는 이후 C에게 화를 내고 말을 섞지 않았다. 하지만 그럴수록 괴로워져서 하루하루가 견디기 힘들었다. 마침내 C가 회사를 그만두는 날, B는 자신도 곧 이곳을 떠나게 되리라 예측할 수 있었다. 그만두고 싶다, 가 아니라 그만두게 될 것이란 것.

극단적인 사례처럼 보일 수 있지만 특히 우리나라 여자들은 사람에게 의존하는 경향이 강하다고 생각한다. 학창 시절 팔짱 끼고 화장실 가던 습성이 20대, 30대까지 계속되는 경우가 많은 것이다.

서른을 넘기면 성인으로서 타인에 대한 의존을 떨치고
홀로 서야 한다.

그렇다는 것은 혼자서만 만족하고 살아야 한다는 것이 아니라, 내 도움이 필요한 사람에게 보살핌을 베풀 수 있는 존재가 되어야 한다는 것을 의미한다. 의존적 성향을 버리지 못하는 사람의 경우 오직 나에게 애정을 주는 사람만 챙기고 넓은 의미의 보살핌에는 박하다. 심지어 "내 사람 챙기기도 바빠. 난 좁고 깊게 사귀는 사람이야."라고 합리화하기도 한다. 자신이 의존하는 대상에게는 연락도, 선물도 하고 경조사에도 빠짐없이 참석한다. 하지만 그 외의 사람들에 대해선 태도가 전혀 다르다.

서른 즈음이 되면 어느새 일하다 만난 사람들, 사회 운동을 함께하는 사람들, 멀리는 문화를 교류하는 외국인들까지 인맥의 범위가 넓어진다. 이때부터 남을 잘 챙기느냐, 그렇지 못하냐가 드러나기도 한다. 사실 나 역시도 후자에 가깝다. 남들 생일마다 잊지 않고 축하한단 말을 하지도 못하는 사람이고, 집안 행사에 꼬박꼬박 참석하거나 동료, 선후배들에게 송년 문자를 보내지도 않는다. 하지만 나이가 들수록 그런 것들이 어느 정도 필요함을 느낀다. 내 앞길에 도움을 받기 위해서가 아니라 주위에 내 도움이 필요한 사람들이 있기 때문이다.

나이 드신 분들은 스스로가 점점 외로운 처지에 놓이기 때문에 주위 사람에게 먼저 연락하고 관계를 유지하는 걸 굉장히 중요하게 여긴다. 노인들 중에서 자손이 찾아오는 걸 싫어하거나 대소사에 참석하는 걸 하찮게 여기는 사람이 거의 없는 걸 보면 잘 알 수 있다. 심지어 'ㅇㅇ상조' 같은 곳에 이자라곤 전혀 없는 회비를 내면서도 자신의 마지막 길이 사람들로 북적이기를 원한다.

서른 즈음은 갈림길이다. 정신적으로 아기와 같은 단계에 머물러 있거나, 내가 의존하고 나를 보살펴주는 사람에게만 관심을 기울이거나, 혹은 나에게 직접적으로 도움을 주지 않는 사람들에게까지 보살핌을 베풀거나….

서른 즈음에 1, 2 단계를 졸업하고 세 번째 단계에 들어선다면, 즉 순수한 마음으로 주위를 돌아보기 시작하면 나이를 먹어 후회할 일이 그만큼 적어질 것이다. '내가 그때 왜 그랬지? 조금만 더 신경 써 줄 걸….' 하는 후회 말이다. 또한 타인과의 관계에 있어 진정으로 독립된 인격체로서의 지위를 누릴 수 있고, 누군가의 생명을 살리거나 기쁨의 기억을 안겨줄 수도 있다. 먼 훗날 그들에게는 아니더라도, 또 다른 누군가에게 대가 없는 보살핌을 받을 수 있을지도 모른다.

"응, 엄마. 10시 전에 들어갈 거야. 아빠 보고 집 앞에 좀 나
와 있으라고 해. 술 많이 안 마셔. 참, 엄마. 내 코트 드라이 맡겨
놨어?"

내 나이 마흔을 바라보는 30대 후반인데 아직도 주위 친구
들에게서 흔히 들을 수 있는 전화 통화 내용이다.

엄마들의 치맛바람이 아이들을 교육시키고 직장도 얻게
하고 결혼도 시키는, 우리나라는 그런 나라다. 길게는 결혼뿐
아니라 아이를 낳은 다음에도 부모님은 손자들의 양육에까지

깊이 관여하고, 비싼 양육비 핑계로 자식들도 부모에 대한 의존을 포기 못 한다.

쉰이 다 되어가는 나이에 어머니가 돌아가셔서 우울증에 걸렸다는 여자가 있다. 어머니가 돌아가셔서 슬픈 게 다가 아니었다. 어머니가 돌아가심으로 인해 아무것도 혼자서 할 수가 없고 정신적으로 의존할 곳이 없어지다 보니 그런 것이다.

아버지는 일찍 돌아가셨고 남자 형제들은 결혼하며 분가를 해서 그녀는 어머니와 둘이 살았다. 나이만 먹었을 뿐 10대 때나 30대 때나 어머니와 딸의 관계는 똑같았다. 어머니가 잔소리하고, 방 치워주고, 속옷 빨아주고, 귀가길 걱정하고. 딸은 반항하고, 어머니에게 이것저것 시키고, 그래도 퇴근길에는 전화 꼭 하고. 딸은 어머니 이상으로 챙겨주지 못하는 남자들에게 관심이 없었고, 혼자된 어머니는 시집도 안 보낸 딸이 있는데 재가를 할 순 없다며 둘은 부부처럼 붙어 살았다. 하지만 세월은 멈춘 듯해도 기다려주진 않는다. 어머니의 건강이 갑작스레 안 좋아지더니 돌아가신 것이다.

딸은 갑자기 야생에 내동댕이쳐진 새끼 상태가 되었다. 혼자서는 마트에서 생필품을 살 줄도, 쓰레기를 분리수거할 줄도 몰랐다. 아니, 근본적으로는 어떻게 세상을 혼자 살아야 하는지

어차피 영원히 함께 할 수 없는 세월···
몸이 다 자라면 부모로부터
정신도 독립을 해야 하는 게 맞지 않을까?

몰랐다.

　　예전에 한국에 출장을 온 일본 사람 두 명과 식사를 한 적이 있다. 둘 다 고등학교를 마치고 도쿄에 올라가 대학교를 다니고 취업을 했다고 한다. 이후로 고향에는 1년에 한두 번 갈까 말까 한단다. “열여덟 살 때부터 혼자 지낸 건데 무섭지 않았어?”라고 묻자 “일본은 대부분 스무 살 되기 전에 독립을 해. 부모님이 성인이 되면 용돈도 안 주고, 고등학교 졸업하면 대학 학비만 지원 받든가, 취업을 해서 생활비를 벌어야 돼.”라고 했다.

　　“그래도 그냥 부모님이랑 같이 살면 안 되나?” 하고 묻자 “부모님과 같이 살면 남자 친구 데려오기도 그렇고, 어차피 집세 정도는 내야 하니까.” 하며 둘다 웃었다. 일본은 같이 살더라도 부모님을 봉양하기 위해 용돈을 드리는 개념이 아니라, 집이 부모님 것이니 집세를 내는 것이었다. 그리고 성에 개방적이다 보니 남자 친구를 사귀면 육체적 관계도 시작되고 부모님과 살아서는 이래저래 불편한 것이다. 부모님께 시시콜콜 사생활을 얘기하지도, 부모님이 성인인 자식의 삶에 깊이 관여하지도 않는다. 그저 조언, 잘 살고 있나 걱정 정도가 성인이 된 자식에게 부모님이 할 수 있는 최대의 애정 표현인 것이다.

미국도 마찬가지다. 열여섯 살부터 운전을 할 수 있고, 활동 범위가 크게 넓어진다. 워낙 땅이 넓다 보니 대학을 가더라도 타지로 가는 경우가 많고 자연스레 부모에게서 육체적, 정신적으로 독립을 하게 된다. 다 큰 성인 남자에게 '마마보이'란 큰 모욕이다. 다 커서 어머니와 가까이 지내고 여자를 잘 못 사귀는 남자는 코미디 영화에서 패배자 캐릭터로 묘사되기도 한다.

반면 우리나라는 일일 드라마만 봐도 그렇다. 성인인 자식이 연애를 하더라도 부모님뿐 아니라 할머니, 할아버지까지 온 집안이 알게 하고, 부모님이 등장해 물을 뿌리거나 돈 봉투를 주는 장면이 심심치 않게 연출된다. 더 괴로운 건 한국 드라마가 널리 퍼진 홍콩에서 한국 가정은 다 그런 줄 안다는 점이다. 물론 서양식 혹은 일본식 개인주의가 꼭 이상적인 것만은 아니다. 하지만 어차피 영원히 함께 할 수 없는 세월… 몸이 다 자라면 부모로부터 정신도 독립을 해야 하는 게 맞지 않을까?

또 하나의 과제는 부모님을 독립시키는 것이다.

자신의 자아실현을 미뤄두고 오직 자식을 통해, 그것을 이루려는 부모가 우리나라엔 무척 많다. 50~60대에 소득활동에 종사하면 다행인데, 그나마 소득도 없을 경우 관심사가 자식의 취업, 이성교제, 결혼, 육아 등 온통 자식의 삶을 자기 것인 양 투사를 하는 것이다.

한국 문학의 거목 고 박완서 작가에겐 일반인으로 산 40년, 작가로 산 40년이 있다. 그녀는 1950년 서울대에 입학했지만 전쟁이 나는 바람에 대학교육을 받지 못했다. 1953년에 지금으로 보면 어리디어린 나이에 결혼을 해서 딸 넷, 아들 하나를 줄줄이 낳았다. 친정 식구들과 자식들을 부양하며 20년 가까운 세월을 보내던 그녀는 마흔에 첫 소설《나목》으로 문학계에 등단한다. 그리고 고통스럽고 억눌렸던 과거의 체험을 갈고 닦아온 섬세한 감수성과 필력으로《배반의 여름》,《욕망의 응달》,《엄마의 말뚝》,《미망》,《그 많던 싱아는 누가 다 먹었을까》,《그 산이 정말 거기 있었을까》등 우리가 익히 아는 수많은 대표작을 발표했다.

박완서 작가의 딸인 호원숙 작가의 회고에 따르면 어머니는《나목》을 쓸 때 밤마다 가족들 몰래 집필했다고 한다. 살림을 하고, 재봉질도 하고 밤에야 소반 위에서 등불을 밝히고 한 자씩 써내려갔던 것이다. 형편 때문에 상을 받고 정식으로 작가가 되어서도 한참 후에야 책상을 가질 수 있었다.

늦은 나이에도, 열악한 환경에서도 열정과 경험이 있다면 재능을 꽃피울 수 있다. 그런 가능성 있는 부모님을 자식이라는 것이 특권이라도 되는 듯 잡아두지 말았으면 한다. 지금이라도 "엄마, 엄마는 젊었을 때 뭐 되고 싶었어요?" 하고 여쭤보자. 아버지들은 특히나 하고 싶은 것을 포기하고 산 세대라 쉽게 당신 꿈이 뭔지 떠올리지도 못할 것이다. 그분들에게 격려와 형편껏 자금을 지원하되, 시간과 열정을 빼앗진 말자. 그것이 새로운 시대를 사는 부모와 자식 모두에게 바람직한 일이다.

어르신들과 잘 지내야 하는 이유

　　서른이면 기성세대라고 하기엔 젊고, 신세대이라고 하기엔 다소 늙은 나이다. 한 마디로 아주 애매하게 낀 세대. 그래서 나이깨나 먹은 것처럼 젠체하는 사람이 있는가 하면, 나이는 숫자에 불과하다며 어떻게든 20대 무리를 떠나지 않으려는 사람도 있다. 하지만 뗏목을 타고 있으면 저절로 물의 흐름을 따라가듯이 결국 서른도 마흔, 쉰이 될 것이고 기성세대, '어른들'이 될 것이다. 한없이 젊음에 대해서만 집착할 게 아니라, 한번쯤 나이 듦, 나이 든 사람들의 삶에 대해 생각해볼 필요가 있다.

얼마 전 젊은이 중에 기성세대를 증오하는 사람들이 꽤 많다는 사실을 알고 다소 충격을 받은 적이 있다. 대체적인 이유는 기성세대가 시대의 단물만 빨아먹었고, 자신들을 '88만원 세대'로 만든 주범이란 것이었다. 하지만 그들은 다름 아닌 우리의 부모님, 삼촌, 이웃집 아주머니, 아저씨들이 아닌가. 저 멀리 떨어져 있는 '악의 군단'이 아니다.

이제 나 또한 그 '기성세대'의 언저리에 들었다. 내 학번과 출생연도가 어떤 청소년이 쓴 글에 명확하게 기성세대로 표기되어 있었다. 혼자만 눈치 채지 못했을 뿐, 누군가에겐 나도 이미 기성세대이자 '어른'이었다.

세대 간의 벽은 참 뛰어넘기 힘든 것이다. 기성세대에 막 편입한 나도 열 살, 스무 살 많은 어른들과 소통을 하자면 어렵고, 갑갑할 때가 많다. 유교문화의 유물인 '장유유서'가 법보다도 강하게 인간관계를 옭아매고 있기 때문에 특히 그런 것 같다. 직장에선 상사를 마치 부모 모시듯 해야 하고, 낯선 사람을 만나면 나이부터 확인해서 형, 동생을 정한다. 그리고 마치 실제 한 가족 안에 있는 것처럼 역할 놀이를 해야 한다.

우리나라 남자들 중 상당수가 결혼할 여자의 조건으로 '어른들한테 잘 하는 여자'를 꼽는다. 자기 부모, 일가친척 웃어른들에게 효도를 강요하는 것 같아 과히 유쾌하진 않지만, 수많은 꽃미남 배우들, 심지어 나이 어린 아이돌 중에도 그렇게 말하는 사람이 꽤 있다.

나는 '어른 모시기'로 점수를 매겼을 때 빵점이면 훌륭한 것이고, 실제론 마이너스 백만 점인 것 같다. 기본적으로 서열을 가늠하고, 윗사람을 찾아 모시는 추 같은 것이 빠진 인간인 것이다. 어린 시절엔 항상 만화 속 짱구 같이 행동했던 것 같다. 당연히 존댓말은 써본 적이 없고….

그런 나마저도 시부모님과 처음 식사를 할 땐 수저를 안 들고 먼저 드실 때까지 기다렸다. 옆에서 남편이 맛있는 음식에 먼저 손을 대기에 그러지 말라고 훈계까지 하면서 말이다. 그러자 시부모님이 "왜 안 먹니? 음식이 먹기 싫으니?" 하며 걱정스런 눈으로 쳐다보셨다. 알고 보니 그 나라 사람들에겐 어른 먼저 수저를 들어야 된다는 예의범절이 없었고, 나 역시 장유유서에 중독되어 있었다는 것을 깨닫고 순간 소름이 끼쳤더랬다.

어른들과 대화를 하자면 재미가 없다. 했던 얘기 또 하는 수준이 아니라, 본인은 굉장히 재미있다고 던지는 농담이 순식간에 주위를 시베리아 벌판으로 만들 만큼 썰렁하며 게다가 길기까지 하다. 케케묵은 어휘도 많이 쓴다. 요즘은 뭔가를 강조할 때 단어 앞에 '개(dog)'를 많이 붙인다고 알고 있다. '개잘생겼어!', '개좋아!' 경박하다고 치부하기엔 광범위하게 유행 중인 젊은 세대의 인터넷 용어다. 그런데 그런 사람들에게, 아무도 모르는 '와방', '캡숑' 같은 구석기 시대 수식어를 붙여 쓰면서 굉장히 젊고 열린 사고를 가진 사람이라고 생각하는 기성세대가 있다.

최악은 일방통행식 사고방식과 의사전달이다. 남의 말은 아예 들으려고 하지 않는다. 특히 술자리에서 아저씨들이 심한데 "어허! 내 말 좀 들어봐. 그건 그게 아니고!"로 이어지는 끝없는 주장과 '왕년 소환'. 그리고 어른들은 살아오면서 만들어둔 고정관념에 휩싸여 있는 경우가 많다. 예외란 건 있을 수 없다. "아무리 그래도 여자가 결혼은 해야지. 어떻게 혼자 사니?", "옛말 틀린 거 하나도 없다. '아니 땐 굴뚝에 연기 나랴.'라고…." (옛말이 틀리는 경우도 무척 많다.)

그럼에도 불구하고 어른들을 이해해야 한다.

그렇게 이해하고 사랑해야 하는 근본적 이유는 그들 역시 똑같은 인간이요, 젊은 세대를 걱정하고 무언가라도 더 해주고 가고 싶어 하는 사람들이란 점이기 때문이다. 주위에서 "요즘 애들은 참….' 하는 한탄을 많이 듣는다. 특히 청소년이 범죄를 저지르거나 길에서 담배를 피울 때, 기성세대의 혀 차는 소리가 한꺼번에 터져 나온다. 언젠가 고대사회의 삶이 적힌 고문서가 발견된 적이 있다. 그런데 그 문서에도 "요즘 애들은….' 하는 어른들의 걱정이 담겨 있었다고 한다. 기성세대는 항상 젊은 세대가 잘못 될까, 자기들이 떠나도 잘 살 수 있을까 걱정을 한다. 남의 자식에게 지팡이를 휘두르는 괴물 같은 할아버지라도 자기 자식, 손자에게만은 많은 걸 해주고 싶어 할 것이다.

그들과의 소통 첫 단계는 비록 언어가 다를지언정 한번 관심을 가지고 들어보는 것이다. 지금까지 어른들과 부대끼다 보니 발견한 사실인데, 그들은 절대 바보가 아니다. 인터넷 뱅킹을 잘 못하거나, 했던 말을 기억 못해서 어눌해 보일 수 있지만 사실 머릿속까지, '경험치'까지 어리바리한 건 결코 아니다. 어쩌면 몇십 년이나마 진화가 더 된 인간종일 수도 있다. 그들에게는 그들만이 아는, 영역이 전혀 다른 지식과 지능이 있다. 예를 들어 "걔 보니까 안 되겠더라.' 하는 편견 같은 말은, 적어도 같은 세대가 못 보는 그 사람의 내재된 성격 같은 것을 감지했다는 뜻일 수도 있다. 예를 들어 '조용함 속에 숨어 있는 자유분방한 열정' 같은 것? 나 역시 그 말을 전 남자 친구의 부모에게 들은 적이 있다. 신기하게도 그 남자 친구와 금세 깨졌다.

또, 오래 전에 술에 취한 아버지에게 "사람은 누구나 자기한테 잘해주는 사람은 결국 좋아하게 되어 있어."란 주정 비슷한 말을 들었는데, 돈오점수! 평범하지만 미처 몰랐던 진리였다. 사람들은 선과 악, 사상과 신념 등 많은 것을 주장하지만 끊임없이 자기에게 잘해주는 사람에게는 결국 마음을 열고 만다. 마치 종교나 정치 이념, 인간 심리학을 한데 뭉뚱그리고 현실적으로 해석한 한 마디 같았다. 아버지는 오랜 좌충우돌 인생을 통해 그 사실을 깨달았으리라. 기성세대의 말에 귀를 닫고 형식적으로만 대한다면 배울 수 없는 것이 너무 많다. 회오리주를 만드는 기법처럼 말이다.

결혼 직후, 남편의 외할머니는 나에게 말은 안 붙이고, 손만 한참동안 잡고 계실 때가 많았다. 무뚝뚝한 남편은 그런 데에 전혀 관심을 기울이지 않았다. 나중에 시어머니께 들은 사연인즉슨, 그분이 젊은 시절에 당신의 자식들(시어머니 포함)에게 잘 대해주지 못하셨다고 한다. 그 미안함과 염치없음, 그리고

팔순 넘어 외손주 며느리를 본 기쁨이 뒤죽박죽이 되어 입을
떼지 못하고 손만 잡으셨던 것이다. 하지만 오래지 않아 그분
은 돌아가셨다.

　장례식 때 곱게 화장하고 관 속에 누운(서양식 장례식) 그분을
보자, '왜 나는 먼저 연락을 해서 식사 한번 같이 하시자고 하지
않았을까?' 하는 후회가 밀려왔다. 가까이 지내지 않는, 남편의
외할머니란 핑계로 심지어 그분이 내 손을 잡고 있었을 때도
선뜻 말을 붙이지 못했다.

　어른들이 예의범절을 따지는 건 어쩌면 자신이 늙어서 연
약해졌기 때문에, 젊고 강한 것들에게 무시당하지 않으려는 보
호 장구일 수도 있다. 그리고 그 약간의 시험
을 통과한 안전한 대상이라고 생각되는 젊은
사람들에게만, 당신들의 약점을 털어놓는 것
이다. 예의범절이나 효라는 틀에서 벗어나, 생
명이 스러져가는 한 인간에 대한 예의로 조금
만 따뜻한 태도를 보였다면 훨씬 뿌듯했을 거
란 생각이 오래도록 들었다.

　한번 소통이 시작되면, 어른들은 의외로
유쾌하고 인간미가 있는 사람들이란 걸 발견

할 수 있을 것이다. 1988년 제작된 이탈리아 영화 〈시네마 천국〉에는 영화를 좋아하는 꼬마, 토토와 동네극장 영사기사, 알프레도 할아버지의 우정이 그려진다. 알프레도는 암울하고 가난한 영사기사란 직업에 꼬마 토토가 관심이 가득한 걸 알고 처음엔 일부러 쌀쌀맞게 대한다. 그럼에도 불구하고 둘은 영화를 사랑하는 마음으로 매일같이 만나는 친구가 되었고, 세상 모든 것에 대해 얘기하고 즐거움을 나눈다.

어느 날 알프레도는 화재로 두 눈을 잃는다. 영화를 볼 수 없는 입장이 되어서도 그는 아버지가 일찍 돌아가신 토토에게 이런저런 얘기도 해주고 꿈을 잃지 않도록 돕는다. 청소년이 된 토토에게 알프레도가 한 마지막 충고는 '마을을 떠나 다시는 돌아오지 말라'는 것. 그의 뜻대로 큰 도시로 나가 유명 영화감독이 된 토토가 마을로 돌아왔을 때, 알프레도는 이미 이 세상에 없었고, 그가 남긴 영화 필름 한 통만이 그의 사랑이 얼마나 컸었는지를 보여준다.

알프레도와 토토처럼, 어른들과 젊은 세대도 서로 사랑하는 친구 사이가 될 수 있다.

그 사람, 내게 진심이었던 걸까

"하⋯. 난 정말 걔 때문에 미치겠어. 난 할 만큼 했다고 생각하는데 돌아온 게 고작 이런 거라니⋯." 아는 사람은 많지만 사람 때문에 항상 스트레스를 받는, 한 지인의 푸념이다. 좋아하고 믿었는데 배신을 당했다는 이야기다. 혹자는 세상을 살아갈수록 점점 자신과는 맞는 사람이 없어서 이제 남은 몇 명만 잘 챙기며 살 거라고 말하기도 한다. 둘 이상만 모여도 남 뒷담화가 나오지 않는 경우가 드물고, 여러 명과 이야기를 나누면서도 '군중 속의 고독'을 느끼는 게 사람이다.

나이가 들수록 점차 확실해지는 것은 인간관계야말로 삶에서 손꼽히는 난제라는 것이다. 남녀노소, 지위고하를 막론하고 꼬인 인간관계 하나 없는 사람은 없다. 유치원 때부터 경로당, 심지어 장례식에서까지 인간관계는 다사다난하게 펼쳐진다.

미국 브리검영 대학교의 연구에 따르면 인간관계가 활발하고 좋은 사람은 그렇지 않은 사람들보다 먼저 죽을 확률이 50퍼센트 낮다고 한다. 줄리안 룬스타드 교수는 "인간관계가 부족한 것은 하루에 담배를 15개비 피는 것과 같다."고 밝히기도 했다. 무려 30만 8천 명, 148건의 연구를 통해 나온 결론이라니 꽤 신빙성 있어 뵌다.

문제는 잘 풀리지 않는 인간관계다. 이 넓은 세상에서 나와 딱 맞고 기쁨만 주고받을 수 있는 사람을 찾기가 너무나 어렵다. 평범한 우리는 이해인 수녀님도, 혜민 스님도 아니다. 단 몇 단어만으로 수없이 많은 사람을 감동시킬 능력도 없고, 나를 따르게 할 수도 없으며, 불편하게 느껴지는 사람을 이유 불문하고 사랑할 수도 없다. 사실 이 문제는 '이렇게 저렇게, 어떻게 하라.'고 단언할 수 있는 주제가 못 된다. 그래서 인간관계가 원만하기로 소문난 친구에게 언젠가 자문을 구했다.

"뭘 어떻게 해? 상대방 입장에서 생각하는 거지."

단순했다. "그러니까 어떻게 상대방 입장을 생각하느냐고?" 하고 묻자 "'이 사람은 왜 이런 말을 하는 걸까, 어떻게 해주기를 원하는 걸까?'를 생각하는 거지. 말하는 대로 믿어주면서, 그 사람이 행복하기를 바라면서….."

과거를 돌이켜보면 내가 원하는 대로 반응해주는 사람, 그런 사람은 결국 좋아하게 된다. 직장에서 선후배로 만나 친구처럼 지내게 된 선배가 있다. 생각해보면 별 것 없는 내 유머에 제일 크게 웃어주고, 술 취해서 힘들 때 찬 물수건이라도 건네주던 선배다. 위계질서를 거스르는 질문을 했을 때도 "사회생활이니까 그런 거지. 넌 참 엉뚱하다. 하하!" 하며 이유도 설명해주고, 웃어주기도 했다. 나는 시종일관 '그 선배는 마음이 넓고, 판단이 정확하다.' 등 그 선배를 좋아할 수밖에 없는 객관적 이유를 만들려고 했었다. 그런데 사실 알고 보면 그 선배가 있는 그대로의 나를 이해해주고 원하는 대로 해주었기 때문에 결국 좋아하고, 믿게 된 것이었다. 물론 그 선배가 나라는 사람을 얻기 위해 연기를 할 이유는 전혀 없었다. 그래서 더욱 쉽게 믿게 된 것 같다.

하지만 이쯤에서 고개를 드는 딜레마 하나. 그런 수용적 태도가 순수한 의도에서 우러나온 것이라면 상대방을 전적으로 믿고 좋아할 수 있겠지만, 그것이 나에게 무엇을 얻기 위해, 혹은 자신을 선해 보이게 하기 위해 거짓된 태도를 보이는 것이라면?

사실 나이를 먹을수록, 사회생활을 할수록 사람을 지치게 만드는 게 가식이다. 뻔한 인사, 뻔한 말, 티 나지 않지만 가시를 품고 있는 말…. 대인관계의 달인이라도 상대의 가식 암호를 풀고, 그에 따른 적절하고도 합법적인 반응을 하는 데는 에너지가 소모된다. 그래서 "사회에서 만난 사람은 결국 친구가 될 수 없다."는 비관적인 명언이 떠도는 게 아닌가.

또 하나, 인간관계의 달인(?)으로 꼽히는 한 선배는 툭 던지듯 말했다. "세상 대부분을 차지하는 소시민들은 적당히 가식적이고, 적당히 진실한 거야. 완벽한 걸 바라면 사람을 사귈 수 없어…." 참 맞는 말이다. 어쩌면 '포기하면 편해진다.'라는 온라인 명언이 인간관계에선 먹힐 수도 있을 것이다.

에밀리 브론테의 소설,《폭풍의 언덕》에서 여주인공 캐서린은 "내가 얼마나 그를 사랑하고 있는가를 그에게 알릴 수가 없어. 히스클리프가 잘생겼기 때문이 아니라 넬리, 그가 나보다도 더 나 자신이기 때문이야. 우리의 영혼이 무엇으로 되어 있든 그의 영혼과 내 영혼은 같은 거고, 린튼의 영혼은 달빛과 번

혹시 내가 스스로를 충분히 사랑하고 존중하지 못하기 때문에
상대에게 진심을 종용하는 건 아닐까…

개, 서리와 불같이 전혀 다른 거야." 하고 스스로를 향해 울부
짖는다. 완벽한 관계를 갈구하는 사람들은 서로의 무한한 사랑,
영적 합일이 관계의 궁극적 본질이어야 한다고 생각한다. 숭고
하고 고상하며, 영롱하게, 그 끝을 알 길이 없어야 한다고 생각
하는 것이다. 관계에 대한 완벽주의다.

사실 일란성 쌍둥이가 아닌 한, 나와 완벽하게 통하는 관
계, 언제나 서로 간에 진심으로만 대화하는 관계는 이루어지기
어렵다. 특히 그것이 사회생활을 통해 생겨난 관계라면. 그렇다
고 해서 그 인연을 송두리째 포기한다면 점점 더 자신의 세상
속 사람들은 사라져갈 것이다.

세상엔 유독 진심에 집착하는 사람들이 많다. 캐 서 린 처 럼 ….

그런 이들은 사람 사귀기를 두려워하고 사귀더라도 결국
에는 괴로워하는 경우가 많은 것 같다. 앞서 말한 나의 지인도
그런 편이다. 나는 진심에 집착하진 않는 대신 상대방이 거짓
된 의사를 말할 거라는 것도 잘 의심하지 못하는 편이다. 그래
서 명백한 물증으로 그것이 드러날 경우, 마음속의 불협화음
때문에 한동안 괴로워한다.

잘 알려진 아동심리학 이론으로 '애착 이론'이라는 것이 있다. 여기서 말하는 애착은 어린 시절 양육자와의 사이에 생기는 유대관계를 말한다. 양육자가 아이의 욕구에 즉각적이고 일관적으로 반응해주면 '안정 애착'이 형성된다고 한다. 아인스워스의 실험에 따르면 안정 애착이 생긴 사람은 과거 양육자와 그랬듯 타인을 잘 믿고, 자존감이 높으며 사회활동에도 적극적이라고 한다. 반면 '회피 애착'은 양육자에 대한 분노를 거부하는 것으로 드러내는데, 아이의 경우 엄마가 방에 들어와도 관심을 보이지 않으며 낯선 사람이 방에 있어도 상관하지 않는다.

타인에 대해 강한 애착을 보이면서도 끊임없이 진심을 의심하고, 완전한 애정을 갈구하는 것. 어린 시절의 기억과 무관하지 않을 것이다. 또한 타인에게 솔직한 태도를 취하지 못하고 항상 꾸며진 얘기만을 하는 것도 관련이 있을 것이다. '진심'이란 단어가 머리칼에 붙은 껌딱지처럼 자신을 괴롭힐 때, 한 번쯤 관심을 상대가 아닌 나의 내면으로 돌려보면 어떨까. '혹시 내가 스스로를 충분히 사랑하고 존중하지 못하기 때문에 상대에게 진심을 종용하는 건 아닌가, 또한 상대 역시 타인을 충분히 보듬어줄 역량이 되지 않는 것뿐인데, 내가 참·거짓 이분

법으로 몰아가고 있는 것은 아닌가.'

인간관계란 것이 항상 진실하거나 항상 거짓임을 믿지 않는 것! 다들 나약한 인간이기에 거짓될 수도 있음을 인정하고 부족한 상대와 나를 그 자체로 좋아하는 것이 어쩌면 좋은 인간관계를 이루는 출발점일 수도 있다.

내가 보는 그녀는 순진하고 귀여운 후배인데, 그녀의 후배들이 말하는 그녀는 독하고 가식적인 사람인 경우가 있다. 분명 같은 사람인데 그녀를 평가하는 시각이 정반대인 것이다. 그렇다면 그녀가 나에게 본래의 자신보다 부드럽고 귀여운 모습만 보이려고 했든지, 아니면 자신의 후배들에게 태도를 바꿔 엄격하고 실리적인 모습을 보였을 것이다. 하지만 생각해보면 그 두 모습 모두, 지킬 박사와 하이드가 아니라 그녀 내면에서 우러나온 여러 모습 중 하나일 것이다.

결론을 내리자면 여전히 그 후배를 편견 없이 좋아하는 쪽이 편하다. 눈에 띄게 정의롭지 못한 일을 하는 걸 보면 그러지 말라고 조언을 하게 되더라도 말이다. 친구의 말대로 상대방 입장을 생각하고 그가 행복하길 바란다면 그것은 어느 정도 바보스러운, 일방적 애정이어야 할 것 같다. 알면서 속아주고, 조금 손해라도 보는….

하지만 과도하게 노력하고 그만큼 돌려받지 못해 고통스
럽고 분노한다면, 차라리 시작하지 않는 게 낫다. 자칫 빠른 시
간 내에 사랑받고자 하는 이기심의 발로일 수도 있으니까. 처
음부터 욕심을 버리고 줄 수 있는 만큼의 애정을 공짜로 준다
면, 뜻밖에 돌아올 확률도 높을 것이다. 방류한 새끼 연어가 다
커서 강의 상류로 회귀하듯이.

　내 친구는 직장 상사와의 관계 유지를 위해 쉬는 날에도 소셜 게임을 한 시간 이상씩 해준다. 싱글인 상사가 혼자 있을 때 놀아줘야 월요일이 편해진다는 게 지론이다. 한 후배는 선배와 수시로 싸우면서도 술 취하면 자기 집보다 가까운 그 집에 가서 자고, 목욕도 같이 간다. 사회생활하면서 맺는 인간관계는 어느 정도 가까워질 수 있을까?

　어느 날, 평범한 한국의 어머니상이 연상되는 분과 대화를 나누다 이견이 생긴 적이 있다. 나는 일하며 만난 동료도 친구이고 굳이 말하자면 동료들이 더 가까운 사이이며, 어린 시절 친구는 몇 안 된다. 그런데 그 분은 "회사 사람은 회사 사람이지 어떻게 친구가 되느냐. 친구라면 서로의 집에 수저가 몇 벌인지, 부모님 건강은 어떤지도 다 알아야 하는 거 아니냐?"고 반문하셨다.

생각을 하면 할수록 혼란스러웠다. 혹시 내가 일하며 만난 사람들을 지나치게 편하게 생각한 것 아닌가 하는 생각이 들기까지 했다. 일본 작가들의 일상 에세이를 읽으면서 편집자와 자주 만나 술도 마시고 여행도 함께 가는 것을 무척이나 부러워한 적이 있다. 혹시 그런 물렁한 관계를 나 혼자만 지향했던 게 아닐까.

주위 사람들에게 물어보면 역시나 비슷한 업계 사람들은 "나도 동료가 친군데? 어릴 때 친구는 몇 명 없어…." 이런 반응이 꽤 나온다. 반면 대기업이나 공기업에 다니는 사람들의 반응은 "직장 동료, 상사, 부하가 어떻게 친구가 되냐? 어디까지나 서로 주고받을 게 있는 관계니까 최대한 예의를 차리는 거지."라는 것.

정답은 과연 무엇일까? 그 누구도 확실하게 말할 수는 없을 것이다.

타인보다는 자신에 대해
더 엄격하게 주의를 기울이면 깊든 얕든 일로 만난 사람도
충분히 인생의 즐거움을 함께 누릴 수 있는
존재가 될 것이라 아직은 믿는다.

비록 픽션이긴 하지만 드라마 〈대장금〉에서 장금이가 어머니처럼 사랑한 한 상궁은 사실상 선배이자 상사가 아니었는가? 오랜 세월을 통해 믿음으로 서로를 보살핌으로써 직장 동료란 한계를 깨뜨렸기 때문에 더욱 그 관계가 아름다워 보일 수 있었을 것이다.

한 사람의 인간관계의 끝은 그 사람이 죽었을 때 드러나곤 한다. 특히 그 사람이 남긴 게 아무것도 없을 때 그렇다. 한 사무실에서 일했을 뿐 거의 교류가 없는 동료가 있었다. 몇 년이 지난 후 들려온 소식은 그야말로 청천벽력. 새파란 나이에 불치의 병에 걸려 고인이 되었다는 것이다. 어찌해야 할지 모르는 감정에 휩싸였는데 정의하자면 안타까움, 혹은 슬픔이었다. 나중에 그녀와 가까웠던 동료들에게 자세한 사연을 들어보니 그들도 나중에야 소식을 들어서 장례식조차 못 갔다고. 그래서 뿔뿔이 흩어진 동료들이 모여 자기들만의 위령제를 치렀다고 했다. 고인이 된 사람은 알 길이 없겠지만 뒤늦게 소식을 들은 동료들은 진심으로 그녀의 죽음을 슬퍼했던 것이다.

반면 악덕 상사, 동료에 대한 고발도 정말 끊이지 않는다. 어떤 사람은 아무리 열심히 일을 해도 공은 상사가 가져가고, 잘못한 것은 자기에게 돌아오기 때문에 그 상사가 죽지 않는

한 자신은 그 회사에서 출세를 못할 거라고도 말한다. 왜냐면 그 상사가 사장 자리를 노리며 뼈를 묻을 심산이기 때문이다. 또 어떤 사람은 동료의 모함(?) 때문에 여러 사람에게 오해를 사고 왕따를 당해 극심한 고통 속에 회사 생활을 한 적이 있다고 했다. 고의인지, 아니면 진실을 곡해하는 능력이 있는지, 그 사람이 하지도 않은 말을 나쁘게 바꿔 소문을 내는 바람에 괘씸한 사람으로 낙인이 찍힌 것이다.

이런저런 이유로 회사 사람들이 지긋지긋해져 그만두거나 다른 회사로 옮길 땐, 마음껏 하고 싶은 대로 하고 떠나고픈 욕구가 생긴다. 그러나 그것도 쉽지만은 않다. "경쟁 회사로 간다고 마음 놓지 마라. 그곳 상사가 너의 상사와 가까울 확률이 높단다."란 충고를 들은 적이 있다. 실제로 큰 회사 CEO들일수록 수시로 경쟁사로 이동을 하고, 옛 직장 부하나 직원들에게 신입사원에 대한 평판을 묻는다. 그들은 절대 설렁설렁하지 않으며 심지어 인턴사원 하나마저 어떤 사람인지 한 번쯤은 체크하는 습성이 있다. 결국 떠날 때도 회사 내 인간관계는 깔끔하게 해두는 게 좋다.

잘하면 잘해서, 못하면 못해서

　그래도 회사생활이 10년이 넘어가고, 경력이 오래되면 서서히 사람 보는 눈이 뜨이기 마련. 결국 그 사람의 진실은 드러난다. 비위를 잘 맞추는 사람인지, 질투가 심한 사람인지, 상사들을 증오하는 사람인지, 소심한 남동생 스타일인지….

　하지만 이런 성향은 업무능력과는 별개다. 출세하지 못한 자들의 변일지 모르나 인간성이 안 좋다는 사람 중에도 업무 면에서는 성공하는 경우가 많다. 인간성은 길게 보아 10년이면 모든 사람이 서로 깊숙이까지 알아보는 단계에 이른다. 그러니 조바심 내지 말고, 지나치게 본성을 거스르지 말고 남에게 피해를 끼치지 않는 선에서 순수하게 살 것을 추천한다. 그러다 보면 자연히 친구가 되는 동료가 생길 수도 있고, 친구까지는 아니지만 서로 좋은 영향을 주는 동료로 남을 수도 있을 것이다.

　그러기 위해선 꼭 피해야 할 것이 바로 빤히 아는 사이끼리 하는 뒷담화, 즉 모략이다. 언뜻 무시무시하게 들릴 수 있지만 사실 우리가 일상적으로 맞닥뜨리는 상황이다. 누구든 만나기만 하면 다들 아는 사람에 대한, 최근에 있었던 일을 안 좋게 얘기하는 사람들이 있다. 그 사람들은 자신이 정의의 칼을 들고 나쁜 이들을 벌한다고 생각할지 모른다. 그러나 그 사람에게 욕을 먹지 않은 사람이 거의 없어서 그 자리에 있는 사람들은 화장실조차 못 가는 우스꽝스러운 상황이 연출되며 자신이 경계의 대상이 된다는 걸 모르는 것 같다.

화려한 뒷담화와 악의가 뿜어져 나올 때 그 소용돌이에서 멀어지기란 사실 쉽지 않다. 하지만 계속 실천하다 보면 오랜 시간에 걸쳐서 '그 사람은 같이 일하는 사람들에 대해서 나쁜 마음은 품지 않는구나.' 하는 신뢰가 형성된다.

누구나 일로 만난 사람이 자신에게 혹시 해를 끼치지 않을까 하는 경계심과 두려움은 어느 정도 있을 것이다. 많은 사람 중에서 인간적으로 믿을만한 사람 하나를 발견한다면 피상적 관계를 벗어나 친구가 되고 싶은 생각도 든다.

내가 일로 만난 사람 중에서 친하고 오래 관계를 유지한다 싶은 사람들은 하나같이 타인의 개인적 일상에는 그다지 관심이 없다. 어쩌면 이것은 내 개인적 성향이라고도 할 수 있겠다. 다들 시기나 질투도 별로 없으며 자기 일을 책임감 있게 하는 사람들이다. 또한 그들이 가깝게 일로 엮인 그룹이 모두 다르기 때문에 '공공의 적'도 만들기 어려운 상황이다.

아무리 자신이 잘되고 싶어도 타인의 성과를 폄하하거나

의도를 안 좋게 바꾸는 모략은 인간적 양심에 의해 하지 말아야 한다. 이게 굉장히 어려운 것이 인간이란 나약한 존재여서 시기나 질투에 휩싸이면 시각이 왜곡되기 쉽다. 타인의 의도가 그런 것이 아님에도 자기 눈에는 그렇게 보이고, 그 불안감을 해소하기 위해 다른 이에게 더 심하게 말하고, 이런 과정을 통해 모략이란 거창한 개념이 탄생하는 것 같다.

동료면서 친구인 사람과는 일할 때 섭섭한 점이 생기면 안 된다. 피차간에 공평해야 하는데, 나는 지인 두 사람과 두 가지 방식의 거래를 하고 있다. 하나는 제대로, 혹은 충분히 지불을 받고, 의뢰받은 이상을 일하는 것. 또 하나는 할인을 받고 싸게 해주는 것. 어쨌든 따져보면 일에서만큼은 서로 해줄 만큼 해줬다는 뿌듯한 기분이 남아야지, '이 사람이 친분을 이용해서 나를 이용하려고 하는구나.' 하는 생각이 드는 순간 업무 관계뿐 아니라 인간관계마저 끊어지게 된다.

"다른 사람들이 이기적이라고 느껴지는 것은 나도 약간은 이기적인 구석이 있기 때문입니다. 내 것을 빼앗기기 싫기 때문에 내가 속으로 계산하고 있는 것이거든요."

혜민 스님의 주옥같은 명언 중 하나다. 일로 만난 사이는 공통적으로 이익을 추구하는 모임이란 점 때문에 순식간에 이

기적으로 되기 쉽다. 타인보다는 자신에 대해 더 엄격하게 주
의를 기울이면 깊든 얕든 일로 만난 사람도 충분히 인생의 즐
거움을 함께 누릴 수 있는 존재가 될 것이라 아직은 믿는다.

주고받기 강박증

난 어릴 적부터 사고방식이 참 서구적이란 말을 많이 들었
다. 개인주의가 강하고, 남에게 뭘 크게 기대하지도 않는 성격
탓이다. 하지만 본격적으로 서구인들과 부대낀 후 한국인은 어
쩔 수 없이 매우 한국적이란 걸 깨달은 적이 있다.

국제결혼을 한 후, 난 하기도 싫어하고 하지도 않으면서 아
침밥을 차려줘야 한다는 강박증에 시달리곤 했다. 남편이 매일
아침 굶거나 출근길에 토스트 한 쪽을 사는 걸 보고 죄책감이
들었던 것이다. 하지만 밤늦게 일하고 기상 시간이 늦은 나에

게 아침밥 차리기는 불가능에 가까운 일이다. 그래서 쌓고 쌓아두었다가 한번은 "미안해. 아침밥 못 차려줘서…." 평소 나로선 상상조차 못 할 사과를 했다. 그리고 "괜찮아. 바쁘니까 그렇지…."란 대답을 기대했는데, 남편으로부터 "그게 왜 미안해?" 하고 진심어린 반문이 돌아왔다.

처음엔 비꼬는 것인가 했는데 남편은 진짜 궁금해했다. 자기는 원래 아침을 잘 안 먹고, 내가 왜 밥을 차려주어야 하냐는 것이다. 알고 보니 남편이 성장한 문화권에는 부인이 남편 아침식사를 차려주는 관습이 없었고, 오히려 남편이 홍차를 끓여서 침대에 있는 부인에게 갖다 주기까지 한다. 나는 홍차를 마시지 않기 때문에 남편 혼자만 잘 마시고 있다. 물론 거기에 대해 남편 역시 미안해하지도 않았다. 생각해보니 내 죄책감의 근원은 '결혼을 하면 남편 아침을 차려주어야 한다.'는 한국식 고정관념이었다.

이 외에도 다른 관습과 문화 때문에 수없이 많은 착각과 충돌이 있었는데…. 결론적으로 깨달은 건 우리나라에는 '정(情)의 문화'라는 것이 있기에 '주고받기'가 상당히 중요하게 여겨진다는 사실이다. 서양 문화권에 비해, 스스로 하기보다는 남을 위해 해주고, 또 받는 것이 더 좋으며 당연하다고들 생각한다.

남녀 사이에도 사귄 지 100일, 1년 등등 때마다 각종 이벤트가 난무하고, 남자 친구가 선물 사주고, 여자 친구가 도시락 싸주는 등 서로 해주는 게 굉장히 많다. 헤어질 때 역시 "네가 나한테 해준 게 뭐야?"가 원인이 되기도 하고 "제가 그 사람한테 해준 게 없어요." 하며 후회를 하기도 한다.

결혼을 할 때도 예물이며 예단이 얼마나 오가는지로 그 집안 수준을 가늠하기도 하고, 그것 때문에 갈등이 생겨 파혼을 하기도 한다. 결혼식은 인맥을 총동원한 최고의 주고받기 이벤트다. 마음에서 우러나 주고받는 건 참 아름다운 풍경이다. 하지만 해야 하기 때문에 하고, 받지 못하면 화내는 건 오히려 갈등 유발 요인이 되는 경우가 많다. "어쩌면 그럴 수 있어. 내가 지 결혼식 때 10만 원을 냈는데, 나한테 5만 원을 내?" 하면서 우정이 손상되기도 한다. '좋은 사람이 되려면 남에게 무언가를 해주어야 한다. 그래야 나도 받을 수 있다.'라는 공포에 가까운 열망이 자리하고 있는 것이다. 소득이 많은 연예인이나 기업가 관련 뉴스에 꼭 '기부 좀 하라.'는 날카로운 댓글이 달리는 것도 비슷한 이유일 것이다.

이렇게 우리가 가진 미덕이라고 생각하는 '주고받기'에서 진심은 어느 정도 자리를 차지하고 있을까? 사실 '진심'이란 말을 난 별로 좋아하진 않는다. 진심, 진심 하는 것 자체가 얼마나 거짓으로 점철된 삶을 살면 그럴까 싶어서다.

주로 해주는 걸 즐기는, 이타적으로 보이는 사람도 마음 속 깊숙한 곳엔 다른 마음을 숨기고 있는 경우가 있다. 남이 부탁하기도 전에 무언가의 서비스를 제공하려고 하고, 당사자의 감정을 앞서서 공감하려고 하고…. 대체적으로 지나치리만큼 친절하고 평판이 좋은 사람들이다.

그런 사람들에게 너무 받기만 해서 어떡하느냐고, 난 해줄 게 별로 없다고 하면 대개 괜찮다고, "즐겁게 받고, 먹어주는 게 난 기분이 좋다."고 말한다. 하지만 성자가 아닌 이상 일방적 베풀기의 결과는 그리 좋지 않다.

"내가 자기한테 어떻게 했는데 나한테 이래?"라는 분노 폭발을 종종 볼 수 있다. 그런데 신기한 것이, 서양 문화권에선 별로 없는 일이다. 사실 나도 비슷하게 분노한 적이 있다. 학창 시절 단짝친구는 엄마가 일을 하셔서 방과 후에 아무도 없는 집에 가서 밥을 차려 먹어야 했다. 그 친구 집에 가는 길목에 우리 집이 있어서 친구는 종종 우리 집에서 저녁을 먹었다. 입이 짧은 나와 달리 먹성이 좋아서 항상 그릇을 다 비우는 걸 보고

흐뭇하기도 했다.

하지만 우정이 깨지는 건 한 순간이었다. 우리 학교엔 졸업을 앞두고 짝을 이룬 1년 후배에게 합격 엿을 선물받는 전통이 있었다. 나와 짝인 후배는 선물을 준비하지 않았고 오지도 않았다. 하지만 친구는 자기 후배에게 큼직한 엿을 받았다. 아무 생각 없이 친구에게 "야, 엿 조금만 줘라." 했더니 뜻밖에 돌아온 답은 "싫어."였다. 처음엔 장난치는 줄 알았지만, 몇 번이나 물어도 그 친구는 싫다며 주지 않았다. 너무나 화가 나서 이후로 말을 하지 않았다. 생각해보니 그때 분노의 이유가 '네가 우리 집에서 얼마나 밥을 많이 먹었는데 그 따위 엿 한 조각을 안 주냐?'는 것이었다. 사실 약간의 무시도 포함된 위세였다. 하지만 내가 밥을 한 것도, 식재료를 마련한 것도 아니었고, 단지 난 그 친구와 즐거운 시간을 보내기 위해 집에 데려온 것뿐이다. 그 즐거움은 당시 이미 충분히 누렸다. 친구가 엿 한 조각을 안 주는 것과 우리 집에서 저녁 식사를 제공한 일은 별개의 문제다. 친구가 저녁식사를 대접해달라고 했고 내 것을 희생해서 준 것처럼 과장하고 분노하는 건 나의 '오버'였다.

인간인 이상, 해주는 사람이 100퍼센트를 하면 70퍼센트쯤은 돌려받기를 기대한다. 하지만 70퍼센트를 받기 위해 100퍼센트를 하는 것은 일종의 자기애지 진정한 베풂은 아니다. 정말 상대방을 생각해서 해주는 것이라면 돌아오지 않는 것에 대해서 불쾌해하진 말아야 한다. 아니면 애초에 못 돌려받아도 섭섭하지 않을 만큼만 해주는 거다. 자기가 베푼 것이 상대가 정말 요구해서였는지 돌이켜볼 필요가 있다. 또, 상대가 원해서였더라도 베풀 당시에 대가를 바라지 않고 순수한 마음이었는지도….

내가 먼저 전화 백 통을 했는데 생전 가야 한 통 돌아오는 법이 없다고 괘씸해한다면 상대는 그다지 통화를 원하지 않았거나 특별한 용건이 없는 한 먼저 전화하는 것을 불편해하는 성격일 것이다. 따지고 보면 오고가는 전화 통화 속에 그 사람과 우의를 다지고 싶은 건 자기 욕망일 뿐이다.

돈 관계도 마찬가지다. 우리나라에는 친구나 친척 사이에 돈을 많이 꿔주거나 빚 보증을 서준 후 채무자가 돈을 갚지 않아 집안이 파산하는 경우가 유독 많다. 이미 친구는커녕 원수가 됐고, 가족들의 원망을 들으며 평생을 살아가야 한다.

개인주의가 자리 잡은 나라의 경우엔 애초부터 친분에 의지해 돈을 꿔달란 말을 잘 하지 않는다. 내가 본 신기한 풍경이, 여러 형제가 있는데 한 집만 사업이 안 돼서 파산을 했다. 우리나라 같으면 조금씩이나마 돈을 꿔줬을 텐데 그런 게 전혀 없었다. 그 집은 파산 상태로 그냥저냥 살아가고, 대신 친척들이 아이들 학용품이나 가재도구 같은 걸 사주었다. 딱 자기가 할 수 있는 만큼만 하는 것이다.

어찌 보면 냉정한 것도 같다. 하지만 그것이 주는 이의 진심인 이상 원망할 게 아니라 오히려 받는 이가 고마워해야 할 일이다. 마음의 부담을 덜고 해줄 수 있는 만큼만 잘 해주면 언젠가부터 서로가 편안한 관계가 된다.

나에겐 그렇게 편안한 선배가 있는데 그 선배도 우리나라에선 만만치 않게 독특한 사고방식의 소유자란 말을 듣는다. 어느 날 이메일을 열었더니 결혼사진이 떴다. 결혼식에 초대한다는 청첩장이 아니라, 이미 결혼식을 치렀다는 보고성 이메일이었다. 매우 가까운 사이라고 생각했기 때문에 충격이 컸다. 당장 전화해서 이럴 수 있냐고 따졌더니 잡지에 실리는 대신 비용을 협찬 받은 결혼식으로 외국 채플에서 둘만 올렸다는 것이다. 아무도 부르지 않았냐고 했더니 심지어 자기 가족과 친구들도 초대하지 않았단다. 그럼 어떻게 결혼한다는 사실조차 알려주지 않을 수가 있냐고 했더니, 말하면 비행기 티켓도 못 끊어주는데 온다고 할까 봐 부담스러워서 안 했단다.

어이가 없었지만 나도 나였던 것이, 초대를 안 했단 이유로, 축의금이나 선물도 주지 않았다. 그로부터 한참 후, 시간이 흐를수록 그래도 친한 선배가 결혼을 했는데 아무것도 해주지 않았다는 것이 굉장히 불편하게 느껴졌다. 일전에 그 선배가 다른 후배 유학을 간다고 아무 기약 없이 수십만 원을 용돈으로 주었던 것도 떠올랐다. 선배가 별로 로맨틱하지 않은 성격이라 일부러 사진 않았을 것 같아서 뒤늦게 커플 찻잔 세트를 결혼 선물로 사줬다. 결혼식 당시에 주지 않았기 때문에 표는 전혀 안 났지만 그 집에 갈 때마다 찻잔이 잘 모셔져 있는 걸 보는 것만으로도 기분이 좋았다. 그 모든 것이 딱 나의 진심의 양만큼이었다.

이후 나의 결혼식이 외국에서 치러졌다. 원래 먼 곳에서 결혼하면 하객들의 교통비를 다 해결해줘야 한다고들 했다. 모두에게 비행기 티켓을 사줄 형편은 아니어서 소수의 가까운 사람만 초대했다. 정말 올 형편이 되고, 관광에도 관심이 있는 사람만 왔다. 대신 난 축의금이나 선물을 받지 않았다. 그 선배는 '비행 공포증'이 있었지만 축하할 마음에 몇 시간 동안의 공포를 참고 와주었다. 물질적으로 받은 건 없었지만 와준 것만으로 무척 고마웠다.

그 선배와 나는 서로에게 뭘 해달라, 뭘 해줄까 한 적이 한 번도 없었던 것 같다. 그래서 무슨 말을 해도 거리낌이 없고 섭섭하지 않다. 심지어 막말을 해도 웃을 수 있어서 좋다.

한국에서 사회생활 전반의 인간관계를 이런 식으로 할 순 없을 것이다. 하지만 '주고받기 강박'에서 벗어나면 오히려 서로를 제대로 이해하고 좋아할 수 있지 않을까 싶다. 억지로 해주거나 안 해줬다고 스스로를 고문하지 말고, 못 받았다고 분노하지 말자.

04

언제쯤
내 일에 자신감이 생길까?

30

내가 가진 성공
의
조
건

난 어린 시절 꾀가 많고, 노력을 안 한다는 평을 늘 달고 살았다. 생활기록부에 있는 선생님 의견도 다재다능하다거나 발표력이 있다는 것뿐, 성실하다거나 끈기가 있다는 소리는 한번도 못 들어봤다. 그래도 성적은 상위권을 유지했고, 그게 당연한 건 줄 알았다. 하지만 노력을 안 해도 너무 안 하니, 학년이 올라갈수록 성적이 기하급수적으로 떨어지는 건 당연지사. 수학 문제를 풀어야 되는데 공식도 외우지 않는 인간이 뭘 하겠는가?

간신히 대학엔 갔지만 강의 시간에도 집중을 한 적이 없었던 것 같다. 부끄럽게도 졸업하기가 입학하기보다 훨씬 힘들었고, 학사경고 두 번에 졸업시험 두 번 낙방. 세 번째에 그나마 교수님의 마지막 은혜로 학교생활을 마무리할 수 있었다. 첫 번째 직업이었던 잡지 기자 역시 평소 관심이 있어서, 잡지식이 많아서 합격한 거라고 생각하지 체계적으로 뭘 공부하거나 준비해서는 아니었다. 요즘 같았으면 직장 근처에도 못 갔을 것이다.

무의식적으로 '노력은 할 필요가 없다.'는 오만한 생각에 젖어 살던 무렵, 국제적 대기업에서 중요한 위치에 있는 분을 취재할 일이 있었다. 그분의 경력은 매우 화려했지만, 학력은 평범했다. 심지어 영어를 어떻게 할까 의심스러울 정도로 어학연수나 해외생활 한번 한 적이 없었다. 그 기업의 말단 사원 중에도 그런 '스펙'은 없었기 때문에 난 과감하게 "저, 어떻게 이 자리에 오르게 되신 거예요?"라고 물어봤다.

답변은 간단했다. "엄청나게 노력했죠." 그때 난 머리를 망치로 맞은 듯 충격을 받았다.

'세상에 이런 표현도 있구나….'

'운이 좋았다.'거나 '그냥 어쩌다 보니 됐다.'는 대답에 익숙해 있었던 터라 어찌 보면 너무도 당연한 답이었음에도 '노력의 결과'라는 말이 생경했던 것이다.

그분은 50대였던 당시까지 마치 고3 수험생이 공부를 하듯 매일 주경야독을 하며 업무를 배웠다고 했다. 아팠을 때나, 출산을 했을 때나, 외로울 때나… 그렇게 살아왔단다. 영어도, 금융도, 심지어 국제 감각도 그렇게 습득했고 죽을 때까지 그러기를 멈추지 않겠다고 했다.

"전공도 관계가 없고 영어도 잘 못하는 애가 하도 일을 배우려고 달려드니까 처음엔 무시했던, 이른바 '고 스펙'의 동료나 선배들도, 하나둘 가르쳐주더라고요. 몇 년을 그렇게 노력한 끝에 회사에서도 제 학력이나 전공 같은 건 전혀 문제 삼지 않게 되었고 주위사람들보다 오히려 더 일을 잘하는 사람이 되어 있었습니다."

자신이 그만큼 노력을 하기에 부하직원을 대할 때 당당할 수 있고, 노력을 게을리하는 직원이 있으면 허심탄회하게 대화를 해서 노력을 방해하는 요인을 없애준다고 한다. 그리고 혹시라도 자신의 부족한 점을 발견하면 또 노력한다. 그분을 보면서 난 게을렀던 내 자신을 뼈아프게 반성했다. (그렇다고 내가 지금은 부지런하단 것은 아니다.)

주위에도 탁월한 사교력이나 특별한 배경 없이 나날이 좋은 성과를 보이는 사람들이 있다. 한 브랜드 매니저는 브랜드를 업계 1위 자리에 성공적으로 올려놓은 후 "이제 좀 여유가 생겼다."고 말했다. 그 여유란 것이 6개월 동안 새벽 1시에 집에 들어간 후에야 맞이한 것이었다. "어떻게 요즘 그렇게 브랜드가 잘돼요?" 하고 물으면 "엄청 노력했지."라고 말한다. 역시 할 말이 없어지는 답이다.

아이돌 가수 중에도 그런 사람이 있다. 그는 나이를 떠나 내가 존경하는 인물이다. 왜냐면 신인일 때도, 최고가 된 후에도 몸이 부서지도록 최선을 다하는 걸 내 눈으로 봤기 때문이다. 신인 때는 연예인 대부분이 주위 모든 이에게 허리를 90도로 굽혀 하는, 이른바 '폴더 인사'를 한다. 대답 한 마디 할 때도 신경을 쓰고 사진 한 컷에도 열 가지 포즈를 잡는다. 하지만 팬이 늘고 상을 타고, 국제적으로 이름을 날리면서 신인 시절을 뇌리에서 지우는 사람이 많다. 주위에서 하도 칭송을 해주니까 인간인 이상 그게 자연스러울 것이다. 하지만 프로로서 마땅히 해야 할 일마저 저버리는 사람이 있다는 건 안타까운 일이다.

잡지사 기자로, 광고주의 지인으로, 그 엔터테인먼트 회사의 의뢰에 의해 난 여러 번 그 노력형 아이돌(K라고 하자)을 만났다. 그는 날 기억하지 못하겠지만. 한번은 그 엔터테인먼트 회사에서 발간하는 잡지를 위한 화보 촬영 현장 인터뷰에 나섰다. 자기 회사 사람들만 모인 자리니까 체면을 생각할 필요가 없었나 보다. 스케줄상 다른 장소에서 온 데다가, 피곤해서인지 상당수 멤버가 '하기 싫다'는 표정을 얼굴 가득 담고 있었다. 심지어 어떤 멤버는 입이 댓 발 나와서 "이걸 하라고? 나 안 해…."와 같은 발언을 서슴지 않았다.

연예인들이 그렇게 버티고 있으니 매니저들도 난감해서 회사에서 추진하는 일임에도 기자들에게 매우 비협조적으로 나오기 시작했다. "지금 바쁘니까 말 시키지 마시고요. 나중에 인터뷰하죠."

사실 이런 일이 비일비재하기 때문에 놀랍지도 않았다. 그 와중에 K는 다소 우스꽝스러운 옷을 입고도 "이렇게요? 아, 이쪽으로요? 하하." 하며 포토그래퍼가 주문한 대로 웃었다가 다리를 올렸다가, 온갖 포즈를 취하고 있었다. 눈은 충혈됐어도 혼자 피곤해 보이지 않았다.

　대여섯 시간에 이르는 화보 촬영 현장에서 결국 제대로 된 인터뷰를 하지 못한 나는 사후에 서면 인터뷰를 하기로 했다. 만든 질문지를 팩스로 보내자 마감 직전에야 답변서가 왔다. 역시나 촬영에 무성의했던 멤버들의 답변서는 백지에 가까웠다. 이걸 주려고 마감 직전까지 미루고 있었나 하는 생각에 화가 났다. 심지어 '잘하겠다.'는 말 한마디 없었다. '모르겠음.', '글쎄요….'와 같은 무성의한 대답의 극치! 기사를 쓰기엔 아무 짝에도 도움 안 되는, 몇 개에 지나지 않았다. 매니저는 차 안에서 작성해서라고 하는데 K의 답변서를 보니 꽉 차 있었다.

　자신이 최근 어떤 일을 하고 있으며 앞으로의 개인적인 계획과 팀 전체의 스케줄은 무엇이고, 재미있는 에피소드는 무엇이며…. 비록 언변이 유창하지 않은 그지만, 질문 하나하나를 읽고 최대한 성실하게, 소상하게 답변을 쓴 게 확연히 보였다.

　그는 아주 오래 전에도 그랬고, 몇 넌이 흐른 얼마 전에도 똑같았다. 새벽부터 일을 하나, 공항에서 막 현장에 도착하나, 자기 역할이 아닌 일을 부탁받았을 때나, 무대에서나, 화장실 가는 길에서나 변함없이 최선을 다하고, 지금도 최고다.

　노력하는 사람들은 대개 겸손하다. 어떤 사람은 그 이유를

"알면 알수록 내가 모르는 것이 보이기 때문."이라고 말했다. 어찌 보면 역설인데, 노력을 통해 높은 경지에 이를수록, 자신 의 부족한 점이 보여 더 노력하게 된다는 뜻이다.

지인 하나는 우연히 출장을 갔다가 노벨상 수상자 몇 명 이 탄 엘리베이터에 동승하게 된 적이 있다고 한다. 노벨상 수 상자 한 명을 만나도 시쳇말로 '후덜덜'한 일인데 몇 명이 함께 뒤에 있으니 그 친구는 몸 둘 바를 몰랐다고 한다. 그런데 그들 이 나누던 대화는 오직 학문에 대한 교류뿐이었다. 그 어떤 권 위의식도, 수행하는 조교나 비서도 없었다. 어떻게 하면 서로의 연구 분야에 대한 최신 소식을 더 알 수 있을까, 그것에 몰두했 다. 따라서 엘리베이터 안의 짧은 시간도 아까웠을 것이다.

물론 재능이 전혀 없이 인류사에 길이 남을 업적을 이룰 순 없다. 어린 시절부터 비범한 재능이 있었을지도 모른다. 하 지만 그 재능을 싹 틔워 꽃피게 하는 것은 분명 노력이다. 성공 의 조건이란 절대 따로 있는 게 아니다. "재능이 없으면 근성이 라도 있던지, 거만하려면 노력이라도 하던지…." 잘 아는 사람 이 늘 하는 '막말'인데, 놓치기 쉽지만 사실 평범한 진리에 가까 운 얘기다.

왜 나는 이 일을 하고 있는 것일까

얼마 전 대기업에서 중역으로 일하고 있는 선배와 식사를 했다. 선배는 근 1년 만에 짧은 가족 여행을 다녀온 참이었다. 한참 여행이야기를 들려주신 후 "그래서 넌 그동안 어떻게 지냈니?" 하시기에 "저도 여행 다녀왔어요."라고 대답했다.

"어디?"

"음, 모스크바 거쳐서 파리 갔다가, 엑상 프로방스로 해서 런던이요."

"왜?"

"그냥요."

"정말? 야, 난 너처럼 좀 살아봤으면 좋겠다. 글 쓰고, 여행 다니고…."

농담인지 진담인지, 팔자 좋다는 식으로 말씀하시기에 "아, 아니에요. 저는 선배처럼 되고 싶어도 못 되는 걸요."

이후 서로의 삶과 업적(?)에 대한 부러움과 칭찬으로 시간은 흘러갔다. 사실 거짓은 아니었다. 난 그분의 지위보다도, 그 나이에 새벽에 일어나 출근을 하고, 하루 종일 회의를 하고, 집에서는 엄마와 아내로 일할 수 있는 능력과 에너지 자체가 진심으로 대단해보이고 부럽다. 내가 그럴 수 없다는 것을 잘 알기 때문이다.

나름대로 나도 제때 취업을 해서 한 10년 쉼 없이 회사 생활을 했다. 일 자체는 아주 좋아한다. 없는 일을 만들어서라도 하는 스타일이라 회사에서도 온갖 잡일, 기획, 건의, 야근으로 바쁘게 지냈다. 하지만 난 조직 생활에는 부적합한 인간이었다. 기본적으로 정시 출근, 정시 퇴근이 안 되는 야행성인 데다가, 어느 정도 경력이 쌓이면 시작되는 조직 내 '정치'에 아주 무디다. 이 사람이 무슨 의도를 가지고 하는 말인지, 회사 내에서 누가 주류인지 알지도 못했고, 신경 쓰지도 않았다. 요즘 사근사근하고, 예쁜 짓만 하는 20대 초반 어시스턴트들을 보면 나는 얼마나 천방지축으로 그 시기를 보냈는지 한숨이 절로 나온다.

아무튼 서른을 넘기고 경력이 10년쯤 되면 조직 속으로 완벽하게 스며드느냐, 독립을 하느냐 하는 기로에 서게 된다. 나는 피로와 스트레스가 누적된 몸에 알레르기성 비염이 심해져서 책상 앞에 제대로 앉지도 못할 지경이 되었다. 그래서 결국 회사를 그만두고 프리랜서로 일하면서 그다지 칭찬할 수 없는 글발로 책을 쓰기 시작한 것이다. 지금 생각하면 참 답답한 결정이지만, 그 앞에는 또 새로운 일의 세계가 펼쳐져 있었다.

내가 부러워하는 또 다른 종류의 사람들이 있다. 바로 휴먼 네트워킹의 달인들. 특히 패션업계에 많은데 대부분의 디자이너, 스타일리스트, 홍보 담당자, 마케터들이 뛰어나다. 그중에서도 대단해보이는 분이 바로 톱 스타일리스트 Y씨다. 같은 업계에서 일하지만 사실 마주쳐도 잘 인사를 드리지 않아 데면데면한 사이긴 하다.

이 분을 처음 본 건 초년 에디터 시절이었다. 당시엔 스타일리스트란 말이 없어 Y씨는 '코디네이터'였고, 나 역시 패션 에디터가 아닌 '기자'였다. 아무튼 그분을 내가 일하던 잡지사에서 봤을 때 하도 피부가 곱고, 눈웃음이 다정해서 여자인 줄

서른을 넘기고 경력이 10년쯤 되면
조직 속으로 완벽하게 스며드느냐,
독립을 하느냐 하는 기로에 서게 된 다.

알았다. 워낙 남자 코디가 전무하기도 했다. 그로부터 10년도 안 되어 그분은 국민이 다 아는 스타일리스트, 웬만한 '명품' 패션 하우스의 국내 홍보는 도맡아 하는 홍보대행사의 대표, 대기업의 고문이 되었다. 물론 탁월한 패션 감각이 가장 중요했겠지만 그분이 맡고 있는 연예인들을 보면 다 10년 넘게 남매, 형제 같은 우정을 이어온 사람들이다. 친화력, 의리 같은 것이 좋은 사람은 많지만 그중에서도 '갑'이랄까?

요즘 유행과 맞지 않게 이 분은 친한 사람, 일 때문에 알게 된 사람, 혹은 모르는 사람에게라도 절대 막말을 하지 않는다. 최대한 둥글려서, 좋은 분위기로 말하고 근거 있는 결정이 서면 실천은 단호하다. 또한 친한 사람에게는 사생활을 다 투자해서 정을 이어가는 스타일인 것 같다. 일과 개인의 경조사, 전화 통화, 식사와 술자리가 다 한 덩어리이고 거기에서 눈물과 기쁨을 동시에 얻는 것 같았다(이렇게 분석하다가 나중에 만나면 정말 민망할 것 같다). 이런 능력이 현재 사업의 발판이자 원동력이 되어 그를 성공으로 이끌어주었다고 생각한다.

위에서 언급한 대기업 중역이란 선배도 사실은 기발한 사업이나 저작물로 세상을 놀라게 하게 싶어 하는 사람이었다. 하지만 현재 그 위치에 딱 맞으며 회의를 하고 있을 때 반짝반짝 빛나는 사람이다. 조직에서 관리자, 지도자로서의 재능이 출중하기 때문이다.

성향과 재능, 그 소중한 보석을 우리는 무시하면 안된다. 다니는 직장이 싫으면 때려치우란 얘기가 아니다. 내가 하는 일이 열정을 불사를 수 있는 것인가를 생각해봐야 한다. 그것이 바로 적성이다. 이제 백세 시대이기 때문에 서른도 탐색기랄 수 있다. "난 ○○에 들어가려고….", "난 심리상담가가 될 거야." 이렇게 정해버리는 게 오히려 어리석은 일 아니겠는가.

어떤 회사, 어떤 직업도 모든 사람이 다 똑같은 일을 하지는 않는다. 같은 로펌에서도 법정에서 열변을 토하는 사람, 자료 조사하는 사람, 회계를 담당하는 사람 등 실제 일의 성격은 전혀 다르다. 사진가라도 세계를 다니며 자연을 찍는 사람, 연예인 화보를 찍는 사람, 기업 홍보물을 찍는 사람이 있으며 그들의 성향은 전혀 다르다.

그러니까 어떤 역할을 잘하고 편안한지 주의 깊게 관찰해봐야 한다. 수입 문제에도 너무 신경 쓸 필요가 없다. 돈이 필요하다면 자신의 적성 내에서 많은 돈을 버는 일을 택하면 된다. 가르치는 역할만도 대학 교수, 학원 강사, 기업 내 교육 담당자 등 다양한 업종에 포진해 있으며 같은 업종에서도 대우는 다르기 때문에 그런 기회 포착에 빨라야 한다.

일단 좋아하는 일을 찾았다면 열심히 해야 한다. 세상에 열심히 살다 못해 악착같은 사람이 참 많다. 특히 처자식 먹여 살리는 외벌이 남자들에게선 치열함을 엿볼 수 있다. 삶에 일밖에 없는 독신자들도 마찬가지다. 어정쩡한 환경에서 대충 일하는 것만으로 뛰어날 수 없다.

지독하다는 것, 혹은 뛰어나다는 표현에 대해 내심 거부감을 느끼는 사람도 있을 것이다. 왠지 못되게 굴어야 할 것 같고, 남들을 제쳐야 할 것 같고…. 하지만 좋아하는 것을 지독하게 열심히 해서 뛰어난 존재가 되는 것은 아름다운 일이다. 여행가 한비야, 작가 전혜린, 테레사 수녀, 힐러리 클린턴, 가브리엘 샤넬… 호불호가 갈리더라도 우린 그들이 치열하게 좋아하는 일을 했다는 걸 알고 있고 거기에 매료되곤 한다.

세상은 극단적으로 열리고 있다. 내가 지금 방에서 한 일을 세상이 알고, 세상에서 일어난 일을 실시간으로 볼 수 있다. 집에서 비누 하나를 만들더라도, 치열하게 만들면 어느 순간 기회가 온다. 실제로 비누를 만들다가 일종의 '한류 스타'가 된 분을 안다. 고급 재료를 써서 예쁘고 다양한 비누를 만들어 온라인에 공개하다가, 인기를 얻어서 작은 가게를 열었다. 그 가게에 다녀간 관광객이 여행 정보 사이트에 소개를 해서 점점 더 많은 관광객이 그 가게 비누를 꼭 사가야 할 필수품으로 여기게 되었다. 그분은 외국어를 못하신다. 이렇게 말하면 행운이 연달아 굴러 들어왔을 것 같지만, 수없는 레시피와 모양, 친절과 정성까지 얼마나 많은 노력을 기울였는지를 알면 그 분의 성공에 절로 고개가 끄덕여질 것이다.

사표를 내던지고 싶은 순간

　부모한테는 이것저것으로 잔소리를 들어도 생판 남한테 냉정한 목소리로 지적을 당하는 건 보통 간으론 견디기 힘든 일이다. 그것도 한다고 했는데, 꼭 내 책임인 것도 아닌데 훈계를 듣는다면 '확 때려치울까?' 하는 생각이 들기 마련이다. 그리고 그런 억울한 순간은 연차가 올라갈수록 더 많이 찾아오면 찾아왔지 덜하지 않다. 학교 다닐 땐 혼자서 공부만 열심히 하면 대개 칭찬을 듣는다. 하지만 사회에선 설령 혼자 하는 일이라도 그 배경엔 여러 사람이 얽혀 돌아가기 때문에 항상 칭찬만 듣는 사람은 있을 수 없다.

사회생활 초년에 처음 상사에게 크게 혼이 났던 일이 지금 도 기억난다. 막내라 고물 컴퓨터를 배당받은 탓인지, 툭 하면 컴퓨터가 다운됐다. 자동저장 기능도 안 돼서 바쁜 마감 중에 기껏 쓴 원고가 날아가기 일쑤였다. 분노한 난 종종 회사에서 '징징거렸다.'

"아, 나 미치겠어. 또 꺼졌어. 어떡해!"

야근하는 몇몇 기자들끼리 가족 같은 분위기를 형성하고 있어서 난 그곳이 회사란 사실을 자주 망각하고 있었다. 하루 는 편집장님이 심각한 표정으로 불러서 왜 제대로 원고를 저장 하지 못하고 징징거리는 거냐고 큰 소리로 화를 내셨다. 고물 컴퓨터 때문이란 생각으로 가득 차 있던 나는 억울하면서도 어 떻게 대처를 해야 할지 당황스러웠고 눈물이 나올 지경이었다. 그래서 대답을 못하고 고개만 숙이고 있다가 자리로 돌아왔는 데, 그 충격 때문인지 이후에는 이중, 삼중으로 원고를 저장하 는 습관을 들이게 됐다.

세월이 흐르고 나니, 편집장님은 나에게 분명히 애정과 호 의를 가지고 있었고 나의 징징거림을 어느 정도 참아주다가, 그 버릇을 고쳐 한 발짝 성장시키기 위해 큰 목소리를 냈다는 것을 깨달을 수 있었다. 몇 년 후 다른 회사에서 일하고 있을 때 다시 같이 일해보지 않겠냐고 연락도 주셨는데, 사정상 그러진 못했다. 살다 보면 누구나 이렇게 내 탓이 아닌 것 같은데 지적당하는 일을 비일비재하게 겪는다. 하지만 일을 그만두지 않을 바에야 그 위기를 잘 넘기는 게 무엇보다 중요하다.

인터넷 쇼핑몰 업체 임원인 K부장은 불경기를 맞아 고민에 빠졌다. 호경기 때 높은 연봉을 주고 스카우트해온 직원들이 해이해져 자기들끼리 수다만 떨고 일을 정확하게 처리하지 않는 경우가 잦았기 때문이다. 매출이 좋지 않아 직원들의 근무태도가 더욱 눈에 거슬렸을지도 모른다. 솔직한 심정으론 일신상 문제로 한두 명 정도 그만둬줬으면 했다. 지출도 줄고, 연차가 낮은 사원을 데려오면서 분위기도 쇄신할 수 있을 테니까. 하지만 경기가 경기인 만큼 아무도 그만두지 않았고, 불량한 태도와 실적은 계속되었다.

결국 K부장은 일대일 면담을 하면서 강하게 나가기로 했다. 혹시 기분이 상해서 그만두는 사람이 있으면 오히려 다행이라는, 다소 '무서운 계략'을 세운 것이다. 조금도 돌려 말하는 법 없이 평소 생각했던 실적 문제나 근무태도를 지적했다.

"이거 어떻게 할 겁니까? 컴플레인 들어온 걸 제대로 처리

못해서 인터넷에 악평이 쫙 퍼졌어요. 이게 회사 손실로 얼만
줄 압니까?”

　하나씩 꼬투리를 집어내자 대부분 크게 당황했고, “그건
제가 그런 게 아니라….” 하면서 억울하다는 태도를 보였다. 간
혹 분을 참지 못해 얼굴이 붉으락푸르락 하는 사람도 있었고
갑작스런 지적에 당황하며 눈물을 보인 사람도 있었다. 그런데
그중 한 명, 평소 가장 실수가 잦아서 웬만하면 그만뒀으면 좋
겠다 싶었던 직원의 태도는 전혀 달랐다. 심지어 그런 말을 들
을 줄 알았다는 표정으로 “정말 죄송합니다. 제가 그런 경우를
처음 겪어서 제대로 처리를 못했습니다. 부장님 말씀 새겨듣고
앞으로 다시는 그런 일이 없도록 최선을 다해 고치겠습니다!”
라는 것이다. 그리고 무엇을 어떻게 할 것인지 계획까지, K부장
이 고쳤으면 했던 점을 줄줄이 읊었다. 더 소리를 지르려던 K부
장은 머쓱해져 “알았으니, 열심히 해봐요.”랄 수밖에….

　업무 능력은 사람마다 차이가 날 수밖에 없다. 노력뿐 아
니라 타고난 적성과 성향 때문에도 다른 일에선 똑똑한 사람이
특정 직업에선 둔재처럼 보일 수 있기 때문이다. 그런데 회사
입장에서 문제가 되는 경우는 업무 능력 자체보다도 못하는 점
을 지적했을 때 안 좋은 태도를 보이는 것과 사후에도 단점이

전혀 개선되지 않는 것이다. 그러면 어쩔 수 없이 해고까지도 생각할 수밖에 없다.

특히 회사와 상사는 일 자체에 대해서 의문을 제기하는 건데 그걸 인신공격으로 받아들이는 사람은 일차적 제거 대상이다. 업무 능력에 대한 감점이 -1점이라면 감정적으로 삐딱하게 나오는 건 -5점이다. 평소 명랑하고 친화력이 좋은 사람도 일 문제를 지적하면 그걸 자존심과 연관시켜 마치 애인에게 삐친 듯 대응하는 경우가 있다. 하지만 회사는 그런 경우 다독여줄 이유도, 의지도 없기 때문에 도저히 같이 일 못할 사람으로 낙인을 찍을 수밖에 없다.

일을 좀 못하더라도 지적을 당했을 때, "예, 알겠습니다. 다시 한번 해보겠습니다."라고 바로 수긍을 하면 지적한 사람은 잠깐이나마 안심이 된다. 그 다음 몇 주, 혹은 몇 달에 걸쳐서 얼마나 개선이 되는가를 보게 되는데 실제로 변화가 있으면 드러내놓고 칭찬은 안 해도 더욱 그 사람을 신뢰하게 되기 마련이다. 하지만 말만 번드르르하게 하고 바뀐 게 하나도 없으면 그냥 '무능한 사람'으로 인식한다. 그래도 눈에 보이는 실수가 없는 한 대개 당장 해고되거나 나쁜 인사고과를 받진 않는다. 악으로 따지면 하악인 셈이다.

가장 좋은 건 역시 흔쾌히 바꾸겠다고 약속을 하고, 그 다음 적극적으로 노력해서 실제로 좋은 결과를 보이는 사람이다. 지적한 상대에 대해서는 앙심을 품을 필요가 없다. 그 사람 역시 상사에게서 아랫사람들 단속 좀 제대로 하라고 지적을 받은 것일 수도, 큰 일이 잘 안 돼서 다른 사람들에게 소소한 지적을 하는 것일 수도 있다. 거시적으로 보아 왜 이런 상황이 벌어지고 있는 것일까, 회사와 고객이 나에게 무엇을 요구하는 것일까를 생각해서 행동한다면 더욱 완벽한 대처법이 될 것이다.

사표내고 싶은 순간이 절호의 기회다.

지적을 당했을 때 굳이 "죄송합니다. 제가 못나서 그렇습니다."라고 비굴하게 굴 필요는 없다. 남의 비위를 맞추거나 굽히고 들어가는 문제가 아니기 때문이다. 문제의 핵심이 무엇인지를 먼저 파악하고 개선하고자 하는 의지를 확실하게 보이면 된다. 도저히 그 일이 맞지 않고, 고칠 수 있는 방법도 모르겠다면 차라리 깔끔하게 일을 그만두는 게 낫다. 세계적 경제 인사인 글로벌 그룹의 CEO들도 실적이 부진하면 주주들이나 이사진에 의해 '잘리는' 경우가 많다.

개선안을 제시해서 고용주와 고객을 설득하든지, 안 되겠다면 좋은 분위기로 '박수 칠 때 떠나는' 거다. 이런 세련된 대처법이 처음에는 어렵겠지만 연습을 하면 가능해진다. 그것도 다 인생 공부의 하나이며 부모님이 얼마나 어렵게 일을 해서 나를 부양했는지를 깨달을 수 있는 좋은 기회다.

무라카미 하루키가 사람은 나이가 들면 뻔뻔해진다고 했다. 다행히 우리에겐 나이란 무기가 있다. 한 해 한 해를 더 살수록 '뻔뻔'이란 갑옷을 입고, 연륜 있는 서퍼가 파도를 타듯 일의 위기를 더 쉽게 넘길 수 있다. 그때까진 상처 받고, 도망가고 싶더라도 참고 단련하자. 일을 잘 하고, 오래 하는 사람은 욕도 많이 먹은 사람이다. 그리고 그 모든 스트레스와 위기를 잘 넘기고 문제를 개선하며 살아남은 사람이다.

언제까지 남의 일만

할

것인

가

　취업 관문을 뚫기가 무섭게 사람들은 실망부터 한다고 한다. 직업을 갖기 전에 꿈꿨던, TV 드라마에서 나오는 것처럼 즐겁고 흥분되는 회사 생활이 아니기 때문이다. 용기를 북돋워주고 일을 가르쳐주는 선배나 상사가 아니라, 눈치 보아야 할 참견쟁이만 가득하고 해도 표시가 나지 않는 하찮은 일만 하는 것 같고…. 그렇게 서른을 훌쩍 넘기게 되면 치사해서 '언제 내 사업 한번 해볼 수 있을까?' 하는 생각이 스멀스멀 올라온다.

　하지만 나이를 먹다 보니 내 주위에도 자기 사업-뭉뚱그려

사람들은 필드에 나가기 전
스크린 골프를 치고,
운전면허를 따기 위해
시뮬레이터를 이용하는 등 연습을 한다.
하물며 인생이나 평생해야 하는 일은
오죽하겠는가.

장사라고 하자-을 하는 사람들이 부쩍 늘었는데 이 사람들은
또 다른 소리를 한다. '누가 자기에게 만족할만한 월급을 주고
써준다면 당장 그만두겠다.'는 엄살이다. 세상에 장사처럼 힘들
고 골치 아픈 게 없다며. 그중에서도 제일 힘든 게 사람 문제란
다. 떡볶이 가게부터 국제적 기업까지, 사장들은 다 비슷한 소
리를 한다.

이들이 토해내는 불만은 다양하지만 "저, 내일부터 못나가
요."란 문자 하나만 달랑 남기고 안 나오는 아르바이트생이나,
간단한 일을 "그건 제 담당이 아닌데요." 하며 미루고 미루다
일을 망치는 직원, 직장에서 하루 종일 게임을 하고 지적을 당
해도 고치지 않는 직원까지…, 과장된 게 아닐까 싶을 정도로
심각한 사례가 참 많다. 그래서 신입사원이 들어올 때 사주를
보거나, 맞지도 않는 혈액형 점을 따지는 사람도 있단다.

고용주와 피고용인을 동시에 알고 지내는 경우, 각각의 사
람에게 듣는 하소연은 대체 어느 쪽이 진실인가 싶을 정도로
전혀 다른 이야기일 때가 많다. 내가 아는 그 사장이 맞나 할
정도로 밥 먹을 시간, 화장실 갈 시간도 주지 않는다, 택시를 타
야만 할 수 있는 일인데 교통비를 주지 않는다, 일을 성사시켜
도 윗사람의 공으로 빼앗기고 만다, 연봉이 6년째 오르지 않았

다 등 직원들은 다양한 불만을 토해낸다.

나 역시 그런 기분을 잘 알고 있다. 대학교 때 누군가의 소개로 학원 강사를 한 적이 있다. 사실 꼭 돈을 벌어야 해서도, 그런 일을 찾고 있다가 즐겁게 하게 된 것도 아니었다. 정말 우연히, '심심하던 차에 한번 해볼까?' 하는 생각으로 시작했다. 아이들은 귀여웠고, 가르치는 것도 나쁘지 않았다. 하지만 학원장이 일찍 와서 교실 청소까지 하길 원하는 것에는 도저히 응할 수가 없었다. 구체적으로 시킨 게 아니라, "일찍 와서 청소도 좀 싹 해놓고 그러면 좋잖아요." 그러면서 월급은 시세보다 훨씬 싸게, 깎아서 구두로 계약했었다. 결국 나는 몇 달이 채 되기 전에 그만두겠다고 통보했다. 내 사업이란 생각은 조금도 없었다. 그러자 학원장은 굉장히 불쾌해하면서 그 달치 월급을 삼분의 일 정도 일부러 안줬다. 결국 얼마의 돈 말고는 그 아르바이트를 통해 얻은 게 아무것도 없었다.

어쩌면 악덕 고용주에 대한 최대한의 반항이 '땡땡이'와 명확하게 내 일이 아닌 건 회피하는 행동으로 나타나는 게 아닌가 싶다. 그러다 스트레스가 극에 달하면 월급도 포기하고 '때려치워' 버리는 것이다. 직원한테는 월급 단 만 원도 올려주기 싫어하면서 유흥비나 여행경비 등으로는 펑펑 쓰고, 값비싼 옷과 가방을 철마다 개비하는 사장을 증오하고, 사장은 허구한 날 '땡땡이' 칠 궁리만 하면서 월급만 올려달라는 직원이 밉다.

그래도 이왕 시작한 일이라면 그 일에 무엇이라도 배울만한 점이 있다, 내 일이다, 하고 생각해보면 어떨까? 쉽게 말해 주인의식, 영어로는 오너십 말이다. 물론 그런 마음을 갖는 것이 결코 쉬운 일은 아니다. 그래도 한 발 물러서 생각해보면 지금 고용주인 사람도 과거엔 피고용인이었고, 지금 피고용인인 사람도 언젠가 고용주가 될 지 모르는 일이다.

지인의 카페에는 많은 아르바이트생이 거쳐 갔다. 손님이 없으면 "언니, 설거지 다 했는데요…." 하고 눈치를 보다가 사장이 "그래. 좀 쉬어." 하면 한 쪽에 자리를 잡고 카톡이나 게임을 열심히 하며 킥킥거리는 게 보통이다.

그런데 어떤 아르바이트생은 "사장님. 설거지 다 했어요. 그런데 아까 제가 들어올 때 보니까 옆 가게 입간판이 나와서 우리 카페 바깥 테이블이 잘 안 보이는 거예요. 여름도 됐는데 노란 파라솔 같은 거 세우면 눈에 확 띄지 않을까요?" 하고 말하는 등 가게 경영에까지 열심을 보이는 것이었다. 그 사람 덕에 지인은 무료해지던 카페 경영에 더 열심을 다할 수 있었고 실제로 매출도 좀 올랐다고 한다. 훗날 그 아르바이트생은 열심히 일을 배우더니 결국 나중에 자기 카페를 차렸다. 아르바이트가 아니라 카페 경영 실습이었던 것이다.

사람들은 필드에 나가기 전 스크린 골프를 치고, 운전면허를 따기 위해 시뮬레이터를 이용하기도 한다. 하물며 인생이나 평생해야 하는 일은 오죽하겠는가.

삶은 매 순간이 연습이고 투자다.

아르바이트도 스스로 주인인 것처럼 생각하고 하면 어떤 상황에서 어떤 판단을 내려야 할지 연습이 된다. 들어오는 정보의 질 자체가 달라진다. 상사가 이런 쓸데없는 일을 왜 시키나 한탄하지 말고, '왜 시켰을까? 이걸 함으로써 회사 입장에서 이득은 무엇일까?'를 딱 한 번만 더 생각해보라. 상사나 주위에 물어보면 최근 업계가 돌아가는 경향, 그 상황에서의 대응책 등을 알 수 있다. 조금씩 물어봐서 알아둔 정보가 나중에 돈을 주고도 구할 수 없는 엄청난 자원이 된다.

요즘은 전문 기술과 그것을 가지고 있는 인력이 무엇보다 중요한 시대다. 돈이 있어도 기술과 인력을 확보하지 못하면 일은 시작조차 못한다. 게임을 즐기는 사람이라면 중세 시대에 성행했던 길드를 알 것이다. 특정 업종에 종사하는 상공인들의 자치 조직 같은 것인데, 길드 안에 독립된 사업장을 운영하는 장인들이 있고 그 아래 장색이, 다시 그 아래 도제라 부르는, 요즘 말로 어시스턴트 혹은 수련생 같은 존재들이 있었다. 요즘 많은 분야가 다시 도제 시스템으로 돌아가고 있다.

스타일리스트, 작곡가, 디자이너, 메이크업 아티스트 같은 실용 예술가 아래서 실질적으로 일을 다 하는 어시스턴트, 대학원에서 교수가 지도하는 연구를 수행하는 조교들 등이 다 도제라 할 수 있겠다. 도제가 무서운 점은 그들이 미래에 기술 전수자의 가장 강력한 경쟁자가 되고, 인맥을 고스란히 가져갈 수 있다는 점이다. 물론 전수자들도 그 점을 경계하지만 내 일처럼 열심히 하고 감동을 주는 사람에게는 인간인 이상 경계심이 무너져 상당수 중요 정보를 넘기게 된다.

주위에도 그런 사람이 있었다. 인턴사원일 때부터 제안 하나를 하더라도 스케일이 너무 컸다. 자기가 맡은 단순 업무가 아닌데도, "이번 자선행사에 상품을 기증하면 브랜드 이미지에 크게 도움이 될 것 같은데요. 제가 한번 수량이 얼마나 되나 알아볼게요."하는 식이었다. 주위 선배들이 "쟤, 왜 저렇게 나대니?" 하고 숙덕이기도 했지만 이내 그것이 가식이 아니고 정말 회사 일에 관심이 많아서 짜내는 아이디어, 발언이란 걸 어느덧 알게 되었다. 무엇보다 상사 입장에선 그녀가 무척이나 귀엽게 보였나 보다. 정식 사원이 되고 몇 단계 고속 승진을 한 후, 임원진이 이직할 때 함께 스카우트해간 것이다.

"어디 내 일처럼 맡아서 해주실 분 없나요?" 세상 모든 사장들이 외치는 말이다. 사람들 대부분이, 돈을 받고 노동력을 파는 것일 뿐 회사는 내 것이 아니라고 생각한다. 회사의 요구사항도 그냥 하는 소리로 흘려듣고 면접 볼 때만 빈말로 맹세하지만 사실 회사 입장에선 정말로 절박한 문제다.

만약 부득이한 사정으로 아기를 육아 도우미에게 맡기고 집을 비워야 한다면 당연히 '내 자식처럼 돌보아줄 분'을 간절히 찾을 것이다. 적어놓은 쪽지대로 해줄 사람보다 내 자식처럼 생각해줄 인자한 도우미가 제일 안심이 된다. 회사도 마찬가지다. 단기적인 실적이 좋은 직원보다 회사 일을 내 일처럼 생각하는 직원을 더 믿게 된다. 정말 신기한 게 상사의 눈에는 그런 사람과 그렇지 않은 사람이 한 눈에 나뉘어 보인다.

사실 내 일이라고 생각하는 것이나 말 한 마디 하는 데 큰 에너지가 소모되는 것도 아니다. 하지만 매일 매일 그것이 쌓이다 보면 적극적인 사람, 일 열심히 하고 잘하는 사람으로 변화하는 자신을 느낄 수 있을 것이다. 현재 일하는 가게나 회사가 문을 닫아도 경쟁업체에서 일차적으로 데려가고 싶어 하는 사람으로 성장한다.

　나는 찜찜했던 학원 강사 아르바이트를 그만두고 실제로 취업을 할 땐, 전공과 관계가 없더라도 관심이 가는 일을 선택했다. 그러자 스스로에게서 전혀 다른 태도가 나오는 걸 발견했다. 사장님과도 적극적으로 대화를 하고, 스스로 야근도 하고, 회사 방향에 대한 제안도 하고, 쓰고 남은 돈은 반납하는 등 간혹 회사가 마치 내 사업체 같은 생각이 들기도 했다. 원래 성격이 좋아하는 일에 대해선 오지랖이 넓은 편인데, 학원 강사 일은 내가 원해서 시작한 것이 아니기에 주인의식이 없었던 것이다.

　주인의식, 사실 조금은 회사에서 선동하는 구호 같은 면이 없지 않은 말이다. 하지만 실제로 주인이란 생각을 가지고 일을 하면 여러 모로 나에게 득이 되는 것을 발견할 수 있을 것이다. 일단 일하는 스트레스가 줄어든다. 명령만 수행하는 것은 언제 회사와 상사로부터 공격당할지 모르는 위태로운 생활이다. 하지만 남의 일을 억지로 하는 게 아니라 내 일을 알아서 한다고 생각하면 한결 자유로운 느낌이 든다.

　　동물원에서 사육사로 일한다고 할 때도 동물원 직원이니까 동물 밥을 주고 몸을 씻어주는 것이라고 생각하는 대신, 그 동물이 내 반려동물이고 사랑하기에 하는 거라 생각한다면 일을 하는 게 훨씬 기꺼울 것이다. 그리고 그 동물이 커나가는 것을 보는 것처럼 어떤 일을 장기적으로 가꾸어 나가면 기쁨이 생긴다. 미래가 밝아진다. 돈을 주고 배워야 할 것을 받으면서 배우니까 하루하루가 소중하게 여겨진다. 동시에 회사와 상사에게서 인정받고, 그들을 적이 아닌 동료의 입장에서 볼 수 있게 된다. 쓸데없이 '으쌰 으쌰' 하지 않아도 마음 깊은 곳에서 동지애가 생겨날 수 있다. 결국 어떤 일을 내 일처럼 한다는 것은 회사에 도움을 주는 일이라기보다는 오히려 내 인생의 주권을 공고히 하는 일이다.

아마추어와 프로의 차이

안타깝게도 이 사회엔 약육강식이란 게 존재해서 여전히 강자는 공평치 않은 방법으로 약자의 것을 빼앗는다. 참으로 불편한 얘기지만 전문가가 되고 싶어도 보통 사람들은 일차적으로 기회조차 갖기 어렵다. 겉으로 보아 번듯한 직업의 상당수에도 낙하산 인사가 존재한다. 모 국제 기업의 임원이 해준 이야기다. 회사에 절대적 힘을 행사할 수 있는 기관이나 거래처에서 낙하산 인사를 요구한다면, 어쩔 수 없이 받아들이는 수밖에 없다고…. 물론 사운을 걸 만큼 중요하지 않은 자리에

배치하거나 실제 그 일을 할 상사를 두는 것이 보통이란다.

이른바 이렇게 '꽂힌' 사람이 여자일 경우 백이면 백, 번듯한 직장명을 대며 사치스럽게 살다가 맞선이나 결혼식에서 프로필로 활용하고, 일을 그만두어 버린단다. 회사에서도 채팅, 게임을 하거나 점심시간에 오래도록 자리를 비우기 일쑤고, 회의 때는 입이 꾹 닫히며 육체노동이나 야근처럼 힘든 일은 최대한 피해 다닌다. 처음엔 그 사람이 낙하산인 게 비밀이었어도 이런 태도 때문에 곧 드러나기 마련이다.

낙하산 인사가 일을 열심히 안 하는 이유는 재미가 없기 때문이다. 간절하게 하고 싶고, 최선을 다해서 잘하고 싶은 마음이 없기 때문이다. 복권에 당첨된 사람이 돈을 의미 있게 쓰지 못하는 것과 같다. 전문가는 연애를 하듯 자기 일을 사랑한다. 사랑하니까 노력을 하게 되고, 노력을 하니까 잘하게 되는 것이다. 어느 정도 경지에 이르면 자신감과 자부심도 생긴다. 그래서 자신만의 독특한 아우라가 형성되는 것이다.

연예기획사에서 일하는 어떤 분은 나와 거의 사회생활을 같이 시작했는데 아직도 같은 회사에 다닌다. 그 덕에 지금은 직급도 상당히 높아졌다. 그동안 회사의 규모는 엄청나게 커졌고 소속 연예인들의 위세도 대단해졌다. 하지만 그분은 아직도 기자들에게 직접 전화를 걸고, 공연장에 마중하러 나간다. 명함을 다시 교환하지 않으면 현재 직급이 뭔지 잘 가늠이 안 될 정도다.

연예기획사의 일이 그렇듯 온갖 사건사고가 다 터지며 연예인이 잘 되는 만큼 대우가 좋아지는 것도 아니어서 웬만한 인내심이 없으면 참 힘이 든다. 하지만 난 그분이 어떤 상황에서도 "아… 정말 때려치우든지 해야지. 힘들어 죽겠네." 따위의 말을 하는 걸 본 적이 없다. 현장에선 항상 스태프의 일원으로 일하고, 미소를 잃지 않는다.

마치 들판 위에서 봄바람을 맞는 소녀처럼….

그것은 정말로 자기 일을 사랑하는 사람만이 누릴 수 있는 즐거움이자 자랑거리다. 사실 그 열정의 비밀은 그분 자체가 연예인을 좋아하는 마음, 시쳇말로 '빠심'이 있다는 데 있다. 이성적으로 사랑한다기보다 연예인들이 무대 위에서 화려하게 빛나는 걸 보기 좋아하고, 그들이 재능을 꽃피우는 걸 기뻐하는 성향인 것이다.

만약 그럼에도 불구하고 일이 좋아지지가 않는다고? 그렇다면 때를 보아 그만두거나 바꿔야 한다. 물론 쉽게 그만둘 수 없는 사정이 있는 건 이해한다. 나는 철저하게 좋아하는 일만

하며 살아온 이기적인 사람인데, 그래도 하기 싫은 일이란 게 존재했다. 그중 하나가 잡지에서 요리 기사 진행하는 일이다. 그래서 요리 선생님의 스튜디오에 가서, 그분과 포토그래퍼가 하는 대로 놔두고, 실제 잡지에 들어갔을 때 어색하지만 않게 조율하곤 했다. 그리고 요리 선생님이 밥을 차려주시면 그걸 먹고 회사로 돌아왔다. 그럼에도 기사 평은 나쁘지 않았고 아이템 선정도 요긴했다는 말을 듣곤 했다.

하지만 그건 요리 선생님이나 다른 기자의 아이디어였고, 촬영 현장에서 난 천하에 게으르고 관심 없는 표정으로 앉아만 있었다. 그 모습이 스스로도 굉장히 싫었던 게 기억난다. 아마 요리 선생님들도 내가 요리에 관심 없다는 걸 한 눈에 알아보았을 것이다. 그분들께도 실례를 범한 것이었고, 물론 그래서 이제는 요리 진행을 하지 않는다.

반면 내가 엉뚱하게 좋아하는 것 중에 화장품과 세제가 있다. 화장품은 그렇다 치고 비누, 타일, 청소용 솔 같은 건 왜 좋아하는지 모르겠다. 막상 그것들로 청소도 하지 않으면서 말이다. 세계 어딜 가나 슈퍼마켓이나 철물점에 가서 그 동네에만 있는 토일레트리(Toiletry)를 한참 만지작거리다 오곤 한다. 때론 산더미 같은 세제를 이고, 지고 오다가 가방 안에서 터져서 옷과 장신구를 몽땅 버리기도 한다(물이 빠진다).

사고, 시키지도 않은 조사를 하고, 어느 나라, 어느 동네엔 뭐가 있는지 열변을 토하다 보니 친구들 사이에서 "넌 참 그쪽에선 전문가야."란 말을 농담처럼 듣게 되었다. 요리 진행할 때의 내 모습과 비교해보면 그야말로 천지차이다. 어떤 일이든, 어떤 위치에 있든 일을 취미 이상으로 좋아하고 최선을 다하는 것이 전문가다.

하나를 더하자면 객관적으로도 특정 분야에서만큼은 능력과 가치를 인정받을 때 진정 전문가랄 수 있을 것이다. 그럼에도 사람을 다니는 회사명이나 졸업한 학교명으로 평가하는 건 살면 살수록 참 무의미한 짓이란 걸 깨닫는다. 원래 직위나 학벌이란 것은 그 사람이 전문가라는 보증을 하기 위해 존재하는 것이다. 그런데 기대치와 어긋나는 경우가 꽤나 많다.

아래는 이데일리 2012년 4월 17일자 기사의 발췌본이다.

인터넷의 한 커뮤니티에서 명품을 두고 한 재미난 실험이 화제가 된 적이 있다. 포토샵으로 명품 브랜드에 속하는 '프라다'의 브랜드 로고를 지웠을 때와 그렇지 않을 때의 반응을 살펴본 것.

로고가 지워진 채 "3만 원인데 살까요?"라는 물음에는 '엄마 계모임 갈 때 드는 것 같다.', '요즘 가죽 가방이 유행이라 괜찮아 보이는데 3만 원이면 적당하고, 가격이 비싸면 좀 그렇다.', '차라리 고속터미널에 가라, 그게 뭐냐?' 등의 신랄한 반응이 나왔다.

반면 '프라다'라는 상표가 붙자 누리꾼들의 반응은 180도 달랐다. '진짜 예쁘다. 얼마 줬나?', '이번 신상, 잡지에서 본 것 같다.', '진짜 모든 옷에 다 잘 어울린다. 가끔 드는데 진짜 좋고 예쁘다.' 등 찬양 일색이었던 것.

전문가는 로고나 배경 없이도 확고한 가치를 지닌 사람이다.

전문가의 대표적인 예가 난 빵 만드는 사람이라고 생각한다. 우리나라에는 어느 동네에 가나 브랜드 빵집이 있다. 사람들은 브랜드 로열티가 붙은 빵에서 전문가의 손길을 기대한다. 하지만 실상은 공장에서 대량으로 구워 나오고, 당연히 들어가야 할 우유 크림이나 버터도 훨씬 값싼 우유 향, 마가린으로 대체하는 경우가 많다고 한다. 물론 각 상품을 기획하고 관리하는 파티셰가 있겠지만 전문가로서 그의 능력은 이윤이란 목적 하에 희석되어 빵의 맛에까지 영향력을 미치지 못한다.

홍콩은 동네 아무 빵집에나 들어가도 대체로 빵이 맛있다. 양귀비 씨를 가득 뿌린 바게트부터 흔히 '소보루'라 부르는 파인애플 번, 생 망고를 잔뜩 얹은 케이크까지. 모두 냉장 쇼케이스가 아니라 오븐에서 갓 나와 쟁반에 놓인 것이다. 동네 빵집 아저씨, 아주머니는 밖에 나오는 일도 없이 항상 빵을 만들고, 굽는다. 그 동네 빵을 책임지는 것이다. 그렇게 나온 빵은 진열되기가 무섭게 팔려나가고 저녁 7시쯤만 돼도 거의 남은 게 없다. 홍콩은 우리나라보다 소득, 인건비, 부동산 임대료도 월등히 높지만 빵값만은 싸다. 대신 가게가 럭셔리한 분위기도 아니고 정말 빵집같이 생겼다. 마치 커다란 오븐에 진열대가 딸려 있는 것처럼…. 빵이 맛있어서 많이 사먹고, 그래서 싼, 선순환이 유지되고 있는 것이다.

전문가라고 꼭 대단한 직업이나 타이틀을 달고 있어야 하는 건 아니다. 예전에 우리나라에 부임한 외교관 부인을 인터뷰한 적이 있다. 인터뷰 약속을 한 후 그분이 다시 연락을 해오셨다. 주로 무엇을 질문할 것이며, 시간은 얼마나 소요되며 어느 장소에서 촬영할 것이냐는 거다. 대충 답을 했더니 CD가 하나 배달되어 왔는데 컴퓨터에 넣자 그분의 사진첩과 자세한 프로필, 살아온 여정이 첨부되어 있었다. 보통 외교관 부인은 남편 내조하는 얘기를 하거나 꽃꽂이, 요리, 인테리어 같은 걸 보여주려고 하는데 그분은 남달랐다.

어린 시절 키부츠(이스라엘 고유의 공동사회)에서 성장했고 직업군인이었으며, 남편 역시 군인이라 주로 부대에서 오래 살았다고 했다. 또 아이들을 낳은 후 어떤 교육관을 가지고 키웠으며, 그동안 부임지에서 자신은 어떤 일을 했고, 한국에서 남편의 임기가 끝나면 앞으로 무슨 일을 할 건지 자신에 대해서 자세히 쓰여 있었다.

실제 만났을 때도 그분은 역시나 압도적 포스(?)를 지니고 있었다. 직업군인이었고, 어쩔 수 없이 제대를 했지만 이후에도 군인 및 외교관의 아내로서 완벽하게 자신의 삶을 살아가고 있었던 것이다. 공부, 스포츠 등 장기적으로 계획을 세우고 이루어가는 일, 아이들 개인별로 중점을 두어 교육시키는 일 등 할 일이 많아서 인터뷰 시간도 정말 큰 맘 먹고 내준 것 같았다.

전문가란, 무릇 그런 존재여야 한다. 행동과 말 그 자체가 브랜드이고 신뢰감을 준다. 또 열정을 다해 자신의 일에 빠져든다. 그게 바로 낙하산과 전문가의 차이다.

혼자서 피우는 꽃씨, 나만의 안목

팔순의 할머니께서 눈썹연필을 하나 사오라는 특명을 하사하셨다. 난 '할머니가 뭐 까다로우시겠어? 눈썹연필이 다 비슷하지, 뭐 그렇게 다르겠어?' 하는 생각으로 어디에나 있는 국내 저가 브랜드 매장에서, 잘 팔린다는 눈썹연필을 사다 드렸다. 하지만 딱 한 번 써보신 할머니가 "얘, 이거 안 그려진다." 하시는 것이다. 내가 보기엔 분명 멀쩡하게 그려지는데 자꾸 안 그려진다며 마음에 안 들어 하셨다. 그래서 평소 쓰시던 모 수입 브랜드의 눈썹연필(오히려 더 싸다)을 사다 드렸더니 그제야 잘 그려진다며 만족해 하셨다.

할머니 젊은 시절에는 국산 화장품이 별로 없어서 주로 '미제장수' 아줌마를 통해 유명 외국 브랜드 중에서도 각 품목별로 좋다고 소문난 몇몇 상품만 썼다고 하셨다. 그 품질에 피부와 눈이 맞추어져서 아주 미세하게 발색이 덜 되는 국내 저가 브랜드 눈썹연필이 안 그려진다고 느끼신 것이다. 아마 이것저것 섞어 쓰는 요즘 사람들은 그 차이를 감지하지 못할 것이다. 할머니의 화장대는 예나 지금이나 변함없으나 가만히 보면 성분이 매우 순한 기초 화장품과 입자가 매우 곱고 발색력이 좋은 색조 화장품으로 구성되어 있으며, 할머니는 팔순 중반의 연세에도 굵은 주름 하나 없으시다.

패셔너블하기로 유명한 어떤 분에게 내가 일하는 TV 프로그램을 보여드린 적이 있다. 그분은 패션계에서 일하지도 않고, 방송에 대한 지식도 전무한, 그냥 패션을 즐기는 사람이다. 그런데 프로그램 첫 장면만 보고도 내부에서 몇 시간에 걸친 회의 끝에 진단한 문제점 몇 가지를 정확히 짚어냈다. 실로 귀신같은 지적이었다. 그분이 걸치고, 차리고, 소유하는 모든 것은 아무리 싼 것이라도 빛이 반짝반짝 나는 것 같다. 하지를 않아서 그렇지 만약 스타일리스트 일이라도 한다면 당장에 고객이

안목은 학원이 따로 있어서
배울 수 있는게 아니다.
누 가   명 령 한 다 고

높 아 지 는 것 도 아니다.

되겠단 사람이 수두룩하다.

나는 먹는 것에 별로 관심이 없어서 소위 '맛집'은 잘 모른다. 그러니 중요한 만남을 가질 때는 어디 가서 무엇을 주문해야 할지 늘 갈팡질팡하게 된다. 한 후배는 내가 보기에 맛과 분위기, 서비스 등 요식문화 전반에 대한 안목이 높다. 그래서 항상 자문을 구하게 되는데, 그때마다 장소나 메뉴에 실패한 적이 없다. 나도 만족하지만 함께 간 사람이 "여기 정말 괜찮다. 어쩜 이렇게 치즈도 고급스럽니?" 하며 칭찬을 해서 후배가 추천해준 곳이라고 이실직고는 하지만 뿌듯하다. 정작 후배 본인은 그냥 먹는 걸 좋아하는 것뿐이라고 손사래를 치지만….

우리는 이들의 특별한 취향을 '안목'이라고 부른다. 국어사전에 안목(眼目)은 '사물을 보고 분별하는 견식'이라고 되어 있다. 하지만 넓은 의미로 보면 사람, 미래 등 유무형의 모든 대상에 대한 분별력이라고 할 수 있을 것이다. 한 사람의 안목이 때로는 역사를 좌지우지할 만큼 큰 영향력을 발휘하기도 한다.

'가장 높은 가격으로 거래된 그림'의 기록을 몇 번이나 경신한 천재화가 장 미셸 바스키아(Jean-Michel Basquiat). 1976년 미국의 중견 화가 알 디아즈는 길을 걷다 상자에 아무렇게나 휘갈겨진 낙서 같은 그림을 발견했다. 놀라운 색감과 구도, 사회적 메시지를 갖춘 그 그림의 주인공이 바로 노숙도 하고 그림 엽서도 파는 흑인 청년 바스키아였다. 알 디아즈는 그와 함께 건물 외벽에 그림을 그리는 프로젝트를 만들어 한동안 함께 활동했다. 그리고 이후 그를 재발견한 것은 팝 아트의 황제 앤디 워홀이었다. 그는 바스키아의 그림이 인쇄된 엽서를 보고 충격을 받았다고 한다. 자신과 함께 팝 아트를 이끌 재목이라고 판단한 그는 바스키아의 친구이자 후원자를 자처하고 적극적으로 뉴욕 주류 미술계로 끌어들였다.

바스키아는 '검은 피카소'로 불리며 유명세를 탔지만 사람들은 바스키아의 작품성에 감탄하는 것만큼이나 정규 미술교육을 받지 않은 흑인 청년을 차별하고 질시했다. 갑자기 몰려든 관심과 비난 속에서 바스키아는 약물중독에 빠져 결국 요절하고 만다. 안타깝게도 그를 잃은 후에야 비로소 작품에 대한 평가와 가격은 고공행진을 하게 된다. 그의 작품은 현재도 스니커즈, 티셔츠 등 패션 아이템에 협업이란 이름으로 끊임없이 이용되고 있는데, 평범한 저가 브랜드 흰 티셔츠 한 장도 바스키아의 프린트를 입으면 순식간에 일류 디자이너 작품처럼 변모하곤 한다.

서른, 졸업장보다 안목이 필요한 나이…

서른까지는 다들 좋다는 것 사고, 먹고, 즐기면 그만이다. 그저 남을 따라 대충 해도 귀여워 보일 수 있다. 하지만 서른부터는 본격적으로 자신만의 안목을 키워야 할 필요가 있다. 안목은 취향에서 시작된다. 취향은 자아의 외투와도 같은 것이어서, 취향을 통해 그 사람이란 것을 알아차릴 수 있다. 취향이 일정한 기준을 가지고 다듬어진 것이 바로 안목이다. 고전적인 수첩류를 좋아하는 것이 취향이라면 단지 유명 브랜드라서 사는 게 아니라, 제대로 무두질한 가죽 표지에 손으로 장정을 한 중성지 소재를 찾는 것이 안목이다.

요즘 세상은 너무나 전방위적이다. 안목은 대화나 행동, 대중매체 등을 통해 마치 꽃의 향기처럼 쉽게 발산되며 새로운 길을 열어주기도 하고, 타인에게 그 사람의 '수준'을 각인시키는 도구가 되기도 한다. 무엇보다 중요한 것은 안목이 자아를 고급스럽고 아름답게 밖으로 꽃피우는 역할을 한다는 점이다. 또한 많은 이들의 훌륭한 안목이 모여 문화라는 것이 만들어진다는 것도 간과할 수 없는 사실이다.

안목이 없는 사람은 아무리 돈이 많아도 옆에서 보면 안타깝기 그지없다. 중국 신흥재벌들 중에는 그저 보석으로만 가득한 시계를, 전혀 어울리지도 않는 옷차림에 차는 경우가 많다. 부유해 보일 순 있어도 소기의 목적인 '존경을 받겠다.'라는 평가보다 '졸부인가 보다. 정말 촌스럽다.'라는 가벼운 무시를 받는 경우가 오히려 많다. 심지어 그 시계를 파는 판매원조차도, 현금 다발을 가져와서 제일 비싼 걸로 달라는 손님을 '봉'으로만 본다. 그 시계를 고이 보관한다고 해서 가격이 올라가는 것도 아니다. 대개 기계식 시계의 기능적 아름다움, 조화로움이 부족한 모델이기 때문이다.

우디 앨런이 감독, 주연한 영화 〈스몰타임 크룩스〉에서도 유사한 상황이 등장한다. 쿠키 장사로 벼락부자가 된 극중 우디 앨런의 아내가 상류층에 끼고 싶어서 집안을 가장 비싼 재료로 꾸미고 사람들을 초대한다. 하지만 파티에 도착한 손님들은 천박하기까지한 데다 조화가 전혀 이루어지지 않은 인테리어에 경악을 금치 못하고, 아내는 은근한 수군거림을 당하게 된다. 그녀의 진정한 안목은 맛있는 쿠키에 있었는데 억지로 인테리어에 대한 안목을 돈으로 사려고 한 것이다.

안목은 학원이 따로 있어서 배울 수 있는 게 아니다. 누가 명령한다고 높아지는 것도 아니다. 그저 자기 스스로가 고귀한

난을 꽃피우듯 조심스럽고 꾸준하게 길러야 하는 것이다. 구겐하임 미술관을 설립하고 유럽 중심의 미술사를 미국으로 옮긴 페기 구겐하임은 "안목을 기르려면 첫째, 알아야 한다. 둘째, 사귀어야 한다. 셋째, 스스로 경험해야 한다."고 말했다.

대부호의 딸로 태어나 타이타닉 호의 침몰로 인해 부모님을 잃은 그녀는 스물한 살에 막대한 재산을 상속받았다. 비록 은수저를 물고 태어났다고 할 만큼 행운아이긴 했지만 그녀는 그 돈을 그저 일락을 위해 쓰지 않았다. 1920년 당시, 미국은 군사적으로는 강국이었을지 모르나 문화적으로는 여전히 유럽에 비해 뒤쳐져 있었고, 현대미술이랄만한 것은 아예 존재하지 않았다.

그녀는 화려한 곳보다는 파리 몽파르나스 지역의 작은 카페들에서 실제로 작품 활동을 하는 미술가, 작가들을 만나고 새로운 작품들을 감상하면서 컬렉터로서의 눈을 키우기 시작했다. 그녀가 눈 뜬 것은 현대미술, 특히 전위미술이란 것이었다. 각종 전시회부터 작가들의 작업실까지 발걸음을 아끼지 않았으며 어렵기만 했던 현대미술 작품을 이해하려고 애쓰면서 한 점, 두 점 신중하게 모으기 시작했다. 최초로 화랑을 연 것이 1938년, 돈으로 닥치는 대로 사 모을 수 있었음에도 무려 18

년 동안이나 경험과 공부에만 투자한 것이다. 그녀의 컬렉션은 유명 화가의 작품이라서가 아니라 전시 자체가 훌륭해서 유명해졌다. 구겐하임이란 이름은 신성 같은 작가와 훌륭한 작품을 발견하는 매체가 되었다. 그녀의 컬렉션은 뉴욕 현대미술의 태동이 되었으며 뉴욕화파를 이루게 했고 누구나 한번쯤 들러보는 뉴욕 구겐하임 미술관의 근간이 되었다.

하루하루의 일상을 먹고, 자고, 벌고, 쓰는 시간이라고 생각하는 데서 멈추지 말자. 단 1분, 1초도 안목을 키우기 위한 훌륭한 투자로 만들 수 있다. 서른 즈음이면 적당한 이유도 만들 수 있다. 부모님 슬하에 있을 땐 "엄마, 저 가구 사주면 안 돼?" 해도 "얘, 시집가서 네 마음대로 꾸며." 하며 거절당하기 쉽다. 하지만 설사 결혼을 안 했더라도 서른 즈음부터는 자신의 취향을 실천에 옮기기가 한결 편해진다. 여행을 가든, 식당에 가든, 차 한 잔을 마시더라도 누가 그건 하지 말라고 할 일이 없는 것이다.

이제 막 꽃씨 하나를 받았다고 생각하자. 어떤 화분에 어떤 흙과 비료를 주어서 어떤 모양의 안목으로 꽃을 피울지는 순전히 당신의 손에 달렸다.

나를 알리는 것에도 현명함이 필요하다

일을 하다 보면 참 다양한 성격의 사람들을 만나게 된다. 순전히 '자기 PR'만 놓고 보면 두 가지 유형이 있다. 한참 부족한 사람과, 지나치게 많이 하는 사람. 전자의 예는 수없이 많다. 아는 동생 하나는 말이 없다. 외국에서 같이 일을 할 때도 여전히 말이 없기에 부족하나마 이것저것 필요한 말을 통역해줬다. 그러다가 며칠 만에 그녀가 꼭 영어를 해야 할 순간이 왔는데 세상에…. 내 빰을 두 번 칠 정도로 원어민 수준이 아닌가? 참 무안해지는 순간이었다.

　또 다른 지인은 선배인데 현직 대학 강사를 겸하고 있고 유명한 일본 소설을 몇 권이나 번역했다는 사실을, 출판된 책을 보고 알았다. 보통은 자기가 번역하거나 쓴 책이 있으면 "이것 좀 잘 부탁해." 혹은 "부족한 실력이지만 내가 했어. 읽어봐." 하고 내밀 텐데 이 사람은 내가 "혹시 동명이인이야? 독특한 이름인데도 이름이 같은 사람이 번역을 몇 권이나 했더라. 심지어 베스트셀러야." 하고 물을 때까지 자신의 이력을 밝히지 않았다. 주위에서는 그저 일본어 회화 조금 하는 수준이라고들 알고 있었다.

　내 남편 역시 심하게 자랑을 안 하는 타입인데, 나조차도 대체 그의 특기가 뭔지 회사에서 구체적으로 무슨 일을 하고, 성과가 뭔지 알 길이 없다. 말수도 적고 퀴즈 프로그램을 봐도 답하는 적이 없어서 아이큐가 평균도 안 될 것이라고 몰래 예상하곤 했었는데, 어느 날 큰 숫자 몇 개를 장난삼아 던져주며 계산해보라고 했더니 계산기와 비슷한 속도로 답을 말하는 게 아닌가? 일은 둘째 치고 그 정도의 계산능력이 있는지조차 꿈에도 몰랐던 것이다. 이런 사람들한테 그런 능력이 있으면 일할 때 주위 사람들한테 좀 알려라, 안 그러면 누가 알겠느냐 하면 "그런 말을 어떻게 해.", "난 그런 거 싫어.", "됐어…."라고 손사래를 친다.

반면 자기 PR 수준을 넘어 허세를 일삼는 사람들도 있다. 주로 내가 몸담은 업계에 많은데, 인기 연예인이나 큰 기업의 '높으신 분들'과 친하고, 자기 한 마디면 다 되고, 큰돈을 굴린다는 내용이다. 여기까지는 애교로 봐줄 수 있지만, 이것이 심해져서 '사기' 수준이 될 때도 있다.

빚처럼 미리 끌어다 쓴 돈을 변제하지 않고, 자기 말 한 마디면 다 된다고 했는데 실상은 그런 일을 할 권한이 전혀 없어서 일이 공중에 뜨는 경우…. 그러다가 막상 일이 터지면 한동안 '잠수'를 탔다가 다시 나타나고…. 그들은 결국 몇 년이 지나자 '부도수표' 같은 존재가 되어갔다. 최악의 경우 범죄 수준의 일을 저질러 사회적 물의를 일으키기도 하고, 남들 앞에 설 낯이 없어 벼랑 끝으로 자신을 몰아가기도 한다.

서른이면 새롭게 이력서를 쓸 일이 점점 적어진다.

대신 가진 컨텐츠를 언제든 세련되게 발표할 수 있는 능력이 필요하다. 적절한 자기 PR이 매우 중요한 시점인 것이다. 호경기나 불경기나 이 사회는 항상 적당한 능력을 가진 사람을 요구한다. 주위에서 자주 듣는 얘기가 "○○○ 좀 잘 하는 사람 없니?"라는 것이다. 직업을 구하는 사람은 널렸는데 회사는 항상 특정 능력이 있는 사람을 찾는다. 제때 적당한 사람을 구하기 위해선 주위에 어떤 사람들이 어떤 재능을 가지고 있는지를 잘 알아야 한다. 하지만 진짜 능력자는 자기를 알리지 않고, 가짜 능력자는 허세로 가득한 '언플'만 날려놓아 사람 구하기는 항상 쉽지 않다.

그래서 솔직하지만 좋게 들리고, 필요한 정보를 전달하는 자기 PR은 아주 중요하다. 특히 서른 즈음이면 유쾌하고 간결하게 자신에 대한 '브리핑'을 할 수 있는 기술이 있어야 한다. 그것을 잘할 수 있으면 있는 능력에 날개를 달고 승천하는 격이 될 것이다. 일에서 달인이라는 사람일수록 대화가 편안하고, 신기하게도 그 사람이 요즘 무슨 일을 맡아 하는지, 얼마나 중요한 사람인지가 귀에 쏙쏙 들어온다.

예를 들어 "떠돌이처럼 이 대륙, 저 대륙 가서 책상 하나 얻어 깍두기로 일하는 거지, 뭐…." 하면 "어머, 무슨 일로 그렇게 출장을 자주 다니는 건데요?" 하는 질문을 하게 되고 "요즘 워낙 매출 상황이 널뛰듯 하니까 직접 가서 현장에서 상황 컨트롤 하고 회식 한번 거하게 쏘고…. 참견 하는 사람이니까 애들이 싫어해. 돈으로 아부해야지. 허허….” 하는 대답을 들으면 비전문가라도 대충 이 사람이 이런 중요한 일을 하고 있구나, 능력이 있구나 하는 것을 한번에 알아차릴 수 있다.

자기 PR에 미숙한 단계에선 무심코 역효과를 내는 발언을 쏟아내기 쉽다. “일에는 관심이 없고, 집에 가서 TV 볼 때가 제일 행복해.”, “그냥 집에서 밥이나 하고, 현모양처나 됐으면 좋겠어.”, “회사에서 뭐 친한 사람이 있나, 사실 다 뒤돌면 남이라고 생각해.”와 같은…. 반대로 지나치게 들떠서 모처럼 해외 출장을 다녀와서도, 일과 직접적 관련이 없는 음식 사진만 잔뜩 찍어 블로그에 올린다든가 하면 훨씬 어린 사람들에게는 ‘와, 해외 출장이네. 좋겠다.’ 하는 부러움을 살 수 있겠지만 동료, 상사 등에게는 자칫 ‘염불보다 잿밥에 더 관심이 많은 철없는 아이’처럼 보일 수도 있다.

내가 구체적 사례를 들 수 있는 이유는 내 자신이 이런 사회적 질문에 항상 엉뚱한 답변만 늘어놓던 시절이 있었기 때문이다. 잘하는 것이 있지만 내 입으로 말하긴 쑥스럽고, 분위기 좋게 만들고 싶은 욕심에 ‘자학 개그’로 얼버무리거나 마치 일이나 성과에는 관심이 없는 것처럼 둘러대기도 했었다.

그러다가 서서히 시각을 달리한 것이 결국은 자기 PR을 잘

하는 사람이 서른 이후 급성장하는 것을 목도했기 때문이다. 잘 알려진 사람들, 쉽게 말해 유명인들이 실제로 어떻게 살고 무엇을 잘하는지 일반인들은 잘 모른다. 내가 아는 사람 중에는 패션 감각이 없는 패셔니스타, 스타일링을 안 하는 스타일리스트, 요리를 하지 못하는 요리 연구가가 수없이 많다. 사실 이 정도가 되면 자기 PR이라기보다 이미지 메이킹에 가까울 수도 있는데, 적어도 그들은 자신을 알리는 데 매우 능하며, 대리인을 쓰든 무엇을 하든 대중이 원할 때 일정 수준의 결과물을 내놓는다. 그 하나가 잘 되면 다음 일은 훨씬 좋은 조건에서 쉽게 해나갈 수 있다.

똑같은 메이크업 아티스트라도 정말 메이크업을 잘하는 사람이 훨씬 덜 유명하며 적은 돈을 벌고, 메이크업 실력 자체는 일인자라 할 수 없는데 훨씬 성공적인 삶을 사는 경우도 있다. 하지만 메이크업 아티스트 하면 떠오르는 것은 후자의 이름이며, 그 사람이 설파한 각종 기술이 여러 곳으로 퍼져나간다.

그것은 모두 자기 PR의 결과물이며, 서른 이후 능력에 날개를 달고 올라가려면 어느 정도는 꼭 필요한 기술이다. 그러려면 일단 자신이 뭘 잘하는지를 스스로 파악하는 게 중요하다. '에이, 뭘 이 정도야. 다들 하는 건데…' 하는 생각은 중요치

않다. 누군가 무엇을 잘 하느냐고 물었다면 '너는 여러 가지 일 중 뭘 잘하느냐?'는 것이지 '남들과 비교해서 네가 얼마나 뛰어나냐?'는 질문이 아니다. 질문자는 우선 당신이 무엇을 잘하는지 파악한 후 다른 후보자와 비교할 것이다. 물론 남들과 비교했을 때도 훌륭해 보이면 금상첨화다.

한두 가지라도 잘 하는 걸 정했으면 SNS나 지인과의 대화를 통해서라도 정확하게 알려두는 게 좋다. 누군가 "너 영어는 좀 하니?" 하고 물었을 때 "원어민만은 못해도 회화, 작문은 능숙하죠." 정도는 대답할 수 있어야 한다. 그 정도 수준을 말했다고 자랑한다고 생각할 사람은 없다. 한번에 정확하게 말하면 도리어 겸손하게 들린다. 그런 말은 의외로 뇌리에 깊게 남아서, 제삼자가 당신의 능력을 찾을 때 추천할 근거가 된다.

'지금 너의 가치는 무엇이니?'란 질문은 다양한 형태로 바뀌어서 파고들기도 한다. 예로 "요즘 넌 뭐해?", "요즘 넌 누구랑 친해?"란 것이 있다. 사적인 친구 사이에서 '요즘 네 고민이 무엇인지 나한테 말해줄 수 있니?'란 질문과는 다르다. 상대가 일로 아는 사이라면 회사에서 네가 어떤 일을 맡고 있으며 그것이 얼마나 중요한지, 또 너의 인맥은 누구이며 나의 일과 얼마나 유기적 관계가 있는지를 묻는 것이다.

사실 이것저것 신경 쓰자면 인생이 서글퍼지기도 한다. 하지만 그것을 돌파할 수 있는 원동력은 진실성이다. 나에게 없는 것을 꾸며서 과시하는 것이 아닌, 조금이나마 있는 것을 정성껏 포장해서 전달하는 것이다.

라듀레 마카롱은 최근 우리나라에서 한창 인기를 끌고 있는 프랑스 과자다. 예전에는 프랑스 여행 갈 때 꼭 하나씩 기념

품으로 사오곤 했는데…. 사실 그것이 없다고 차를 못 마시진 않는다. 또 마카롱은 프랑스 전통 과자로 지방마다 고유의 스타일이 있다. 그럼에도 불구하고 사람들이 라듀레를 찾는 것은 피스타치오, 커피, 바나나맛 등 다양한 맛에 어울리게 곱게 물들이고, 아름다운 문양이 들어간 상자와 리본으로 장식한 정성 때문일 것이다.

자기 PR은 평범한 마카롱을 '라듀레 마카롱'으로 만들고, 그것을 사람들에게 알리는 과정이다.

돈에 대처하는 우리
의
자
세

누구나 자신도 모르게 돈, 돈 할 때가 있다. 나와 사랑하는 사람들이 행복해지는 데에도 어느 정도의 돈은 필요하고, 때맞춰 충분한 금액이 생기지 않으면 불행의 시작이 되기도 한다. 지금은 부유해졌지만, 치료비가 없어 어머니가 돌아가신 게 평생의 한으로 남았다고 한 모 가수의 이야기처럼 말이다.

돈이란 것 때문에 일어나는 사회적 악재가 워낙 많아서인지 어린 시절엔 돈 얘기는 거의 하지 않았다. '돈'이란 단어만 떠올려도 부정적인 느낌을 가지기도 했다. 어쩌면 한국인의

DNA 속에 박힌 '안빈낙도', '청빈'에 대한 이상주의가 조금은 영향을 미쳤을지도 모른다. 그러다 서른 즈음에 돈에 대한 책을 읽었는데 요지는 '돈에 대한 부정적 인식을 당장 버리라.'는 것이었다.

풀자면 '돈은 인간이 만들어낸 가치 교환 수단에 불과하다. 돈을 부정적으로 생각하는 건 돈을 벌고 쓰는 사람들의 잘못된 행동 때문이지, 돈 자체는 문제가 아니다. 돈을 훌륭한 발명품, 도구로 생각하고 즐겁게 벌고 잘 쓰면 본래의 기능대로 원활하게 돌아간다. 돈을 밀어내면 오지 않을 것이요. 원하면 다가올 것이다. 돈을 끌어당기고, 제때 풀어주는 주인이 되어라.'라는 내용이었다.

이 말은 나름 신선한 충격이었다. 돈은 그저 사람들의 편의를 위해 만들어낸 도구일 뿐인데, 마음 깊은 곳에선 그 도구를 원하면서도 잘 조종하지 못한다는 생각, 싫어해야 한다는 압박감 탓에 "돈은 별로 원하지 않아.", "돈 때문에 그러는 거야?"란 말을 달고 산 것 아닌가.

주위를 둘러보면 똑같이 돈을 벌고 쓰는 사람인데도 돈과 관련해 갖고 있는 이미지는 사뭇 다르다. 수입과 용처가 비슷해도 항상 돈이 적어 불만인 사람, 죽지 못해 버는 사람, 돈독이 오른 사람, 돈에는 관심 없는 사람, 돈 버는 재미를 느끼는 사람 등 다양한 인상이 있다. 놀랍지 않은가? 특별한 사정이 있어서가 아니라 각자가 돈이란 도구에 대해 보이는 태도가 현격히 다른 것이다.

그런데 이게 하루 이틀, 몇 년, 몇십 년이 지나면서 엄청난 차이로 나타난다. 돈에 관심 없는 사람에게는 사람들이 돈을 잘 쓰려고 하지 않는다. 일을 시키고도, '본인이 돈에 관심이 없는데 그냥 다른 걸로 해결하면 되지 굳이 돈을 줘야 되나?' 하는 그럴듯한 핑계를 만들어낸다. 반대로 돈독이 오른 사람에게는 왠지 잘못 걸리면 큰일이 날 것 같고, 혹시 바가지를 쓰는 게 아닌가 하는 걱정이 들어서 쉽게 연락을 하지 않는다. '죽지 못해 버는 사람'에게는 정당한 대가를 치르는 것인데도 왠지 도와주는 기분이 들어 때론 손해가 아닌가 싶어진다. 친부모가 자식들에게 용돈을 줄 때조차도 아이 각자의 돈에 대한 태도 때문에 다른 기분이 드는 게 인지상정이다.

가장 좋은 건 돈 버는 재미를 느끼는 사람이다. 그들은 정당한 대가를 요구하되 그걸 고마워하고, 기뻐하는 사람이다. 먹여 살릴 입 때문에 할 수 없이 돈을 번다 해도 일단 돈에 대한 자세를 바꾸는 게 좋다. 피할 수 없다면 즐겨라. 박봉을 받더라

도 "내가 이렇게 한 달 내내 열심히 일해서 결과를 얻었구나. 스스로가 대견하다."고 칭찬을 해주는 것이다. 또 그것을 적당한 곳에 잘 쓸 때 돈이 잘 들어오고 나가는, 돈의 지배자가 될 수 있다.

그렇다면 돈을 잘 벌려면 어떻게 해야 할까? 일 때문에 돈을 배분하는 역할을 하는 사람들이 있다. 그 사람들이 하는 얘기를 들어보면 항상 돈은 일정한 곳으로 나간다는 것을 알 수 있다. 즉, 돈을 쓰고 싶어지는 대상이 있는 것이다.

"그 사람은 자기 능력은 그만큼이 안 되는데 ○○를 요구한다며? 말도 안 돼. 돈독이 올랐나 봐." 이런 얘기를 듣는 사람에게는 돈을 안 쓰게 된다. 반대로 "그 업체는 참 융통성 있게 협상을 잘 하더군. 일도 깔끔하게 하고…."처럼 일을 잘하되 유연한 자세를 지닌 대상에게는 계속 목돈을 쓰기 마련이다. 어떤 직장이나 파트너와 오래 일을 한다는 것은 시간으로 보면 큰 금액과 노동력이 오가는 것이다. 여기서 '유연한 자세'라는 것이 중요하다.

중견 패션업체에 다니는 A는 자신의 연봉이 몇 년째 초봉과 별 다를 바 없다는 사실에 대해서 그러려니 하고 받아들였다. 그러다가 자신과 연차나 업무 능력이 크게 차이가 나지 않는 동료가 두 배에 가까운 연봉을 받는 것을 알고 충격을 받았다. 매해 연봉 협상이 있을 때마다 갈등이 생기는 게 싫었던 그녀는 회사가 내미는 제안에 그저 "예, 예!" 하기에 바빴다. 다른 업체에서 스카우트 제안을 받은 적도 있지만 업무가 더 많아질 것 같아 그냥 '본집 살이'를 하기로 하고 눌러앉았다. 반면 동료는 타 업체에서 이직할 때 연봉을 많이 올려서 왔고, 그 전 회사에서 연봉협상을 할 때도 적극적으로 원하는 금액을 말했단다.

유연한 협상 능력이란 건 내 능력을 평가절하하는 터무니없는 금액은 거부하되, 장기적으로 함께 일하고픈 회사가 정말 특별한 사정이 있어서 일시적으로 원하는 금액을 보장하지 못할 때, 내 능력이 객관적으로 고액을 요구할만하지 못할 때, 기대치보다 낮은 수입을 수용하는 것이다. 그러기 위해선 그 일에 대한 열정과 즐거움, 능력이 있어야 하기 때문에 사실 닭이 먼저냐, 달걀이 먼저냐 하는 문제이긴 하다.

돈 벌기는 시간과의 싸움이기도 하다. "벌어도 벌어도 돈이 모이지가 않아." 프리랜서 미술품 딜러인 지인이 하는 말이다. 최근 몇 년간 아시아에 분 미술품 투자 바람 덕에 그녀는 비싼 미술품을 몇 건이나 판매하는 실적을 올렸다. 외제차를 구입하고, 오성급 호텔에 숙박하며 고급 레스토랑에서 식사를 했다. 사람들은 모두들 그녀가 큰돈을 벌었고, 곧 부동산 하나라도 살 것이라고 생각했다. 하지만 충격적이게도 실제 그녀의 경제 사정은 겨우 빚만 안 질 정도라는 것이었다.

알고 보니 그녀는 '길에 뿌리는' 돈이 너무 많았다. 계약 하나를 성사시키기 위해, 혹은 하나를 성사시킨 후 받은 스트레스를 해소하기 위해 쉬는 동안 들어가는 돈이 번 돈을 상쇄하고도 남았던 것이다. 큰돈을 벌긴 하지만 성과는 듬성듬성 나타나는 대신, 긴 휴식 기간 동안 안목과 품위를 유지하기 위해 써버리는 돈이 엄청났던 것이다.

저축과 절약을 가장 잘하는 사람은 돈 버느라 바빠서 쓸 시간이 없는 사람이다. 전공의인 친척 동생 말에 따르면 "돈을 쓸 시간이 없기 때문에 몇 년 지나면 박봉이나마 계속 쌓여 목돈이 되어 있다."는 것. 정말 차 한 잔 할 여유조차 없이 바쁘게 한 달을 살고 계좌를 확인해보면 자동이체되는 공과금 빼고 거의 나간 돈이 없단다. 수입이 적거나 없고, 절약 한다고 발을 동동 구르는 사람들이 대개 지출이 더 많다. 그러니까 절약을 하고 싶으면 쓰는 시간보다 버는 시간을 늘리는 게 좋다.

성주그룹 김성주 회장이 "웰빙 진생 쿠키를 만들어서 구글에 올리면 전 세계에서 주문을 받을 수 있는데 왜 젊은이들은 수동적으로 대응하느냐?"란 발언을 해 논란을 불러일으킨 적이 있다. 정치인으로 활동하던 상태에서 한 말이라 반감을 산 탓도 있는데, 사실 "당장 가진 게 없더라도 아이디어를 내고, 공짜 망을 활용하는 등 적극적이고 생산적인 자세를 가져라." 하는 말로 받아들이면 될 것 같다.

실제로 '어떻게 싸게 물건을 사지?' 고민하며 몇 시간 만에 조금 싼 물건을 사는 것보다, 그 시간에 집에 있는 안 쓰는 화장품 하나라도 파는 것이 더 이득이다. 쇼핑을 하는 사람은 싸게 산다는 핑계 하에 이것저것 다른 것도 사기 마련이고, 시간 역시 만만치 않은 자원이기 때문이다.

길을 가다 한 아주머니가 전화 통화로 하는 얘기를 들었다. 아마도 마트에서 일을 시작한 모양이다. "오늘 처음 나갔는데, 잘한다고 점장이 7만 원 주더라고. 혹시 주말에도 해줄 수 있냐고 묻더라? 해볼까 해. 집에 있으면 뭐해. 이틀 일하면 근 15만 원인데 벌어야지."

좋은 생각이다. 집에 있으면서 가족과 함께 외식이라도 한 번 하고, 홈쇼핑 보면서 싸다는 물건 하나 사다 보면 10만 원은 금방 사라진다. 주말 동안 벌수 있는 돈 14만 원, 써버릴 돈 10만

원을 계산하면 전체적으론 24만 원의 차이가 생기는 것이다.

돈 버는 걸 재미로 인식하기 시작하면 쓰는 재미를 뛰어넘는다. "돈을 재미로 벌다니, 그게 웬 사치스런 생각이야? 처자식 먹여 살리려고 죽지 못해 버는 거지….""제발 돈 버는 데서 탈피하고 싶다. 복권이라도 당첨돼서 펑펑 쓰면서 살고 싶어…." 같은 말을 들어봤을 것이다. 하지만 돈의 노예가 되기보다는 돈을 잘 벌고 잘 쓰는 방법을 연구하는 것이, 돈을 지배하는 사람이 될 수 있는 방법인 것 같다. 그리고 그런 인식의 전환이 반드시 필요한 나이가 바로 서른 즈음이다.

돈이 안 모이
||||||||||| 는
이유

　　서른이 넘으면 더 나은 미래를 위해 무언가 새로운 것을
해보고 싶다는 꿈이 커진다. 공부, 사업, 여행 등 단순히 친구
만나서 수다 떠는 것보다는 인생 전반을 위해 가치 있고 깊은
만족감을 느낄 수 있는 것 말이다. 지금 현재의 나로는 불안한
탓이다. 하지만 현실을 들어 보면 무엇을 하기에도 '돈이 없다.'
는 대답이 많다.

　　마음은 미국 드라마 〈섹스 앤 더 시티〉의 캐리인데, 현실은
월급에 매인 노동자, 그도 아니면 빚에 허덕이는 88만 원 세대

인 것이다. 아직 취업 준비생이라면 몰라도, 멀쩡한 직장에 다니는 20~30대 싱글 남녀조차 매달 여윳돈이 거의 없다고 얘기한다. 당장 10만 원을 더 쓸 일이 생기면 당황하게 된다고. 꼭 수입이 적어서가 아니다. 수입 대비 씀씀이가 커서일 수도 있는데, 의외로 서른이 되도록 경제관념이란 것은 전혀 학습하지 못한, '꽝'인 사람이 많다.

"저축이요? 없는데요. 이번 달 카드 값도 어떻게 막아야 될지 모르겠어요." "결혼이요? 엄마가 어떻게든 해주겠죠. 그 다음엔 남편이 벌어다 줄 거고…." 이런 말을 하는 여자도 있고, "남자가 차는 있어야죠. 그리고 소형차를 어떻게 타요? 할부값, 유지비 내고 나면 월급이 남는 게 거의 없네요."라는 남자도 있다.

이들의 소비 패턴을 보면 남들 쓰는 데는 빠짐없이 쓰고, 먹고 마시는 것이나 휴가, 옷, 화장품 등 자기가 좋아하는 분야에는 아낌없이 쓴다는 특징이 있다. 그리고 재테크나 금융상품과는 아주 먼 관계를 유지하고 있으며 매일 긁는 신용카드도 어떤 특장점이 있는지 전혀 모르고, 그저 광고에 많이 나오고 남들이 많이 쓰는 걸 선택한다.

진짜 눈물나는 건 그렇게 소비를 많이 함에도 불구하고

부티도 전혀 나지 않는다는 것이다. 단순히 새는 돈만 많을 뿐이다.

일단 깨진 독을 틀어 막아야 한다.

기업도 그렇지만 비용 절감을 할 땐 가격 대비 효율을 따져 만족감이나 대외적 이미지가 크게 손상되어선 안 된다.

일단 내 전문 분야인 화장품부터 얘기하겠다. 화장품의 경우 광고를 많이 하는 것, 연예인이 많이 쓴다는 것 위주로 쓰는 사람이 많다. 좋다. 밖에 나가 남들이 보는 앞에서 고급 브랜드 파우더로 화장을 고치고 싶다고 치자. 값비싸고 화려한 브랜드 제품을 선택한다. 그런데 집에서 혼자 보고 쓰는 기초 화장품은 왜 같은 브랜드로 일습을 구비하느냔 말이다. 이는 그 광고와 마케팅에 들어간 비용을 고스란히 자신이 내는 것이며 그렇다고 자기 피부에 더 좋다는 보장도 없다.

사실 기초 화장품의 비밀을 말하자면 유분이 부족한 피부에 유분을, 각질이 두드러지는 피부에 각질 제거를, 이렇게 딱 필요한 것만을 해주는 것이 가장 좋은 스킨케어이며 그것에 필요한 화장품은 두세 가지면 끝이다. 또, 브랜드 전체가 다 좋거나 나쁜 게 아니라 좋은 제품은 브랜드마다 몇 개씩 숨어 있다. 하나에 수십만 원짜리 화장품은 정책과 광고비용, 백화점 수수료 탓이지 성분만으론 그 가격을 구성할 수 없다. 즉, 아무리 좋은 성분을 넣는다 해도 결코 수십만 원은 될 수 없으며 그런 성분이 있다 해도 다른 성분으로 대체 가능하다.

파마나 염색도 그렇다. 주위에 패션업계에 종사하는 사람들이 많다 보니 상당수가 서울 강남의 청담동, 신사동, 압구정동 등에 있는 미용실을 이용한다. 물론 실제 유행이 그곳에서 시작되고, 거기서 활동하는 디자이너들의 감각을 따라갈 수 없는 부분이 있다. 하지만 그 디자이너들이 다른 지역으로 이동을 해도, 굳이 그 미용실을 고집할 필요는 없다. 많은 실력 있는 디자이너들이 타 지역으로 이직하고 있으며, 실력도 있고 값도 더 싼데 손님들이 따라와 주지 않아서 고민하는 것을 보았다.

또 리터치라고 하는 머리 뿌리 염색 같은 건 만 원이면 좋은 염색약을 사서 집에서 20분 만에 할 수 있다. 어떤 사람이 '미용실에서 리터치 한 번에 5만 원인데 머리가 빨리 자라서 그 비용도 만만치 않다.'고 하는 것을 들었다. 혼자서 어떻게 염색을 하냐고? 거품 타입, 빗 타입, 심지어 샴푸할 때마다 염색되는 헤나 타입까지 혼자서 할 수 있는 다양한 제품이 이미 출시

되어 있다. 준비물은 약간의 용기와 실천뿐이다.

옷도 마찬가지다. 파리지엥의 옷장은 작기로 유명한데, 집 자체가 좁을 뿐 아니라 자기 개성에 맞게 스타일링 방법을 연구할 뿐, 절대 한번에 옷을 많이 사지 않는다. 우리나라에선 자라 같은 SPA 브랜드 매장에서 바구니 가득 옷을 담아 계산대 앞에 서 있는 풍경을 자주 볼 수 있다. 하지만 파리, 밀라노처럼 멋쟁이가 많은 도시일수록 무서우리만치 만져보고 관찰만 할 뿐 바구니에 옷을 담는 사람이 별로 없다.

일단 자신이 갖고 있는 옷을 몽땅 알아야 된다. 정말 부족한 것이 무엇이고, 하나만 더하면 훨씬 다양하게 다른 옷들을 소화할 수 있는 아이템을 사야 된다. 나는 얼마 전 남색, 회색, 와인색 U넥 얇은 울 티셔츠를 샀다. 패션 콘텐츠를 기획하면서도 U넥 티셔츠가 별로 없었는데 이 아이템들을 더함으로써 스타일링할 수 있는 룩이 두 배는 많아졌다. 구체적으로 무슨 색, 어떤 핏, 어떤 디자인이 필요한지 대강이라도 머리에 그리고 쇼핑에 나서면 옷으로 나가는 돈을 반으로 줄일 수 있다.

무엇이든 살 때는 가격 비교가 필수다. 어떤 상품이든 인터넷 검색 창에 이름만 넣어보면 가격이 쫙 뜬다. 그런 최소한의 조사도 안 해보고 덥석 물건부터 집는 사람이 많다. 요즘은 인터넷 쇼핑이 발달해서 마음만 먹으면 누구나, 어디서나 도매가에 가깝게 쇼핑을 할 수 있다. 손 세정제 하나를 드럭 스토어에서 사면 몇천 원이지만 호텔 비품 도매상이나 온라인 시장에선 같은 가격에 수십 리터를 살 수도 있다. 시간이 없다고? 출퇴근할 시간에 게임을 하지 말고, 사야 할 물건 가격 비교를 하면 된다. 한국으로 직배송 해주는 외국 사이트도 많아서 국내에서 비싸게 팔리는 물건을 배송료 포함하고도 아주 싸게 살 수도 있다.

수입이 넉넉지 않다면 하루에 두 번 이상 외식하는 습관을 끊어야 하며 정말 끊을 수 없다면 한 끼는 아주 싼 음식을 먹고, 나머지 한 끼만 가격 대비 만족도가 좋은 곳에서 먹는 게 좋다. 소셜 쇼핑의 쿠폰이나 해피 아워를 이용하는 것도 좋고, 꼭 비싼 곳에서 먹어야 한다면 저녁보다 점심때가 싸다.

그리고 레스토랑에서 마진율 효자 상품이 바로 주류와 음료수다. 원가는 너무나 싼 음료들이 놀랄만한 가격으로 팔리고 있다. 커피값도 하루에 몇 번이나 카페에 들락거리면 몇만 원은 우습게 들어간다. 커피 한 잔의 여유마저 박탈당해야 한다면 너무 가혹한 일일까? 하지만 수입이 한 달에 200만 원도 채 되지 않는 사회 초년생이라고 할 때 5천 원짜리 커피를 매일

마신다는 건 분명한 과소비다.

누구를 만나거나 오랜 시간 피로를 풀 때 카페에 가는 건 좋지만 아침 정도는 직접 만든 커피를 텀블러에 담거나 편의점에서 파는 훌륭한 커피로 해결할 수 있다. 사실 나는 커피보다 커피 음료를 더 좋아해서 편의점에 자주 들락거리는데 그것만으로도 절약되는 비용이 상당하다. 일할 때 필요한 건 약간의 카페인이니까.

하지만 너무 아껴서 사람이 구차해 보이고, 돈은 돈대로 안 모이는 건 피해야 한다. '쓸 땐 써야 된다.'는 말이 괜히 있는 게 아니다. 돈독한 관계를 유지해야 되는 사람들을 만날 때도 절대 자기 돈은 안 쓰려고 노력하는 게 보이면 결국 손해다. 선후배 사이에도 선배가 돈을 내려 하면 신나게 지갑을 닫고, 정작 자기 후배에겐 철저하게 각자 계산을 주장하는 사람, 자신의 책임은 크지 않지만 그래도 돈을 같이 내야 할 때 쏙 빠져나가는 사람…. 인심을 잃어서 언젠가 중요한 일을 해야 할 때 그것 때문에 잘 안 될 수도 있다. 또, 외모가 말끔해 보이고, 럭셔리한 취향에 대해서도 충분한 이해가 있어야 하는 직업인데 온몸이 싸구려로만 둘러져 있고 지저분한 이미지이면 굵직한 일이 주어지지 않는 경우도 생긴다.

절약 자체에 미쳐서 소셜 쇼핑 사이트에 매달리거나, 잡지 부록이란 부록은 다 모으고 이미 산 걸 중고 시장에 파느라 하루 종일 매달려 있는 것을 말하는 게 아니다. 그건 절약이 아니라 시간 낭비다. 그 시간에 수입을 늘릴 수 있는 방법을, 미래에 대한 연구를 하는 게 백 배는 생산적인 일이다.

서른엔 뭐라도 되어 있을 줄 알았다

초판 1쇄 발행 2013년 2월 28일
초판 6쇄 발행 2014년 11월 5일

지은이 | 이선배
발행인 | 이원주

임프린트 대표 | 김경섭
기획편집 | 한선화 · 김순란 · 박햇님 · 강경양
디자인 | 정정은 · 최소은
마케팅 | 노경석 · 조안나 · 이철주
제작 | 정웅래 · 김영훈

발행처 | 지식너머
출판등록 | 제2013-000128호
주소 | 서울특별시 서초구 사임당로 82 (우편번호 137-879)
전화 | 편집 (02) 3487-1650, 영업 (02) 2046-2800

ISBN 978-89-527-6835-3 13810

이 책의 내용을 무단 복제하는 것은 저작권법에 의해 금지되어 있습니다.
파본이나 잘못된 책은 구입하신 곳에서 교환해드립니다.